Val McDermid

Mauvais signes

Traduit de l'anglais par Pascal Loubet

LIBRAIRIE DES CHAMPS-ÉLYSÉES

CE ROMAN A PARU SOUS LE TITRE ORIGINAL :

STARSTRUCK

Pour Tessa et Peps,
les « Scylebert Twins »
(alias Margaret et Nicky)
Merci pour tous ces rires ;
nous ne penserons plus jamais à Isa
de la même façon.

PROLOGUE

Base de données informatique
de Dorothea Dawson, Sibylle des Astres

Horoscope de Kate Brannigan, détective privé
Extrait de « Écrit dans les Étoiles »

Née à Oxford, GB, 4 septembre 1966, 02 h 10
* Soleil en Vierge dans la Maison V
* Lune en Taureau dans la Maison XII
* Mercure en Vierge dans la Maison V
* Vénus en Lion dans la Maison IV
* Mars en Lion dans la Maison IV
* Jupiter en Cancer dans la Maison III
* Saturne rétrograde en Poissons dans la Maison XI
* Uranus en Vierge dans la maison V
* Neptune en Scorpion dans la Maison VI
* Pluton en Vierge dans la Maison V
* Charon en Poissons dans la Maison XI
* Ascendant : Gémeaux

1

SOLEIL EN VIERGE DANS LA MAISON V

Sous un aspect positif, la native peut être ingénieuse, persuasive, diplomate, ordonnée, méthodique, perceptive et pleine d'égards. Les aspects négatifs seront un esprit maniaque, porté sur la critique, une attention obsessionnelle aux détails et un manque de confiance en soi qui peut passer pour de l'arrogance. Dans la Cinquième Maison, indique une joueuse.

D'après : *Écrit dans les Étoiles,*
Dorothea Dawson

Ma cliente était sur le point de se prendre un bon coup sur le museau. Impuissante, je regardais la scène, de l'autre côté de la rue. Un sang chargé d'adrénaline courait dans mes veines, mais je ne pouvais absolument pas l'atteindre à temps. C'est le problème des boulots de garde du corps. Même si on entoure le client de clones de Rutger Hauer et de Jean-Claude Van Damme en herbe tous revêtus de gilets pare-balles, il y a toujours un moment où ils sont vulnérables. Et devinez à qui on vient toujours le reprocher ? C'est pourquoi, quand les gens viennent chez Brannigan & Co, Enquêtes et Sécurité, demander les services d'un garde du corps, la règle maison est de répondre : « Nous ne faisons pas ça. »

Mais Noël approchait et la dinde n'avait pas grand-chose à se mettre sous la dent. Les affaires se succédaient avec la lenteur d'une file d'attente au bureau de poste et même un personnel aussi atypique que le mien est en droit d'être payé dans les délais. Et puis, je méritais un petit cadeau de fin d'année aussi. Un bon réveillon, par exemple. Et c'est ainsi qu'au lieu de prendre raisonnablement mes vacances en avance, j'avais accepté une cliente qui s'était révélée plus sujette aux problèmes que *Coco le Clown*.

Pour une fois, ce n'était pas ma faute si la cliente était en première ligne. Je n'avais pas eu voix au chapitre concernant ce qui se passait dans la rue. Quand bien même j'aurais voulu y mettre un terme, je n'aurais pas pu. Et, pour une fois déliée de toute obligation d'agir, les mains dans les poches, je regardais donc le bras de Carla Hardcastle décrire un arc redoutable et flanquer une baffe retentissante à Brenda Barrowclough, effaçant du même coup le sourire satisfait de son visage plein de suffisance. J'accusai le coup d'un petit sifflement douloureux.

— Coupez ! dit la réalisatrice. Très bien, les filles, mais j'aimerais qu'on la refasse encore une fois. Gloria, j'ai adoré ton petit sourire arrogant, mais est-ce que tu peux le laisser tomber au moment où tu te rends compte qu'elle va vraiment t'en foutre une ? Et prendre un air outragé ?

Ma cliente lui fit un sourire indulgent à peu près aussi sincère que celui d'un clochard qui mendie une pièce.

— Comme tu veux, Helen, ma poule, fit-elle de la voix rauque qui faisait défaillir tout le pays trois fois par semaine à l'heure du plat cuit au micro-ondes devant la principale contribution de Manchester à l'univers des séries télé. (Puis elle se tourna vers moi et, avec un clin d'œil exagéré :) Vous inquiétez pas, ma poule, c'est que du chiqué ! cria-t-elle.

Tout le monde se retourna pour me fixer. Je parvins à grimacer un sourire tout en serrant les dents. C'est un talent très utile dans le boulot de privé. On l'acquiert à force de fréquenter des crétins. Et les clients, c'est tout à fait ça.

— C'est mon garde du corps, annonça Gloria Kendal — c'est-à-dire Brenda Barrowclough — à toute l'équipe de *Northerners*.

— On avait tous compris que c'était pas ta doublure, dit sa partenaire, apparemment aussi aigrie dans la vie que son personnage de Carla dans le drame humain qui emballait le public britannique depuis une bonne vingtaine d'années.

— Espérons que tu ne te feras agresser que par des nabots, ajouta Teddy Edwards.

Naguère, c'était un comique qui passait surtout dans les théâtres fréquentés par la classe ouvrière, mais il jouait le mari de Gloria depuis tellement longtemps qu'il en avait perdu le moindre talent comique. Je ne fais peut-être qu'1,60 m en chaussettes, mais je n'aurais pas eu à recourir à tout mon savoir-faire ès boxe thaï pour mettre à genoux un pareil gros lard. Je lui lançai un regard noir et fus assez mesquine pour avouer que je fus ravie de le voir toussoter et détourner les yeux.

— Allez, du calme ! cria la réalisatrice. À vos places, tout le monde, on reprend depuis le début de la scène.

— Est-ce qu'on peut avoir un peu de silence, là-bas ? ajouta une voix.

Je me demandai quel était son titre et combien de temps j'allais devoir traîner dans des studios de télé avant de comprendre qui faisait quoi dans cette hiérarchie qui comprenait plus de grooms, d'extras et de larbins que je ne pouvais en compter. Je me dis que ça durerait suffisamment longtemps vu la tournure que prenaient les choses. J'avais largement le temps de penser, dans ce boulot. Sur le plateau, le silence était la règle. Je ne pouvais pas poser de questions, laisser traîner mes oreilles ou fouiner pour obtenir les informations nécessaires et refermer ce dossier. Tout ce que j'avais à faire, c'était rester appuyée contre un mur et regarder. Et il n'y avait rien de fascinant, même vaguement, à assister à la septième prise d'une scène qui déjà, était loin de valoir Shakespeare. Question boulot, protéger la reine des feuilletons anglais était à peu près aussi exotique que de regarder la pluie couler sur un carreau.

Ça n'avait pas commencé comme ça. Quand Gloria était arrivée, majestueuse, dans notre bureau, j'avais su dès le début que ce ne serait pas une affaire de routine. Chez Brannigan & Co, mon cabinet de détectives privés, nos missions sont assez variées. Auparavant, lorsque j'étais associée à Bill Mortensen, nous enquêtions sur des problèmes de fraudes financières, de sécurité informatique, d'espionnage et de sabotage industriels, sans compter que des amis nous confiaient de temps en temps. Depuis le départ de Bill pour l'Australie, il fallait que je ratisse large pour m'en sortir. J'avais arraché à quelques cabinets d'avocats des missions d'huissier, ajouté « surveillance » à l'entête de notre papier à lettres et démarché les compagnies d'assurances pour leur proposer mes services d'enquêtrice sur les fraudes. Et malgré tout cela, l'arrivée de Gloria Kendal dans nos locaux avait été le signe d'un événement extraordinaire.

Ce n'est pas que je l'aie reconnue tout de suite. Ni Shelley, notre administratrice — et elle est dotée de la vision aux rayons X de toutes les mères d'adolescents. Lorsque Gloria avait passé la porte dans un sillage de *White Linen* d'Estée Lauder, je l'ai cru victime de violences conjugales. Je ne voyais pas pourquoi elle aurait porté une immense capeline et d'énormes lunettes noires par un pluvieux après-midi de décembre à Manchester.

Je regardais par-dessus l'épaule de Shelley des informations qu'elle avait téléchargées lorsque l'autre avait poussé la porte et s'était immobilisée sur le seuil dans une pose théâtrale. Elle avait attendu assez longtemps pour qu'on lève le nez et qu'on remarque son imper ostensiblement coûteux et la qualité de son tailleur en soie vert bouteille, puis elle s'était avancée de trois pas mesurés dans des souliers plats parfaitement assortis au tailleur. Pour Shelley, je ne peux pas dire, mais je crois que mon étonnement était visible.

La femme avait l'air d'attendre quelque chose. Le « Que puis-je pour vous ? » de Shelley n'y avait rien changé.

La femme avait souri en ouvrant des lèvres impeccablement maquillées d'un rouge couleur bigarreau.

— J'espère bien, ma poule, avait-elle dit.

Et c'est ce qui l'avait trahie.

— Gloria Kendal, dis-je.

— Brenda Barrowclough, fit Shelley au même moment.

Gloria gloussa.

— Vous avez raison toutes les deux, les filles. Mais on dira que c'est notre petit secret à toutes les trois, hein ?

Je hochai la tête d'un air effaré. La seule manière qu'elle avait de jamais garder son identité secrète, c'était encore de la fermer. Il était évident en trois brèves phrases que la voix qui avait fait de Brenda Barrowclough la coqueluche des imitateurs de tout le pays n'était pas un accessoire dont Gloria disposait aussi facilement que de l'énorme chignon blond qui était devenu la signature de son personnage. Gloria parlait vraiment comme les gens de Manchester, avec la voix sourde et rocailleuse d'un bulldozer qui tourne au ralenti.

— Que puis-je pour vous, Ms Kendal ? demandai-je en retrouvant mes manières et en sortant de derrière le comptoir.

Ce n'était peut-être pas un PDG en costume anthracite, mais elle avait sans doute assez sur son compte en banque pour qu'on ait tous un très joyeux Noël.

— Appelez-moi Gloria, ma poule. En fait, appelez-moi comme vous voulez, mais pas Brenda. (Au bout de vingt ans du feuilleton à la télé, le rire rauque m'était aussi familier que celui de ma meilleure amie.) Je cherche Brannigan, dit-elle.

— Vous l'avez trouvée, dis-je en tendant la main.

Gloria laissa tomber dans ma main quelques doigts inertes qu'elle retira aussitôt avant que j'aie pu les serrer — défaut professionnel de celle qui est obligée de donner trop de poignées de main par an.

— Je pensais que vous seriez un mec, dit-elle. (Pour une fois, ce n'était pas une plainte, tout au plus une observation.) Eh bien, ça rendra les choses nettement plus faciles. Je me demandais ce qu'on ferait si Brannigan & Co n'avaient pas de femmes détectives. Est-ce qu'il y a un endroit où on peut aller causer ?

— Mon bureau ? suggérai-je en désignant la porte ouverte.

— Génial, dit Gloria qui glissa vers la pièce en papillonnant du bout des doigts en signe d'adieu pour Shelley.

Je croisai son regard.

— Je préfère que ce soit toi que moi, murmura Shelley.

J'avais à peine refermé la porte derrière moi que Gloria s'était installée dans un coin du canapé que j'utilise pour mes réunions informelles avec mes clients. Elle avait ôté son chapeau et l'avait jeté sans plus de façons sur la table basse devant elle. Ses vrais cheveux, d'un blond cendré subtil, étaient coupés dans un style gamine à la Audrey Hepburn. Et curieusement, cela ne faisait pas ridicule malgré sa soixantaine proche. Elle avait la peau claire d'une femme beaucoup plus jeune, mais absolument pas tendue comme celle des Barbie qui ont la main un peu lourde question lifting. Alors que je m'asseyais en face d'elle, elle ôta ses lunettes noires et ses yeux gris familiers se plissèrent dans un sourire.

— Je sais que c'est grotesque, mais quand ils vous fixent, les gens ne reconnaissent pas Brenda derrière. Ils se disent juste que c'est une pauvre conne riche avec des idées de grandeur.

— Vivre normalement, ne doit pas être facile, observai-je.

— Ça, vous pouvez le dire, ma poule. Ils vous voient trois fois par semaine dans leur salon, et ça y est, vous faites partie de la famille. Vous ne les contredisez pas, et avant d'avoir eu le temps de dire ouf, vous les entendez vous raconter leur dernière opération d'une hernie et les progrès de leurs varices. C'est un cauchemar.

Elle défit son imper d'un coup d'épaules, ouvrit son sac et en sortit un paquet de ces longues cigarettes brunes et maigrichonnes qui ont l'air de bâtons de cannelle, ainsi qu'un briquet Dunhill en or. Elle regarda autour d'elle en haussant les sourcils.

Je réprimai un soupir, me levai et pris la soucoupe du cactus. C'était le énième que j'avais acheté pour Noël, deux jours plus tôt, mais les boutons qui promettaient pourtant une cascade de fleurs commençaient déjà, comme de bien entendu, à se répandre sur le rebord de la fenêtre. Moi et les plantes, c'est un peu comme la Corée du Nord et la Corée du Sud. Je jetai l'eau de la soucoupe dans la corbeille à papier et la posai sur la table devant Gloria.

— Désolée, dis-je. C'est tout ce que j'ai trouvé.

— Dans le temps, je bossais dans une usine de bouffe pour chats, sourit-elle. Croyez-moi, j'ai mis mes mégots dans pire que ça.

Je préférai ne pas y songer.

— Eh bien, Gloria, que puis-je pour vous ?

— J'ai besoin d'un garde du corps.

— Normalement, nous ne... commençai-je en haussant les sourcils.

— Ce ne sont pas des circonstances normales, coupa-t-elle vivement. J'ai pas envie d'un gros culturiste bête comme ses pieds qui me suive partout. Je veux quelqu'un avec de la cervelle, qui peut comprendre ce qui se passe. Quelqu'un qui n'attirera pas l'attention. Je vis la plupart du temps avec ces foutus journalistes collés à mes basques, et j'ai surtout pas besoin qu'on écrive partout que j'ai engagé un mercenaire. C'est pour ça que je voulais une femme.

— Vous avez dit « quelqu'un qui peut comprendre ce qui se passe », dis-je en me concentrant sur la demande à laquelle je pouvais répondre. Quel est le problème, d'après vous ?

— Je reçois des lettres de menaces, dit-elle. Bon, ça n'a rien de neuf. Brenda Barrowclough n'est pas une bonne femme qui mâche ses mots, et des tas de gens sont pas fichus de faire la différence entre *Northerners* et la vraie vie.

Vous êtes trop jeune pour vous en souvenir, mais quand j'ai été veuve pour la première fois dans le feuilleton, il y a une quinzaine d'années, j'ai reçu une avalanche de lettres de condoléances. Des gens ont réellement envoyé des couronnes pour l'enterrement au 15, Sebastopol Grove, mon adresse dans le feuilleton. La Poste a l'habitude, maintenant, elle livre tout aux studios, mais à l'époque, les pauvres fleuristes savaient pas quoi faire. On a reçu des lettres de sociétés de lutte contre le cancer qui nous informaient que des dons leur avaient été faits en mémoire d'Harry — c'était le nom de mon mari dans la série. Chaque fois qu'un personnage disparaît, on reçoit des lettres de gens qui veulent savoir combien on demande pour la maison. Alors, quand Brenda fait quelque chose qui suscite la controverse, je reçois des lettres d'insultes.

Je fouillai ma mémoire à la recherche des gros titres récents dans les tabloïds.

— Est-ce qu'il n'y a pas eu quelque chose sur une histoire d'avortement ? Excusez-moi, mais j'ai pas souvent l'occasion de voir la télé.

— Vous bilez pas, ma poule. Moi non plus. Vous savez qui est Debbie, la petite-fille de Brenda ?

— Celle qui habite avec elle depuis ses dix ans ? Après la mort de sa mère dans le hold-up de la Poste ?

— Mais vous étiez une fan, alors ?

— Je regarde quand je peux. Mais je suivais beaucoup plus quand Debbie était petite que maintenant.

— Bon, enfin, ce qui s'est passé, c'est que Brenda a découvert que Debbie s'est fait avorter. Il faut savoir que Brenda porte pas vraiment dans son cœur le petit copain de Debbie, étant donné qu'il est noir, et le public pouvait s'imaginer qu'elle soutiendrait Debbie plutôt que d'avoir un arrière-petit-fils métis. Sauf que Brenda a fait tout un drame pour le droit à la vie et viré Debbie de chez elle, vous suivez ? Du coup, Sarah Anne Kelly, qui joue Debbie, et moi, nous nous attendions à un vrai drame.

— Et c'est ce qui s'est passé ?

Gloria secoua la tête, laissant un ruban de fumée dériver devant ses lèvres.

— Si on veut, dit-elle, me laissant perplexe. Ce qui se passe, c'est que le studio épluche notre courrier et filtre les lettres les plus méchantes pour qu'on soit pas démoralisées. Sauf que, évidemment, on se renseigne, n'est-ce pas ? Je veux dire, pour savoir s'il y a des cinglés qui nous en veulent.

— Et c'est ce que le studio vous a dit ?

— Non, ma poule. C'était pas le studio. Les lettres qui m'inquiètent, c'est celles qui arrivent chez moi.

Là, j'étais vraiment perplexe.

— Vous voulez dire, à votre *vraie* maison ? Celle où vous vivez dans la *vraie* vie ?

— Exactement. Bon, cela dit, mon adresse n'est pas un secret d'État. Mais à moins d'être un des voisins ou un de ces serpents de la presse, il faut quand même se donner du mal pour la trouver. Le téléphone est sur liste rouge, bien entendu. Et tous les trucs officiels, genre note d'électricité, fichier des électeurs, c'est pas au nom de Gloria Kendal. C'est sous mon vrai nom.

— Qui est ?

— Doreen Satterthwaite. (Elle plissa les yeux et je ne crois pas que c'était à cause de la fumée. Je fis de mon mieux pour garder mon sérieux. Puis elle sourit.) Atroce, hein ? Maintenant, vous comprenez pourquoi j'ai choisi Gloria Kendal ?

— À votre place, j'aurais fait exactement pareil, dis-je, et je ne mentais pas. Donc, ces lettres de menaces arrivent directement à votre domicile ?

— Pas seulement chez moi. Ma fille en a reçue une aussi. Et elles ne sont pas comme les autres.

Elle ouvrit de nouveau son sac. Je me demandai ce que pouvait être une existence où il est important d'avoir un tailleur, des chaussures et un sac à main assortis. Je ne pus m'empêcher de me poser des questions sur ses sous-vêtements. Son souci de coordonner allait-il jusque-là ? Elle sortit une feuille de papier. Elle s'apprêta à me la passer, puis elle se ravisa. J'aurais pu la prendre, mais comme ça aurait été un peu maladroit, je préférai attendre.

— En général, les lettres de ce genre sont écrites par des demi-illettrés. Des analphabètes. Bon, j'ai quitté l'école à quinze ans, mais je sais faire la différence entre un point et une virgule. La plupart des tarés qui m'écrivent seraient infoutus de dire ce qu'est un paragraphe, même s'ils couchaient avec. Ils ignorent l'orthographe et ils ont tendance à écrire à l'encre verte ou au feutre. On doit sans doute interdire à certains d'utiliser des objets pointus chez eux, ajouta-t-elle.

J'avais remarqué que les acteurs et leur public se méprisent souvent mutuellement. Apparemment, Gloria n'avait pas beaucoup de respect pour les gens qui lui payaient sa garde-robe.

Elle finit par me passer la lettre. C'était une feuille A4 quelconque, dont le texte avait été imprimé sur une laser.

Doreen Satterthwaite, le moment est venu de payer pour ce que tu as fait. Tu mérites de subir les mêmes souffrances que celles dont tu es responsable. Je sais où tu habites. Je sais où ta fille Sandra et son mari Keith habitent. Je sais que ta petite-fille Joanna va à l'école à Gorse Mill. Je sais qu'ils vont à l'église St-Andrew et qu'ils ont une caravane à Anglesey. Je sais que tu conduis une Saab décapotable rouge. Je te connais bien, salope. Et bientôt tu vas mourir. Mais ça ne se fera pas à la sauvette. Avant, tu vas souffrir.

Elle avait raison. Le ton de la lettre semblait désagréablement maîtrisé.

— Vous avez une idée de ce à quoi cette lettre fait allusion ? demandai-je, sans m'attendre vraiment à une réponse honnête.

— Qui peut savoir ? fit-elle en haussant les épaules. Je suis pas une sainte, mais je vois pas à qui j'aurais vraiment causé du tort. À part mon ex, et je doute qu'il soit fichu de m'écrire une lettre sans y mettre les mots « fieffée salope ». En tout cas, il est incapable de pas les prononcer dans une conversation. Et puis d'ailleurs, il ne menacerait ni Sandra ni Joanna. Sûrement pas.

Je pris sa réponse avec une sincère perplexité, puis je me souvins du métier qu'elle faisait.

— Il y en a eu beaucoup ?

— C'est la troisième. Plus celle qu'a reçue Sandra. Il était question des péchés de sa mère. Pour tout vous dire, je me suis contentée de jeter les deux premières. Je pensais que c'était quelqu'un qui avait eu un coup de sang.

Brusquement, elle détourna les yeux. Elle fouilla dans son sac et prit une autre cigarette qu'elle alluma, cette fois, d'une main tremblante.

— Il s'est passé quelque chose qui vous a fait changer d'avis ?

— On a tailladé les pneus de ma voiture. Tous les quatre. Sur le parking du studio de NPTV. Et il y avait un mot glissé sous les essuie-glace. « La prochaine fois, ta garde-robe ? Ou toi ? » Et avant que vous demandiez, oui, je l'ai apporté. Il pleuvait, alors la feuille s'est carrément déchirée.

— C'est une affaire grave, dis-je. Vous êtes sûre que vous ne voulez pas en parler à la police ?

Cela m'ennuyait de perdre une cliente potentielle, mais ça aurait été pratiquement de la non-assistance à personne en danger de ne pas lui dire que cette affaire était du ressort des flics.

Gloria joua avec sa cigarette.

— J'en ai parlé à la direction. Et John Turpin, le Coordinateur Administration et Production, m'a persuadée de ne pas aller voir les flics.

— Pourquoi ça ? J'aurais pourtant cru que la direction aurait tout fait pour empêcher qu'il arrive quoi que ce soit à ses vedettes.

Les lèvres de Gloria s'incurvèrent en un sourire méprisant.

— Ça avait rien à voir avec ma sécurité et tout avec de la mauvaise publicité. Et puis, qui voudrait venir bosser chez NPTV si on apprenait que la sécurité est tellement merdique que n'importe qui y entre comme dans un moulin ? Enfin, quoi qu'il en soit, Turpin m'a promis de procéder à une enquête interne, et j'ai donc décidé de faire comme il disait.

— Seulement vous êtes ici.

Ce sont des dons d'observation tels que celui-ci qui m'ont permis d'arriver où j'en suis aujourd'hui.

Elle me décocha par en dessous un rapide regard évaluateur chargé d'une inquiétude contenue.

— Vous allez penser que je suis idiote.

— Je ne vous vois pas comme une idiote, Gloria.

Bon, c'était un pieux mensonge. Assez idiote pour dépenser l'équivalent de la masse salariale hebdomadaire de Brannigan & Co pour une garde-robe coordonnée, mais probablement pas idiote quand il s'agissait d'évaluer de manière réaliste un risque personnel. Notez, Ronald Reagan était pareil — regardez ce qui lui est arrivé.

— Vous connaissez Dorothea Dawson ? demanda Gloria en m'observant du coin de l'œil.

— La Sibylle des Astres ? demandai-je, incrédule. Celle qui tient l'horoscope dans *TV Guide* ? Celle qui est toujours à la télé ? « Un cheval né sous le signe du Taureau va remporter le Derby » ? ajoutai-je en imitant grossièrement les graves intonations sépulcrales de Dorothea Dawson.

— Vous moquez pas d'elle, m'avertit Gloria en agitant l'index. C'est une voyante très douée, vous savez. Dorothea vient au studio une fois par semaine. C'est l'astrologue personnelle de la moitié des acteurs. Elle a vraiment un don.

Tu penses. Et même plusieurs : tous les dons en espèces que lui font les acteurs de *Northerners*.

— Et Dorothea vous a dit quelque chose à propos de ces lettres ?

— J'ai emporté celle-ci avec moi lors de ma dernière consultation. Je lui ai demandé si elle sentait quelque chose. Elle fait ça aussi. C'était pas la première fois qu'elle le faisait pour moi et elle s'est jamais trompée, dit Gloria d'une voix que je sentis angoissée, malgré tous ses talents dramatiques.

— Et qu'est-ce qu'elle a dit ?

Gloria tira tellement sur sa cigarette que j'entendis le tabac grésiller.

— Elle a pris l'enveloppe et elle a frissonné, dit-elle en soufflant la fumée. Elle a dit que la lettre signifiait la mort. Que la mort était dans la pièce avec nous.

2

TRIANGLE SOLEIL-LUNE

Une réflexion créative résout la situation actuelle : la native affrontera les difficultés en s'armant de détermination. Elle se sent chez elle partout, mais elle peut rester aveugle à la véritable étendue du problème. Elle ne remarquera pas toujours si son mariage se dégrade et ne tuera pas les problèmes dans l'œuf.

D'après : *Écrit dans les Étoiles,*
Dorothea Dawson

Quelqu'un d'assez naïf pour gober les malédictions et les prévisions débitées par des escrocs professionnels comme les astrologues n'allait pas avoir de difficultés avec mes remboursements de frais. Bien mal acquis ne profite jamais, c'est ce que je dis toujours. D'après Gloria, les lettres de menaces faisaient autant partie de la routine du métier que le fait de se déplacer en toutes circonstances avec des tonnes de photos à dédicacer pour les gens. Bon, d'accord, les pneus tailladés, c'était manifestement plus sérieux, mais cela pouvait très bien n'avoir aucun rapport avec les lettres et n'être qu'un acte de vengeance isolé. C'était uniquement parce que la Sibylle des Astres l'avait ébranlée que cette prose venimeuse avait pris de telles proportions et que Gloria s'imaginait qu'on en voulait à sa vie.

— Sent-elle souvent la présence de la mort quand on la consulte ? demandai-je en essayant de ne pas laisser le sarcasme percer dans ma voix.

— J'ai jamais entendu personne raconter

qu'on lui avait fait une prédiction comme ça, m'assura énergiquement Gloria.

— Et vous en avez parlé à d'autres acteurs du feuilleton ?

— À personne. C'est pas le genre de chose dont on se vante.

À moins d'aimer qu'on vous rie au nez, effectivement. D'un autre côté, cela signifiait peut-être que la prédiction de mort était l'un des petits trucs habituels de Dorothea Dawson pour effrayer ses clients et les rendre encore plus dépendants d'elle. Surtout les plus âgés. Un peu de bon sens : il ne doit pas y avoir beaucoup de vedettes de l'âge de Gloria qui passent plus de deux mois sans mort ou mourant dans son entourage. Gloria avait peut-être plongé dans la panique à cause de son astrologue, mais je n'arrivais pas à m'imaginer quoi que ce soit de plus qu'un artifice de Dorothea Dawson derrière tout cela. Être le garde du corps de Gloria s'annonçait comme une affaire juteuse et sans risques. Exactement ce qu'avait prescrit mon banquier. Je fis une petite prière pour remercier Dorothea Dawson et je répondis à Gloria que pour elle, je serais heureuse de faire une exception à la politique habituelle de la maison. D'ailleurs, je m'occuperais personnellement de sa sécurité.

La nouvelle sembla la réconforter.

— Bon, alors on ferait bien d'y aller, dit-elle en écrasant sa cigarette et en remettant son imper.

— On ferait bien d'y aller ? répétai-je.

Elle jeta un coup d'œil à sa montre, un gros machin en or semé de diamants, qui scintillait comme un pare-brise cassé sous un lampadaire.

— Ça dépend où vous habitez, je suppose. Sauf que si je veux inaugurer un pub thématique de Blackburn à 20 heures, il faut qu'on se change et qu'on mange un morceau, sinon, on risque d'être en retard si on se bouge pas.

— Un pub à Blackburn, dis-je d'une voix faible.

— C'est ça, ma poule. J'ai un contrat avec le brasseur. C'est assez simple. J'arrive, je sors deux trois blagues, je chante une ou deux chansons sur une bande-son enregistrée, je signe deux cents autographes et je me tire.

Tout en parlant, elle coiffait son chapeau en l'inclinant insolemment et remettait ses lunettes noires. Alors qu'elle se dirigeait vers la porte, je plongeai derrière mon bureau et je fourrai mon organiseur et mon portable dans mon sac. Je ne réussis à la rattraper que parce qu'elle s'était arrêtée pour signer à Shelley une photo couleur sur papier glacé qui la représentait dans le personnage de Brenda Barrowclough.

Quelque chose de terrible était arrivé à l'administratrice la plus inflexible de tout Manchester. Vous imaginez Cruella DeVille transformée en l'un de ses gentils chiots dalmatiens ? Eh bien, c'était pareil, mais en pire. Comme de voir le Ben Nevis se prosterner.

— Et vous pourriez en dédicacer une « à Ted » ? suppliait-elle.

J'aurais aimé avoir un système de surveillance vidéo dans le bureau. Un enregistrement de la scène et je tenais Shelley à ma merci pendant des mois.

— Pas de problème, tenez, dit Gloria en signant la carte d'un geste théâtral. Ça y est, Kate ?

J'empoignai mon manteau et l'enfilai tout en suivant Gloria dans le couloir. Elle regarda des deux côtés et vers l'escalier avant de sortir.

— Il manquerait plus que quelqu'un me voie sortir de votre bureau, dit-elle en dévalant les escaliers. (Arrivée en bas, je pris automatiquement à droite pour rejoindre ma voiture. Gloria me suivit dans le parking privé.) Le panneau dit « Réservé aux employés de DVS Systems — Tout autre véhicule sera immobilisé. », fit-elle remarquer.

— C'est exact, dis-je sur un ton censé mettre un terme à la conversation.

Je n'avais pas envie d'expliquer à Gloria que j'en avais eu tellement marre des parkings du quartier que j'avais inspecté tous ceux des bureaux pour trouver le moins plein. Ensuite, avec mon objectif macro, j'avais pris une photo d'un laissez-passer collé sur le pare-brise d'une voiture et je m'étais fabriqué un faux à peu près convenable. Cela faisait six mois que je me garais là sans ennui, mais ce n'était pas quelque chose dont j'étais particulièrement fière. D'ailleurs, il ne faut pas confier ses petits péchés aux clients. Ça ne réussit qu'à les inquiéter.

Gloria s'immobilisa, pleine d'espoir, près d'une énorme limousine noire aux vitres fumées. Je secouai la tête et elle eut un sourire dépité. Je pointai la télécommande de l'alarme de ma Rover bleu foncé qui m'accueillit par son habituel petit bip.

— Désolée, ce n'est pas une limousine, dis-je à Gloria tout en montant. J'ai besoin de rester discrète, la plupart du temps.

Je n'avais pas plus envie de lui dire que le moteur sous le capot était très différent de celui qui avait été monté en usine. Avec lui, je disposais d'assez de chevaux pour monter un rodéo. Si jamais quelqu'un poursuivait Gloria, je pouvais le semer en dix kilomètres.

Rentrer chez moi prit moins de cinq minutes, malgré la circulation de l'heure de pointe. J'adore habiter aussi près du centre-ville, mais le quartier est devenu plus risqué, depuis l'année dernière. J'aurais bien déménagé si je n'étais pas obligée d'économiser le moindre sou pour mon agence. Naguère, j'étais associée junior de Mortensen & Brannigan, et lorsque Bill Mortensen avait décidé de vendre ses parts et de partir en Australie, j'avais cru voir s'envoler mes perspectives de carrière[1]. Je ne pouvais pas me permettre de racheter ses parts, mais je préférais crever que de voir un inconnu accaparer la part du lion d'une affaire que je m'étais donné tant de mal pour développer. Il avait fallu beaucoup d'imagination et un endettement colossal pour démarrer Brannigan & Co. À présent, j'avais un bailleur de fonds aux îles Caïman, et nous étions convenus que je rachèterai ses parts dès que possible. Il se passerait donc un bon bout de temps avant que je puisse envisager de déménager pour la banlieue sud, où tous mes amis un peu sensés étaient déjà partis s'installer.

D'ailleurs, l'organisation domestique était parfaite. Mon mec, Richard, journaliste de rock, possédait le bungalow voisin du mien et nous avions relié les deux par une longue véranda qui courait le long du mur du fond. Tous les avantages de la vie commune sans souffrir des inconvénients. Je n'étais pas obligée de supporter son bordel ni ses copains musicos, ni lui mes copines ou ma manie de prendre des bains interminables.

La voiture de Richard, une Coccinelle décapotable rose vif, était à sa place, ce qui, vu l'heure, indiquait qu'il était probablement à la maison. Comme il devait recevoir des amis journalistes, je préférai jouer la sécurité et demandai à Gloria de rester dans la voiture. Je revins dix minutes plus tard, en robe de soirée de velours froissé vert bouteille et d'un spencer en soie bleu marine. Complètement surfait

1. Voir *Gènes toniques* (Masque n° 2307)

pour Blackburn, je sais, mais je n'avais pas beaucoup le choix. D'ailleurs, si je ne décidais pas une descente chez le teinturier, il faudrait que j'aille travailler en peignoir.

Gloria habitait à Saddleworth, un petit ensemble de villages campagnards huppés blotti sur les bords des landes du Yorkshire, à l'est de la communauté urbaine de Manchester. Les collines sont encore vertes et rondes, par là, mais à l'horizon, les bosses sombres de la lande font le gros dos d'un air menaçant, même lors des journées les plus ensoleillées. C'est ce paysage sauvage qui a englouti les corps des jeunes victimes de Myra Hindley et Ian Brady. Je ne peux jamais passer dans ce coin sinistre sans me souvenir des Assassins de la Lande. Habiter juste à côté me donnerait des cauchemars. Apparemment, Gloria n'en avait cure. Pourquoi d'ailleurs s'en serait-elle souciée ? Cela ne concernait ni elle ni Brenda Barrowclough, et la demi-heure de trajet jusqu'à Saddleworth me suffit pour comprendre que c'étaient les seuls critères qui lui importaient. J'avais entendu dire que les acteurs sont comme des enfants : ils ne s'intéressent qu'à eux-mêmes. À présent, j'en voyais la preuve.

Dans le crépuscule de décembre, Saddleworth ressemblait à une carte de Noël avec ses décorations précoces qui scintillaient sur une fine couche de neige. Si j'avais su, j'aurais écouté la météo : par ici, des rafales de neige bloquent les routes alors qu'il n'y a pas un flocon sur mon toit. Ça aussi, c'était un argument qui plaidait contre la vie à la campagne.

Gloria m'indiqua le chemin qui serpentait doucement dans la vallée jusqu'à Greenfield. Nous quittâmes la rue principale pour prendre une ruelle étroite bordée de hauts murs. J'espérai que personne de pressé ne déboucherait en sens inverse. Une centaine de mètres plus loin, la ruelle donnait sur de hautes grilles en fer forgé. Gloria fourragea dans son sac et les grilles s'ouvrirent.

J'avançai lentement, complètement estomaquée. J'avais l'impression d'être arrivée sur le plateau de tournage d'un téléfilm historique de la BBC. J'étais dans une cour pavée, bordée sur trois côtés par d'élégants bâtiments de deux étages en pierre de taille usée par le temps. Bien que peu experte en la matière, je savais reconnaître l'époque Révolution Industrielle, et c'en était un exemple de tout premier ordre.

— Eh bien dites donc, fis-je.

— Les anciens bureaux d'une filature, dit Gloria en me désignant des doubles portes sur la gauche. Laissez votre voiture devant le garage, pour l'instant. Ensuite, c'est devenu une usine de bouffe pour chats. Ça vous rappelle rien ?

— Celle où vous travailliez ?

— Vous avez tout pigé.

Elle ouvrit la portière et je traversai la cour à sa suite. La porte devant laquelle elle s'arrêta était en chêne massif, pourvue d'une serrure qui avait l'air sérieux. Au moment où nous entrions, une alarme se déclencha. Pendant que Gloria la désamorçait, je traversai la grande pièce qui occupait tout le bâtiment. Par la grande fenêtre, je vis scintiller de l'eau. L'arrière de la maison donnait sur un canal. Brusquement, la vie me parut plus simple. Cette baraque était imprenable. À moins que l'auteur des lettres ait le talent très vénitien de grimper sur une échelle posée dans une barque, je pourrais dormir dans mon lit et pas en travers du seuil de la chambre de Gloria.

— C'est très joli, dis-je.

— Surtout quand votre salon est l'ancien bureau de la compta, où vous veniez vous faire payer toutes les semaines en puant la barbaque, ironisa Gloria.

Je me retournai pour balayer la pièce du regard. En haut des murs, des lucarnes éclairaient délicatement les poutres patinées et les pierres nues des trois murs. La décoration semblait l'œuvre de John Lewis : beaucoup d'acajou et de soie imprimée pastel. Aux murs étaient accrochées d'immenses aquarelles représentant les landes du Yorkshire et les vastes parquets étaient couverts çà et là d'épais tapis chinois. Il n'y avait rien de discutable, mais rien non plus qui indiquât un goût personnel, contrairement à l'habillement de Gloria.

— Vous habitez seule ? demandai-je.

— Dieu merci, dit-elle d'un air soulagé en ouvrant un placard pour ranger son imperméable.

— Quelqu'un d'autre a les clés ?

— Juste ma fille, dit Gloria en ressortant et en désignant une porte à l'opposé. La cuisine est là-bas. Il y a un congélateur rempli de plats cuisinés. Vous voulez bien en sortir deux et les flanquer au micro-ondes pendant que je me change ?

Et sans attendre de réponse, elle commença à gravir l'escalier ouvert qui donnait à l'étage.

La cuisine était presque aussi grande que le salon. Une partie était aménagée en salle à manger, avec une longue table de réfectoire et une collection de chaises de campagne dépareillées parfaitement conservées, jusqu'aux coussins en patchwork. L'autre côté abritait une cuisine très pro, avec un immense réfrigérateur-congélateur. Le congélateur était bourré à craquer de plats tout prêts de chez Marks & Spencer. Finalement, peut-être que la vie à la campagne était supportable. Tout ce dont vous aviez besoin pour survivre à l'hiver, c'était d'un congélateur suffisamment vaste et d'une inépuisable quantité de jeux vidéo. Je choisis deux plats de pâtes et suivis les instructions sur l'emballage. Ils étaient prêts lorsque Gloria revint, habillée pour la suite des événements d'une froufroutante robe à paillettes rose *shocking*. Il ne manquait plus que l'immense chignon de Brenda Barrowclough pour fournir un exemple de kitsch *camp* surpassant tout ce qu'une drag-queen aurait pu imaginer.

— Stupéfiant, dis-je d'une voix faible en servant les pâtes au poulet dans des bols.

— Sacrément moche, oui, dit Gloria en s'asseyant dans un tourbillon de tulle. Mais ces pauvres gens paient pour voir Brenda, pas pour me voir moi. (Elle attaqua ses pâtes comme une figurante affamée d'*Oliver Twist*. Elle avait terminé que j'en étais à peine à la moitié.) Et voilà, dit-elle en s'essuyant la bouche d'un revers de main. Je file cinq minutes enfiler ma perruque et me tartiner. Le lave-vaisselle est à côté de l'évier.

Avec n'importe qui d'autre, j'aurais commencé à m'agacer qu'on me donne des ordres. Mais je commençais à piger le personnage de Gloria. Pas vraiment tyrannique, juste extraordinairement organisée et béatement convaincue que sa manière de procéder était la meilleure. Pour son entourage, la vie ne pouvait qu'être plus simple si les gens le reconnaissaient et suivaient sans poser de questions. Plus tard, il faudrait peut-être revoir ça, mais je m'en occuperais le moment venu. En attendant, je chargeai le lave-vaisselle, puis je sortis l'attendre dans la voiture.

Le trajet jusqu'à Blackburn fut notre dernier moment sensé de la soirée. Gloria me tendit un fax indiquant la route, puis elle exigea que nous ne parlions pas de l'affaire afin qu'elle puisse avoir l'esprit clair. Je glissai un CD de circonstance dans le lecteur et je conduisis au son calme de Dreamfish pendant qu'elle inclinait son siège et fermait les yeux. Je m'arrêtai devant le pub trois quarts d'heure plus tard, avec dix minutes d'avance sur son heure d'entrée en scène. Elle ouvrit les yeux, grogna et demanda :

— C'est un peu répétitif, cette musique. Vous avez pas du Sinatra ? (J'essayai de dissimuler mon air effondré. Raté. Gloria éclata d'un rire rugissant.) Mais non, je vous chambrais. Je supporte pas Sinatra. *Comme d'habitude*, ça c'est bien des trucs de bonhomme. Non, ces machins modernes, c'est beaucoup mieux.

Je laissai Gloria dans la voiture pendant que j'opérais une petite reconnaissance des lieux, avec l'intention de repérer des gens d'allure suspecte.

J'aurais eu plus de chance si j'avais voulu voir le Sahara sous la pluie.

Dans le pub, c'était la cohue. Des mecs avec des coiffures atroces et des polos de football serraient des groupes de filles gloussantes, vêtues de ce que les grands magasins avaient réussi à leur faire gober comme le *nec plus ultra* de la mode. La plupart donnaient plutôt l'impression d'avoir enfilé par erreur les fringues que leurs mères avaient jetées dans les années soixante-dix. Je ne voyais pas d'autre raison de porter du synthétique. Les Lightning Seeds hurlaient sur la sono à un volume qui faisait vibrer mes plombages. Le mot « provincial » était un euphémisme. C'était tellement éloigné de ce que je pouvais voir dans le centre-ville que je commençai à me demander si je n'étais pas tombée dans un trou noir pour atterrir dans la galaxie d'Andromède. Ma tenue chic me sembla soudain superflue. De la confiture pour les cochons.

L'offre spéciale de deux verres pour le prix d'un avait déjà fait bon nombre de victimes et le reste de la clientèle semblait sur le point de suivre. Je battis en retraite pour aller chercher Gloria.

— Je vais rester le plus près possible de vous, dis-je. C'est la folie, là-dedans.

Elle s'arrêta sur le seuil, jeta un rapide regard circulaire dans la salle et dit :

— Vous sortez pas souvent, vous, c'est clair.

Au même moment, quelqu'un la repéra. Un cri parcourut la salle et en quelques secondes, toute la jeunesse de Blackburn s'était mise à crier et à entonner en braillant le refrain du générique de *Northerners*. Et nous fûmes absorbées par la foule.

Je renonçai au bout de vingt secondes à essayer de protéger Gloria d'une lame assassine en me rendant compte que si je m'interposais entre elle et son public, je risquais plutôt de me prendre un coup de talon aiguille meurtrier. Je me faufilai donc dans la foule et je trouvai un poste d'observation sur le podium où officiait le DJ, aussi calme que peut l'être un type qui travaille dans une entreprise de bâtiment pendant la journée. Je scrutai machinalement la foule, cherchant quelqu'un avec un comportement inhabituel. C'était plus facile à dire qu'à faire, étant donné le chahut d'ivrognes autour de moi. Mais d'après ce que je pouvais voir du peuple entassé dans le *Frog & Scrannage*, les gens du coin semblaient animés d'intentions amicales, du moins en ce qui concernait Gloria/Brenda.

Je surveillai ma cliente, impressionnée par son dynamisme et son professionnalisme. Elle traversa la salle avec la lenteur d'un paresseux défoncé au valium, offrant un petit mot et un autographe à tous ceux qui réussissaient à se faufiler jusqu'à elle. Elle n'avait même pas l'air de transpirer : c'était la seule personne fraîche du plus grand sauna du Nord-Ouest. Quand elle parvint enfin au podium, ça se battit pour l'aider à monter dessus. Elle se tourna et d'un geste vif, passa une cassette au DJ.

— Quand tu veux, ma poule. Y a qu'à la laisser défiler.

Le type la glissa dans l'appareil et les premières mesures du générique de *Northerners* explosèrent dans les enceintes, tandis que le public se mettait à onduler en rythme. Puis la musique baissa et Gloria se lança dans ce qui était manifestement un numéro parfaitement rodé. Une demi-douzaine de blagues typiquement régionales, une poignée d'anecdotes sur ses collègues, puis, pile au bon moment, la musique reprit et elle se mit à beugler un pot-pourri de *I Will Survive*, *No More Tears*, *Roll With It* et *No Regrets*.

Vous auriez dû voir ça.

La foule hurlait pour qu'on lui en donne encore plus. Et elle l'eut. *The Power of Love* nous rendit sourds pour le reste de la semaine. Puis nous ressortîmes. Le parking était si glacial et silencieux que j'aurais presque voulu m'y attarder si je n'avais pas eu à m'occuper d'une cliente. Du coup, je courus à la voiture et je fonçai pour la prendre sur le seuil où elle signait ses derniers autographes.

— Continuez à regarder le feuilleton ! leur ordonna-t-elle avant de monter dans la voiture.

À peine étions-nous sorties du parking qu'elle enleva sa perruque en soupirant bruyamment.

— Qu'est-ce que vous en dites ?

— Quelqu'un de malintentionné pouvait s'approcher sans problème. Mais pour filer ensuite, c'était plus difficile, dis-je en me concentrant sur une route en sens unique qui pouvait nous conduire à Chorley ou à Preston ou vers un autre destin banlieusard pire que la mort si je ne gardais pas tous mes esprits.

— Mais non, pas ça, s'impatienta Gloria. On s'en fout, de ça. Comment j'ai été ? Ça leur a plu ?

Il était minuit quand je déposai Gloria derrière des portes verrouillées et des grilles fermées pour rentrer par les rues désertes et délabrées de la banlieue est. Il n'y avait pas grand-chose qui bougeait à part des papiers gras emportés par le vent. Je sentais mes sinus me chatouiller à cause de la fumée, de la musique hurlante et des lumières aveuglantes que j'avais dû supporter dans le pub. Je venais d'avoir trente ans. Peut-être que dans mon cerveau s'était produite une modification radicale impliquant que mon corps ne pouvait plus tolérer tout ce qui composait « une bonne soirée » pour les clients du dernier pub en date de Blackburn. Peut-être que vieillir avait finalement des avantages.

C'est en bâillant que je traversai les HLM pour gagner l'enclave de la résidence où j'arrive parfois à dormir une nuit complète. Pas cette fois : Gloria devait être aux studios à 9 h 30, et elle voulait que je passe la prendre une heure avant. Je serrai les dents, me rappelai que mes honoraires étaient facturés à l'heure et je souris.

Je remontai l'allée d'un pas vacillant en dérapant sur les pavés gelés, m'imaginant déjà le délice sensuel que j'éprouverais à me glisser sous une grosse couette en duvet. À peine avais-je ouvert la porte que mon rêve volait en éclats. Même depuis l'entrée, je pouvais voir la lumière dans la véranda. J'entendais la plainte d'un saxophone et un murmure de voix. Si tout ce petit monde était dans la véranda et non dans le salon de Richard, c'est que celui à qui il parlait était là pour moi.

Mes épaules s'affaissèrent et mon sac glissa sur le sol. Je me rendis dans le salon et je contemplai la scène depuis le seuil. Des bouteilles de bière, le ruban de fumée d'un joint, deux bonshommes vautrés dans les fauteuils en osier.

Exactement ce qu'il me fallait après une journée de boulot. Deux criminels dans ma véranda.

3

VÉNUS EN CARRÉ À NEPTUNE

Cet aspect délicat cause des tensions dans les affaires de cœur, car la native attend davantage de l'amour et de la camaraderie que de son univers immédiat. Aussi est-elle bien décidée à renverser les obstacles qui s'empilent devant elle.

D'après : *Écrit dans les Étoiles,*
Dorothea Dawson

Ce n'est pas tous les soirs que vous avez l'impression d'avoir besoin d'une autorisation officielle pour entrer dans votre propre véranda. Cette fois-ci, il me fallait incontestablement un remontant avant de pouvoir affronter la musique ou les hommes. Un rapide tour à la cuisine, et je revins armée d'un grand verre couvert de buée, rempli d'un mélange d'Absolut au poivre glacée et de jus de pamplemousse rose. Je respirai un bon coup et me lançai vers

Dieu sait ce qu'allaient me jeter au visage Dennis et Richard.

Quand je dis que la véranda était remplie de criminels, j'exagère à peine. Bien que l'insistance de Richard à prendre de la marijuana — sans laquelle sa créativité ne peut s'exprimer — l'amène à enfreindre joyeusement la loi tous les jours, il n'a jamais été convaincu de crimes. En tant que journaliste, il n'a d'ailleurs jamais été convaincu de quoi que ce soit.

Dennis, c'est une autre paire de manches. C'est un criminel professionnel, mais, paradoxalement, je lui fais plus confiance qu'à presque quiconque. Je sais toujours où j'en suis, avec Dennis : son sens de la morale n'observe peut-être pas les canons traditionnels, mais il est plus inflexible que la loi de la gravitation universelle — et nettement plus indulgent. Autrefois, c'était un cambrioleur. Pas le genre qui entre par effraction chez les gens pour voler leur chaîne stéréo et fouiner dans leur lingerie, mais plutôt l'espèce qui soulage les très riches de quelques-uns de leurs biens mal acquis et bien assurés. Certaines de ses victimes étaient entourées de tellement de coûteuses possessions symboliques de leur statut social qu'elles ne se rendaient même pas compte qu'on les avait cambriolées. Depuis quelque temps, il a plus ou moins renoncé à voler les gens, en dehors d'autres délinquants qui ont trop d'amour-propre pour aller se plaindre à la police. Normal : après la dernière fois où il a été contraint par la loi de vivre derrière de très hautes murailles avec rien de plus qu'une carte de téléphone, sa femme lui a annoncé qu'elle divorcerait s'il faisait à nouveau quoi que ce soit qui lui vaille une peine de prison.

Je connais Dennis depuis plus longtemps que je ne connais Richard. Il m'a enseigné la boxe thaï et le principe fondamental de l'autodéfense pour quelqu'un d'aussi petit que moi : envoyer un coup de pied paralysant sur la rotule ou dans les couilles et prendre ses jambes à son cou. Ça m'a sauvé la vie plus d'une fois et c'est une autre bonne raison pour considérer que Dennis est toujours bienvenu chez moi. Enfin, presque toujours.

Je m'appuyai au chambranle et ricanai :

— Je croyais que tu ne prenais pas de drogue, Dennis, dis-je suavement.

— Tu sais bien que non. Qui raconte des saloperies pareilles sur moi ?

— Personne. Je faisais juste allusion à l'atmosphère qui règne ici, dis-je en agitant une main devant mon nez tout en traversant la pièce pour donner à Dennis un baiser sur une joue si douce qu'il avait dû se raser juste avant de sortir. Il suffit de respirer et on est défoncé. Sans oublier de préciser que ça diminue ton espérance de vie de moitié.

— Content de te voir, Brannigan, dit mon cher et tendre tandis que je repoussais le journal avant de me laisser tomber sur le canapé à côté de lui.

— Alors, qu'est-ce que vous complotiez, les mecs ?

Dennis sourit comme Will Coyote. J'eus un petit pincement de cœur. J'étais trop crevée pour faire une imitation convenable de Bip-Bip.

— Je voulais te demander des trucs, dit-il.

— Et ça ne pouvait pas attendre demain matin ? grommelai-je.

— Je passais par là.

Richard émit l'espèce de gloussement que provoquent généralement chez lui la cinquième bière et le quatrième joint. Je connais le spécimen.

— Il passait et il a entendu une bouteille de Pilsner crier son nom, bafouilla-t-il.

— D'après le nombre de bouteilles, on dirait plus que c'était une caisse pleine qui gueulait à pleins poumons, murmurai-je. (Tous les deux, ils avaient l'air bien partis pour y passer la nuit. Je n'avais qu'un seul moyen de m'en sortir vivante : c'était résoudre le problème de Dennis. Ensuite, peut-être qu'ils ne s'apercevraient de rien quand je répondrais à l'appel de la couette.) Que puis-je faire pour toi, Dennis ? demandai-je suavement.

Il me décocha le regard circonspect de celui qui est trop saoul pour remarquer que son interlocuteur ne le traite pas avec toute la cruauté qu'il mérite.

— Je peux revenir demain, dit-il.

— Je ne crois pas que ce soit nécessaire, rétorquai-je. Ça ira pour ce soir, comme dit la chanson.

Dennis me jeta un regard de biais et chercha ses cigarettes.

— Tu as jamais eu ton diplôme de droit, si ?

Je secouai la tête. C'était une question douloureuse avec ma mère et mon père, qui auraient voulu être les premiers parents de la famille à avoir une diplômée, mais tout ce que j'éprouvais, c'était du soulagement à l'idée que mes affaires ne seraient jamais assez mauvaises pour que je sois tentée d'ouvrir un cabinet. Deux ans d'études m'avaient suffi pour comprendre que tous les domaines juridiques m'aurait rendue folle au bout de six mois.

— Donc, tu peux pas me facturer des honoraires pour un peu de conseil, conclut triomphalement Dennis.

Je levai les yeux au ciel, où quelques étoiles audacieuses pénétraient les lueurs orangées de la nuit urbaine.

— Non, Dennis, je ne peux pas. (regard noir,

puis :) Mais pourquoi je voudrais ? Nous ne nous sommes jamais envoyé de factures, jusque-là, non ? Qu'est-ce que tu mijotes exactement ?

— Tu sais que je te demanderais jamais conseil pour quoi que ce soit de criminel, hein ?

— Bien sûr. Tu es trop radin pour gâcher ta salive pour ça.

Richard gloussa à nouveau. Je revis mon estimation à la hausse. Sixième bière, cinquième joint.

Dennis se pencha pour prendre son blouson sur le siège voisin, révélant les splendides muscles de son avant-bras et une étiquette Ralph Lauren. Ça n'allait pas très bien avec le pantalon de jogging et le polo de football de Manchester United. Il sortit quelques papiers de la poche intérieure et me les tendit avec un regard plein d'appréhension. Puis il haussa les épaules.

— C'est pas illégal. Pas en tant que tel, dit-il.

— Même pas un tout petit peu ? demandai-je.

Je ne fis même pas l'effort de dissimuler mon incrédulité. Dennis ne se vexe que lorsqu'on essaie vraiment de le blesser.

— Ce truc-là, non, dit-il d'un ton décidé. C'est un bail.

— Un bail ?

— Pour un magasin.

— Tu prends un bail commercial ?

C'était comme d'entendre Dracula affirmer qu'il était devenu végétarien.

Il eut le bon goût de prendre un air gêné.

— Dans les faits seulement.

Je savais qu'il valait mieux ne pas creuser davantage. Parfois, l'ignorance n'est pas seulement une bénédiction, mais aussi une manifestation de prudence.

— Et tu veux que je jette un coup d'œil là-dessus pour voir si on t'escroque pas, dis-je en tendant la main pour prendre le document.

Bizarrement réticent, à présent, Dennis serrait le bail sur sa poitrine.

— Tu t'y connais là-dedans ? Je veux dire, c'est pas un des trucs que tu as pas étudiés, hein ?

Pour le coup, si, mais je n'allais pas lui dire ça. D'ailleurs, depuis que j'ai quitté la fac, j'ai appris beaucoup plus de choses pratiques sur les contrats et les baux que si j'y étais restée.

— Donne, dis-je.

— Et c'est pas un ton qui admet la réplique, intervint Richard comme le Loir au thé du Chapelier Fou.

Dennis fit une grimace comme quelqu'un qui mange un sandwich au piment, mais il me tendit quand même les papiers.

À mes yeux, il avait l'air d'un bail classique. Il était rédigé pour une boutique dans l'Arndale Centre, la galerie marchande sans âme du centre-ville que l'IRA avait tenté de rayer de la carte en 96. Comme d'habitude, ils s'étaient trompés. L'Arndale, probablement le bâtiment le plus laid du centre de Manchester, était resté plus ou moins intact. Malheureusement, presque toutes les autres constructions qui l'entouraient dans un rayon de cinq cents mètres avaient sacrément dérouillé, surtout celles qui valaient la peine de rester debout. Du coup, pendant deux ans, tout le centre-ville avait eu l'air emballé par Christo pour une espèce de célébration bizarre du millénaire approchant. À présent, il semblait que la partie de la galerie fermée pour des travaux d'entretien et de rénovation allait rouvrir et que Dennis participait à l'action.

Il n'y avait rien de douteux dans le document, d'après ce que je voyais. Tout au plus était-il légèrement en faveur du locataire, un certain John Thompson, puisqu'il lui accordait les trois premiers mois de loyer à demi-tarif à titre incitatif. Je ne fus pas surprise de ne pas trouver le nom de Dennis sur le bail. Il arrive à peine à inscrire sa véritable identité sur les listes d'électeurs. D'ailleurs, aucun propriétaire digne de ce nom n'aurait jamais accordé un bail à quelqu'un qui, d'après les banques et les organismes de crédit, n'existait même pas.

Je ne comprenais pas où il voulait en venir. En quelque sorte, je n'arrivais pas à voir en Dennis l'héritier spirituel de Marks & Spencer. De Karl Marx, peut-être, sauf qu'ils avaient une conception différente de la redistribution des richesses.

— Ça a l'air correct, dis-je en repliant le bail.

Dennis me l'arracha presque des mains et le fourra dans sa poche, une attitude bien trop fuyante pour un délinquant aussi expérimenté que lui.

— Merci, mon ange. Je voulais juste être sûr que tout était comme il faut. Que ça avait l'air correct.

Je reconnus immédiatement le mot clé. Nous autres détectives, nous ne dormons jamais.

— Comment ça, « l'air correct » ? Qui d'autre est censé le regarder ?

Dennis essaya de prendre un air innocent. J'ai déjà vu des tueurs y réussir mieux que ça.

— Comme d'habitude, tu vois. L'électricité, la compagnie des eaux. Il faut qu'ils voient le bail pour nous brancher.

— Qu'est-ce qui se passe, Dennis ? Qu'est-ce qui se passe vraiment ?

Richard se redressa plus ou moins et passa un bras sur mon épaule.

— Tu ferais mieux de lui dire, Den. Tu sais

ce qu'on dit : mieux vaut l'avoir sous la tente et qu'elle pisse dehors que de l'avoir dehors en train de pisser dedans.

Je préférai ne pas relever cette impossibilité anatomique et j'optai pour un sourire cruel.

— Il a pas tort.

Dennis soupira et alluma une cigarette.

— D'accord. Mais j'étais sincère quand j'ai dit que c'était pas criminel.

Je levai les yeux au ciel en secouant la tête.

— Dennis O'Brien, tu sais comme moi que « pas criminel » ne signifie pas nécessairement « légal ».

— C'est trop compliqué pour moi, se plaignit Richard en prenant une autre bière.

— Allez crache, dis-je d'un ton ferme.

— Tu sais à quel point j'aime pas gâcher, commença Dennis. (Je hochai prudemment la tête.) Il y a rien qui agace plus quelqu'un comme moi que de voir des locaux qui restent inoccupés parce que l'agence immobilière fait mal son boulot. Alors j'ai eu l'idée d'utiliser une ressource qui servait à rien.

— Squatter un magasin, dis-je sans plus de détours.

— Quoi ? demanda distraitement Richard. Tu vas habiter dans un magasin, Den ? Et la maison, alors ? Debbie t'a viré, c'est ça ?

— Mais non, il ne va pas habiter dans le magasin, espèce de défoncé, dis-je d'un ton sarcastique.

— Oui, si tu continues à fumer comme ça, tu vas avoir un âge mental de trois ans, ajouta sentencieusement Dennis. Évidemment que je vais pas habiter dans le magasin. Je vais y vendre des marchandises.

— Explique un peu, dis-je.

Il n'y avait encore que Dennis pour croire que sa toute dernière idée était nouvelle : il n'était pas le premier à Manchester à s'y essayer, et de loin. Je me souvenais d'avoir lu quelque chose sur la question dans l'*Evening Chronicle*, mais comme toujours avec les articles de presse, ça ne m'avait rien appris de ce que je voulais vraiment savoir.

— Tu veux savoir comment ça marche ?

Question idiote à poser à une femme dont la première montre n'avait vécu que le temps de comprendre comment la démonter.

— Tu penses bien.

— D'abord, tu identifies un local. Tu trouves des boutiques vides et tu appelles l'agence. Ce que tu cherches, c'est un magasin pour lequel l'agence te dira qu'elle n'accepte aucune offre parce qu'il est déjà loué et que le bail commence dans deux mois.

— Quoi ? marmonna Richard.

Dennis et moi partagions le sourire de conspirateurs de ceux qui ont pas mal de bières en retard sur le débile mental.

— Comme ça, tu sais qu'il va rester vide suffisamment longtemps pour que tu l'occupes dans l'intervalle, expliqua-t-il patiemment. Ensuite tu trouves quelqu'un qui te rédige un contrat. Un truc qui donne l'impression que tu as pris un bail précaire de bonne foi, payé rubis sur l'ongle. Tout ce que qu'il te reste à faire ensuite, c'est d'entrer dans la boutique et le tour est joué. Tu fais mettre l'eau et l'électricité, tu remplis l'endroit de saloperies à moins d'une livre, ce que tu peux te permettre parce que tu n'as aucune charge. Et personne peut te pincer, étant donné que tu n'as pas enfreint la loi.

— Et les dégâts criminels ? demandai-je. Tu as été obligé de forcer la serrure, pour entrer.

— Si tu crochètes les serrures, dit Dennis avec un clin d'œil, tu fais aucun dégât. Et tu rajoutes d'autres serrures pour renforcer la sécurité. Où est le mal ?

— Et le propriétaire essaie pas de t'expulser ? demanda Richard.

Question extraordinairement sensée, vu son état.

— Certains s'en fichent, dit Dennis en haussant les épaules. Ils savent que tu auras filé avant que le nouveau locataire ait besoin des locaux, alors ils ont rien à perdre. Il y en a d'autres qui essaient. Mais je mets quelqu'un sur place en permanence, juste au cas où ils essaieraient de faire les malins et de reprendre le local pendant la nuit. Tu trouves facilement un gosse SDF qui fait le veilleur de nuit pour dix livres. Tu lui donnes un portable et un casse-dalle et tu l'enfermes dedans. Et si le proprio essaie de faire quoi que ce soit, il m'appelle et je rapplique aussi sec. S'il lève un doigt sur moi ou sur le môme, c'est lui le criminel. Il paraît que les gens deviennent très raisonnables dès qu'on explique les dispositions légales, conclut Dennis avec un sourire de requin.

— J'imagine, répondis-je d'un ton goguenard. La batte de base-ball est fournie avec les explications ?

— Qu'est-ce qu'ils y peuvent, les pauvres gens, si on leur demande de venir alors qu'ils rentrent d'un match ?

Il haussa les sourcils en essayant de prendre un air innocent et échoua lamentablement.

— Ça rapporte, hein ? demandai-je.

— Un joli petit paquet, surtout avec Noël qui approche.

— Tu sais, Dennis, si tu consacrais à des activités honnêtes la moitié des efforts que tu déploies pour agir illégalement, tu serais multimillionnaire, depuis le temps, soupirai-je.

— Peut-être, dit-il en secouant tristement la tête. Mais où serait le plaisir ?

Il n'avait pas complètement tort. Et qui étais-je pour discuter ? J'avais tourné le dos depuis longtemps à la version honnête de ma vie. Si Dennis enfreignait la loi pour gagner de l'argent, moi aussi. J'avais commis des cambriolages, des fraudes, des agressions, des vols et j'avais contourné la loi sur la protection des Communications en d'innombrables occasions, rien qu'au cours des six derniers mois. Je prenais comme excuse le fait que j'agissais ainsi pour mes clients et ma version personnelle de la justice. Cela m'avait conduite dans des endroits étranges, forcée à prendre des décisions que je préférais ne pas examiner sous une lumière crue. Dans le temps, je n'aurais pas hésité un seul instant à dire lequel, de Dennis ou de moi, pouvait prétendre avoir le plus haut point de vue moral.

Mais ces derniers temps, je n'étais plus trop sûre.

4

CARRÉ LUNE-MARS

Aspect sujet aux accidents. La native peut se blesser par manque de jugement. Elle s'empresse trop de faire connaître sa présence et ne se maîtrise pas suffisamment. Ses sentiments d'insécurité se manifestent dans une agressivité peu féminine. Elle a des tendances autoritaires.

D'après : *Écrit dans les Étoiles,*
Dorothea Dawson

N'importe qui peut être star d'un feuilleton. Tout ce qu'il faut, c'est un scénariste qui vous connaît suffisamment bien pour intégrer votre personnalité dans la série, et ensuite, vous vous laissez porter les doigts dans le nez jusqu'aux Oscars de la télé. J'avais toujours cru qu'il fallait être acteur. Mais deux heures passées sur le plateau de *Northerners* me firent prendre conscience que pour les feuilletons, c'est différent. Seulement dix pour cent des acteurs auraient été capables de jouer Shakespeare ou Stoppard. Les autres se contentaient de venir au studio chaque semaine et de se comporter comme dans la vie. Les charmants voyous sont tout autant des voyous que les blondes idiotes des crétines oxygénées. Les bons Samaritains vous attendrissent et ceux que tout un pays adore détester sont aussi repoussants en chair et en os. Plus repoussants même, vus de trop près. Question coup de foudre, j'avais plus de chance d'en prendre un vrai pendant un orage que d'en éprouver un pour ce tas de stars sur le retour ou qui n'arriveraient jamais nulle part.

Ils n'étaient même pas obligés d'apprendre leur texte. Les prises télé sont tellement courtes qu'un moucheron atteint d'Alzheimer aurait pu retenir leurs répliques sans le moindre problème. Surtout au bout de la sixième ou de la septième prise, nombre dont la majorité des acteurs du feuilleton semblait avoir besoin pour exprimer le sentiment le plus banal à l'écran.

Mon plus gros problème consistait à trouver comment agir. Gloria avait dit à tout le monde que j'étais son garde du corps. Pas parce que j'étais incapable de m'inventer une couverture convenable, mais parce que, ayant pesé le pour et le contre, j'avais décidé que si c'était quelqu'un de l'équipe ou de la distribution qui lui en voulait, il était temps qu'il comprenne qu'il valait mieux laisser tomber. Gloria était plutôt partisane d'une approche biaisée, espérant que je pourrais pincer l'auteur des lettres de menaces en flagrant délit de vengeance, mais je lui avais fait remarquer que si je devais rester assez près d'elle pour la protéger, je constituerais de toute façon un obstacle évident à tout acte malveillant.

D'ailleurs, le public n'était pas autorisé à pénétrer sur le plateau de *Northerners*. Les scénarios étaient censés être top secrets. NPTV, la chaîne qui fabriquait le feuilleton, était tellement paranoïaque qu'à côté, le New Labour semblait détendu. Tous les gens qui travaillaient sur l'émission devaient signer un contrat de confidentialité. Toute divulgation d'informations concernant les personnages ou les scénarios constituait une faute professionnelle lourde, motif de licenciement immédiat et de poursuites judiciaires. J'avais moi aussi dû signer cette clause de préjudice avant d'avoir l'autorisation d'entrer dans la zone qui abritait les plateaux intérieurs et extérieurs, ainsi que les bureaux de la production et de l'administration. Hormis quelques prises en dehors des studios pour donner à la série une ambiance typique de Manchester, presque tout, depuis les réunions de scénaristes jusqu'au montage des bandes finales, avait lieu derrière les hautes murailles qui entouraient les bâtiments de NPTV.

Pour ce que ça servait... *Northerners* produisait plus de copie dans les journaux que n'importe quelle autre émission du pays. Il fallait bien que le combustible de cette prose enflammée provienne de quelque part, et les tabloïds ont toujours eu des poches profondes. Tous les journalistes de ce milieu n'auraient pas été capable d'expliquer en quelques mots simples à un informateur encore hésitant que les menaces de poursuites en justice de NPTV pour préjudice civil étaient à peu près aussi solides que le contreplaqué.

Mais NPTV tenait à ses illusions de puissance et j'avais convaincu Gloria que ce serait beaucoup plus simple si nous étions directes. L'inconvénient de se présenter à découvert, c'est de mettre tout le monde sur ses gardes. Personne n'allait commettre d'imprudence. Si ma cible était l'un des membres de l'équipe de *Northerners,* il se tiendrait sur ses gardes quand je serais dans les parages.

Afin de représenter une protection efficace pour ma cliente, il fallait que je sois visible, ce qui signifiait que je ne pouvais même pas trouver un petit coin tranquille pour relever mon e-mail ou traiter mes factures. Si Gloria était au maquillage, j'étais au maquillage. Si Gloria était sur le plateau, je rôdais autour en me fourrant dans les jambes de tout le monde. Si Gloria allait aux toilettes, je restais adossée au distributeur de tampons hygiéniques. J'aurais pu tourner l'une de ces cassettes de formation sous forme de reportage-vérité qui aurait conduit n'importe quel aspirant détective à préférer poser sa candidature comme aide-soignant dans un hôpital.

J'étais en train d'essayer de calculer mentalement mon solde bancaire lorsqu'une main posée sur mon épaule me fit bondir. Quand je vous dis que je suis un garde du corps toujours sur le qui-vive. Je fis volte-face et je me retrouvai nez à nez avec le bouton d'une veste. Je reculai d'un pas et levai le nez. Le type devait faire dans les 1,92 m, avec des épaules larges comme ça et une trogne carrée. Le costume, dont la coupe annonçait plus Savile Row qu'Armani, était conçu pour déguiser les effets d'un trop grand nombre de déjeuners et dîners d'affaires, mais ce mec était loin d'être un gros lard. Il avait l'air d'avoir à peine quarante ans passés, et son physique trahissait une pratique régulière du sport. Dans quelques années, quand ses articulations commenceraient à se plaindre et que son énergie irait *decrescendo*, il glisserait illico dans le genre gras-mou. Je connais cette espèce-là. Quand on veut obtenir toujours plus, on se fait avoir.

Le sourire sur son large visage adoucissait l'allure un peu austère que produisent toujours une mâchoire carrée, un front large et des yeux profondément enfoncés sous une arcade sourcilière proéminente.

— Vous devez être Kate Brannigan, dit-il en tendant la main. Je ne voulais pas vous faire sursauter. Je suis John Turpin.

Pour un homme qui s'était donné autant de mal à convaincre Gloria de garder ses problèmes pour elle, il avait l'air étonnamment cordial.

— Ravie de vous connaître, dis-je.

— Où en est votre enquête ? demanda-t-il en baissant sur moi un sourire bienveillant.

— Je pourrais vous poser la même question.

Si ce mec essayait de m'avoir avec ses amabilités, le moins que je pouvais faire, c'était d'en profiter et de lui tirer les vers du nez.

Son sourire s'incurva d'un seul côté, transformant son expression magnanime en un rictus prédateur.

— Je crains d'être plus un gardien de la confidentialité de l'entreprise que Ms Kendal, dit-il avec une petite note acide dans la voix.

— Mais vous pensiez que je me confierais à vous ? demandai-je innocemment.

— Pas vraiment, gloussa-t-il. Mais ça ne fait jamais de mal d'essayer, comme vous venez si habilement d'en donner la preuve. J'espérais que nous pourrions garder entre nous le petit problème de Ms Kendal, mais si elle insiste pour gâcher son argent dans des services que nous pouvons lui fournir plus efficacement et gratuitement, je ne peux pas l'en empêcher.

— Puis-je lui dire à quelle date elle aura les résultats de votre enquête interne ?

Là, je ne jouais plus la fille suave et gentille. Ça ne m'avait menée nulle part : j'avais tout intérêt à interpréter le rôle de Miss Business.

Turpin enfonça une main dans la poche de sa veste, pouce sorti, comme le fait toujours le Prince Charles.

— Impossible à dire. On me demande de m'occuper de tellement de choses — et la plupart sont tout de même plus importantes que les divagations d'un auteur de lettres de menaces.

— On a tailladé ses pneus. Les quatre. Dans les locaux de NPTV, lui rappelai-je.

— La télé, c'est un monde où les vacheries sont courantes, dit-il sans s'émouvoir. Je suis loin d'être convaincu d'un rapport entre les lettres et les pneus tailladés. Je ne parviens pas à croire que vous ayez du mal à envisager que Ms Kendal puisse harceler suffisamment un collègue pour qu'il se mette en colère et se conduise d'une manière aussi puérile.

— Vous ne prenez vraiment pas cette affaire au sérieux, n'est-ce pas ? dis-je en faisant de mon mieux pour ne rien laisser paraître de mon incrédulité.

— C'est pour cela qu'on vous paie, Ms Brannigan. Moi, j'ai une entreprise de production à gérer. (Il inclina la tête et se lança à nouveau dans une offensive de charme.) J'ai été très heureux de vous connaître.

Je ne répondis rien et je me contentai de regarder s'éloigner son dos, revêtu d'une veste à deux pans qui camouflait parfaitement les effets de trop nombreuses heures passées assis derrière un bureau. S'il fallait juger du déroulement des événements d'après notre conversation, il était très surprenant que Gloria ait mis autant de temps à m'engager.

Malgré l'intervention de Turpin, avant midi, je m'ennuyais déjà plus que durant mes cours de latin au lycée. Si on m'avait demandé, j'aurais avoué que j'étais partante pour n'importe quelle distraction. Enfin presque, comme je m'en rendis compte lorsque mon portable sonna, au beau milieu de la cinquième prise d'une scène tendue entre ma cliente et le père putatif du fœtus avorté de sa petite-fille.

Mortifiée, je fis une grimace désolée au partenaire de Gloria qui me foudroya du regard en murmurant :

— Putain, mais c'est quoi, ce boulot d'amateur ?

Les six mois qu'il avait passés en détention préventive en attendant son procès pour viol (d'après la une du *Sun* deux mois plus tôt) n'avaient apparemment pas amélioré son vocabulaire.

Je m'esquivai derrière un décor et enfonçai la tête dans les épaules en grognant :

— Allô ?

— Kate ? J'ai été arrêté.

La voix était familière, mais le scénario, absolument pas. Donovan Carmichael, étudiant ingénieur de deuxième année à l'UMIST, travaillait pour nous à mi-temps comme huissier et je payais sa mère pour le travail qu'il accomplissait. Est-ce que je vous ai dit que Shelley, notre tyran administratif, était sa mère ? Et qu'elle était furieuse à l'idée que son petit rejeton d'universitaire soit tenté de tout balancer pour devenir un justicier des rues comme sa patronne ? C'était probablement la raison pour laquelle le rejeton en question utilisait son unique coup de fil pour m'appeler moi, plutôt qu'une mère poule.

— Pour quelle raison ?
— Parce que je suis noir, je crois, dit-il avec colère.
— Qu'est-ce qui s'est passé ?
— J'étais à Hale Barns.
Voilà qui expliquait bien des choses. Il n'y a pas beaucoup de noirs d'1,90 m, à Hale Barns, surtout le genre avec les épaules plus larges que les bagnoles de sport voyantes parquées dans les immenses garages. Ça ferait trop baisser la valeur immobilière du quartier.
— Tu faisais quoi ?
— Je bossais, dit-il. Vous savez, la livraison du truc arrivé hier après-midi ?
C'était sa manière de me faire comprendre qu'on écoutait notre conversation. Je savais qu'il faisait allusion à une injonction pour violences domestiques qu'on nous avait demandé de transmettre. Le mari avait fracassé la pommette de sa femme la dernière fois qu'il avait eu ses nerfs. Si Donovan réussissait à apporter le document, il n'y aurait peut-être pas de prochaine fois. Mais il avait de très bonnes raisons de ne pas vouloir révéler son objectif ni le nom de notre client aux flics. En dehors des commissariats du centre-ville toujours très surveillés, la plupart des flics n'éprouvent pas beaucoup de compassion pour les victimes de violences domestiques. Surtout quand le type qui les a commises est l'un des plus célèbres joueurs de l'équipe de football de la ville. Il venait de donner un nouveau sens à l'expression « taper dans le mille », mais ça n'était pas ça qui allait l'empêcher d'être un héros pour les gars en bleu.
— On t'a inculpé ?
— On ne m'a pas encore interrogé.
— Tu es dans quel commissariat ?
— Altrincham.
Je regardai ma montre, puis je passai la tête

sur le côté du décor. Ils allaient refaire une prise.

— Je vais envoyer quelqu'un là-bas le plus vite possible. En attendant, tu ne dis rien, OK ? dis-je à voix basse.

Sans attendre la réponse, je coupai la communication et retournai au plateau sur la pointe des pieds. Gloria et le crétin qui lui donnait la réplique recommencèrent pour la huitième fois et la réalisatrice annonça enfin qu'elle était satisfaite. Gloria poussa un soupir tonitruant et quitta le plateau pour me rejoindre en arrachant la perruque de Brenda.

— C'est tout pour aujourd'hui, ma poule. Déposez-moi chez moi et vous pouvez avoir le reste de la journée pour vous.

— Vous restez chez vous ? demandai-je en lui emboîtant le pas vers la loge qu'elle partageait avec Rita Hardwick, l'actrice qui jouait Thelma Torrance, la gentille fille qui n'est jamais devenue adulte.

— Exact. Il faut que je passe au bureau prendre les scripts du mois prochain en partant. Et je resterai vautrée dans mon jacuzzi à apprendre mon texte jusqu'à l'heure de dormir. C'est pas joli à voir, alors j'ai pas besoin de spectatrice. Surtout une qui me facturerait ce privilège, ajouta-t-elle avec un gloussement jovial.

J'essayai de ne pas montrer que j'étais ravie. J'aurais pu envoyer un avocat au secours de Donovan, mais je pouvais sans doute encore débrouiller la situation moi-même, et les avocats coûtent soit un argent que je n'ai pas, soit des services que je n'ai pas envie de leur rendre.

Deux heures plus tard, je faisais monter Donovan dans ma voiture. La police n'aime pas les privés, mais devant mes menaces de poursuites pour arrestation abusive et harcèlement racial, ils n'avaient été que trop contents de faire sortir Donovan de la salle d'interrogatoire où il avait fait les cent pas sans relâche en m'attendant.

— J'avais rien fait, vous savez, se plaignit Donovan.

Je sentais la colère affleurer dans sa voix. Je ne pouvais pas lui en vouloir, mais pour le bien de tout le monde, j'espérais que le retour en ville en vélo le calmerait.

— D'après le flic à qui j'ai parlé, l'un des voisins t'a vu rôder derrière la maison et a pensé que tu étais un cambrioleur, dis-je d'un ton goguenard.

— Ouais, c'est ça. Je voulais juste vérifier s'il était dans la salle de billard à l'arrière, comme d'habitude quand il n'a pas entraînement le matin, selon sa femme. J'ai pensé que s'il était là et que je m'approchais des portes-fenêtres, il ne pouvait que venir les ouvrir, ne serait-ce que pour me filer une dérouillée. Quand j'ai vu que la pièce était vide, je suis reparti par l'allée et je me suis assis sur un muret en bas de la rue pour le guetter. Je me cachais même pas, murmura-t-il. Ils m'ont arrêté simplement parce que je suis noir. Et tout Noir qui marche dans une rue à Hale Barns est forcément un cambrioleur, hein ?

— Ou un dealer. Les riches se procurent leur coke et leur héroïne ailleurs, lui fis-je remarquer avec raison. Où est ton vélo ?

— À Hale Barns. Attaché à un poteau, j'espère.

— Retournons là-bas en finir, soupirai-je.

Les arbres de Hale Barns dégouttaient de pluie dans nos cous tandis que nous marchions dans l'herbe, sur le bord de la rue qui menait à notre objectif. Les grilles en fer forgé ouvertes révélaient une longue allée en briques entrecroisées. Il y en avait assez pour construire un pavillon. En haut de l'allée, une paire de coupés Mercedes assortis étaient garées l'un à côté de l'autre. J'eus un pincement au cœur.

— J'y crois pas, murmurai-je.

Nous remontâmes l'allée vers une sorte de vaste hacienda toute blanche qui aurait été grandiose en Californie. Dans le Cheshire, elle avait juste l'air ridicule. J'écrasai la sonnette. Un long moment passa, puis la porte s'ouvrit brusquement sans un bruit. Je reconnus son visage pour l'avoir vu dans les dernières pages du *Chronicle*. Pour une fois, je n'avais pas à vérifier l'identité avant de délivrer mon commandement.

— Ouais ? fit-il. Vous êtes qui ?

Je me penchai et brandis les documents devant le peignoir en éponge, unique vêtement qu'il portait.

— Kate Brannigan. Et je viens de vous donner un commandement d'huissier en bonne et due forme.

Au même moment, j'aperçus par-dessus son épaule une femme vêtue d'un peignoir identique apparaître dans le couloir. Tout comme lui, elle semblait sortir d'un lit, et pas pour une petite sieste. Je la reconnus également pour l'avoir vue dans le journal. Des pages *people*. L'ancienne mannequin Bo Robinson, plus connue dernièrement comme l'épouse de l'homme à qui je venais de transmettre le commandement que son avocat avait sué sang et eau pour extorquer à un juge.

Là, je me souvins de ce qui me déplaisait le plus à l'époque où je jouais moi-même le rôle d'huissier.

La dernière phrase de Donovan avant de partir d'un coup de pédale vers la bibliothèque de l'université avait été :

— Dites pas à ma mère que j'ai été arrêté, OK ? Même pour rigoler. Sauf si vous avez envie qu'elle m'empêche de rebosser pour vous.

J'avais acquiescé. Les blagues, c'est censé être drôle, après tout. Malheureusement, les flics d'Altrincham n'avaient, eux, rien promis. Ce que je ne savais pas, c'est que pendant que je savourais l'ambiance de leur charmante salle d'attente (décoration exécutée par un daltonien, mobilier par un masochiste, posters imprimés d'après un modèle inchangé depuis 1959), le sergent de la réception avait appelé les bureaux de Brannigan & Co pour vérifier que la naine auburn et le géant en survêtement étaient vraiment des employés de l'agence et pas un couple de cambrioleurs persuasifs qui fomentaient un sale coup.

J'avais à peine posé le pied dans l'entrée que je pris la voix de Shelley en pleine figure, comme le souffle brûlant d'un haut-fourneau.

— Dix-neuf ans, et il n'était jamais entré dans un commissariat, fut la salve d'ouverture. Au bout de cinq minutes de travail pour vous, on le prend pour un défoncé de la banlieue de Moss Side. Voilà, maintenant il est fiché. Un autre salaud de Noir qui est passé entre les mailles du filet : c'est l'étiquette qu'ils lui auront collée.

Je levai les mains dans un geste apaisant pour tenter de me protéger de sa fureur.

— Tout va bien, Shelley. Il n'a pas été arrêté officiellement. Ils ne vont pas le ficher dans leur ordinateur.

— Quand il est question de vos affaires, vous avez toujours la réponse qu'il faut, ricana Shelley. Comment vous pouvez être aussi naïve en ce qui concerne la vie des gens comme nous ? Vous n'avez pas la moindre idée de ce que ça signifie pour un gosse comme Donovan, de se faire pincer par la police ! Ils ne voient pas en lui un gamin qui trime dur, qui a été élevé dans le respect de ses aînés et qui ne touche pas à la drogue. Ils voient simplement un Noir et pour eux, ça ne colle pas avec cette image. Et c'est vous qui êtes responsable.

Je traversai la réception de biais en essayant de gagner le refuge de mon bureau avant de finir handicapée à vie par son tir de barrage.

— Shelley, c'est un adulte. C'est à lui de prendre lui-même ses décisions. Je lui ai dit lorsque je l'ai engagé comme clerc d'huissier que ça n'était pas aussi facile que ça en avait l'air. Mais il était convaincu de pouvoir le faire.

— Évidemment qu'il en est capable, hurla-t-elle. Ce n'est pas lui le problème. C'est ces enfoirés, le problème ! Je refuse qu'il continue ce boulot !

J'avais presque atteint la porte de mon abri.

— Il faudra que vous voyiez ça avec Don, dis-je, d'un ton plus ferme que je ne l'étais réellement.

— Ça, comptez sur moi ! jura-t-elle.

— OK. Mais n'oubliez pas la raison pour laquelle il fait ça.

— Qu'est-ce que vous sous-entendez ? demanda-t-elle en plissant les yeux.

— C'est une question d'indépendance. Il essaie de gagner sa vie pour ne pas être forcé de plonger la main dans votre poche constamment. Il essaie de vous dire qu'il est adulte, à présent. (Je respirai un bon coup, essayant de ne pas me laisser intimider par l'expression renfrognée qui avait transformé les sourcils parfaitement dessinés de Shelley en un hiéroglyphe tordu. La main sur la poignée de la porte, je lançai ce que je pensais être le coup de grâce.) Il faut que vous le laissiez faire des erreurs. *Il faut le laisser libre.*

J'ouvris la porte et je plongeai à couvert.

Raté. Au lieu d'un calme abri, c'est dans un paradis de maniaques que j'atterris. Deux yeux rouges me fixèrent d'un air accusateur. Devant la colère de Shelley, j'avais oublié que mon bureau avait changé de place. Maintenant que j'étais la seule actionnaire active de Brannigan & Co, j'occupais la plus grande des deux pièces qui s'ouvraient sur la réception. Du temps où j'étais associée de Mortensen & Brannigan, c'était également le bureau de Bill et la principale pièce où nous recevions nos clients. Désormais, c'était mon petit domaine à moi.

Et aujourd'hui, mon ancien cagibi était la salle informatique, endroit occupé lorsque c'était nécessaire par Gizmo, notre consultant en technologies de l'information. Dans notre métier, c'est le mot officiel pour pirate informatique. Et quand il s'agit de se faufiler à pas de loup dans un réseau, Gizmo est le roi de la meute. Gizmo a dû payer son savoir-faire dans le domaine des ordinateurs, d'une manière ou d'une autre, et sur une échelle de un à dix, ses compétences sociales avoisinent le zéro absolu. Je suis convaincue que c'est la raison pour laquelle il a été licencié de son poste de techno-prodige aux télécoms. Maintenant que cette entreprise est devenue une multinationale de pointe, tous les gens qui y travaillent doivent pouvoir passer pour des êtres humains. Les formes de vie basées sur le silicium, comme Gizmo, ont donc dû être virées.

Le malheur des uns fait le bonheur des autres. Avec quelques changements, évidemment. Les enveloppes en kraft bourrées de billets avaient été remplacées par un système qui plaisait davantage au percepteur, sinon à la comptable. Puis il y avait eu les soins esthétiques. Gizmo avait toujours préféré un aspect physique qui aurait constitué un camouflage parfait s'il avait vécu dans une décharge publique.

Lui choisir des fringues n'avait pas été le plus dur. Parvenue à le faire rester tranquille assez longtemps pour prendre les principales mesures, je m'étais ruée dans les magasins d'usine de grandes marques pendant les soldes. Prévoyant de déduire ces frais de ses premiers honoraires de consultant, je ne voulais néanmoins pas trop le terrifier. Maintenant, il possédait deux costumes convenables, quatre chemises présentables même non repassées, deux cravates inoffensives et un imper qui ferait la fierté de n'importe quel exhibitionniste. Je pouvais le faire sortir de son antre et le présenter comme notre expert informatique sans affoler les clients, et il lui restait encore quelques oripeaux qui ne ruineraient pas complètement sa crédibilité pour fréquenter d'autres zombies dans son genre.

La coupe de cheveux, *ça*, ça avait été plus difficile. Je crois que sa dernière visite chez le coiffeur remontait à 1987. Il devait se contenter de prendre une paire de ciseaux pour faire un sort aux deux trois mèches dont le reflet sur l'écran le distrayait quand il travaillait. Gizmo essayait de me faire croire qu'il aimait bien cette coiffure. Cela m'avait coûté cinq bières pour le mettre dans l'état nécessaire et lui faire passer bon gré mal gré le seuil du salon de coiffure du centre-ville — où j'avais déjà dû annuler son rendez-vous trois fois. Le coiffeur-visagiste avait frémi, mais surmonté suffisamment longtemps son dégoût esthétique pour s'acquitter de sa tâche. Giz était ressorti avec une coupe sérieusement branchée et j'étais restée estomaquée en constatant que sous cet habillement grotesque et cette coupe effroyable était tapi un type plutôt pas mal. Ça fout les jetons, quand on y pense.

Trois mois plus tard, il avait toujours la même allure : ses joues creuses et ses yeux injectés de sang cadraient bien avec l'image romantique de junkie qui plaisait en ce moment. J'avais entendu la copine de l'une des filles de Shelley dire qu'elle trouvait Gizmo « baisable ». *Trainspotting* était passé par là.

— OK, marmonna-t-il en retournant déjà à son écran. Vous pourriez pas baisser d'un cran, toutes les deux ?

— Désolée, Giz. En fait, je n'avais pas l'intention d'entrer ici.

— Je vois ce que vous voulez dire, fit-il.

Avant que j'aie pu ressortir, la porte s'était ouverte d'un seul coup.

— Et encore une chose, dit Shelley. Vous n'avez pas rempli de dossier client pour Gloria Kendal.

Gizmo leva la tête comme une marionnette qu'on secoue brusquement.

— Gloria Kendal ? *La* Gloria Kendal ? Brenda Barrowclough dans *Northerners* ?

Je hochai la tête.

— Elle est cliente chez nous ?

— J'arrive pas à croire que tu regardes ce feuilleton, dis-je.

— Elle était là hier, dit Shelley d'un air tout content. Elle m'a dédicacé personnellement une photo.

— Wow ! Gloria Kendal. C'est cool ! Je peux vous filer un coup de main là-dessus ?

La dernière fois que je l'avais vu aussi excité, c'était quand Netscape avait sorti la version *beta* de Navigator 3.0.

— Je t'appellerai, promis-je. Maintenant, si vous voulez bien m'excuser tous les deux, j'ai du boulot.

Et avec un sourire suave, je sortis en frôlant Shelley. Alors que je franchissais le seuil, la porte d'entrée s'ouvrit et une énorme corbeille de fleurs entra. Lis, roses, œillets, ainsi qu'une douzaine d'autres choses dont j'ignore les noms. Pendant un instant d'égarement, je crus que c'était Richard qui s'excusait de la veille. Il y avait de quoi, étant donné ce qui s'était passé après le départ de Dennis. Mais cette pensée s'évanouit alors que l'espoir cédait la place à l'expérience.

— À tous les coups, ça vient de Gloria Kendal, annonça sentencieusement Shelley.

— Non, c'est plutôt Donovan qui a dépensé son premier salaire avant de l'avoir touché pour vous faire des excuses.

— Ou alors ils se sont trompés d'adresse, dit lugubrement Gizmo.

Étant donné la manière dont la journée s'était passée jusqu'ici, il avait probablement raison.

— C'est bien ici, Brannigan & Co ? demandèrent les fleurs qui, tout exotiques qu'elles étaient, avaient un accent de Manchester remarquablement prononcé.

— C'est bien ici, dis-je. C'est moi, Brannigan, ajoutai-je en m'avançant, pleine d'espoir.

— Elles sont pas pour vous, ma petite, dit la voix dont le visage apparut sur le côté. Vous avez quelqu'un chez vous qui s'appelle Gizmo ?

5

JUPITER EN CANCER DANS LA MAISON III

Jupiter est exalté en Cancer. La native a une vision philosophique des choses, elle aime réflexion et spéculation. Elle est joviale, généreuse, avec un fort instinct protecteur. Son intuition et son imagination sont des outils puissants qu'elle pourrait développer avec profit. Elle a un bon sens des affaires et communique bien dans ce domaine. Elle écrit probablement des rapports très complets.

D'après : *Écrit dans les Étoiles,*
Dorothea Dawson

J'eus du mal à prêter attention au monologue de Gloria sur la route des studios le lendemain matin. L'énigme du bouquet mystérieux envoyé à Gizmo était beaucoup plus intéressante que son analyse du scénario des prochains épisodes de *Northerners*. Lorsque le livreur avait annoncé le destinataire des fleurs, Shelley et moi avions fondu sur Gizmo. Écarlate, bredouillant, il avait refusé de révéler quoi que ce soit. Shelley, qui a toujours été une rapide, s'était jetée sur l'enveloppe agrafée au bouquet et l'avait ouverte pour lire la carte.

Tout ce qu'elle disait, c'était : « www devient réel » — je le sais, j'avais regardé par-dessus son épaule. Le livreur avait déposé les fleurs sur le bureau de Shelley et filé prestement. Il avait manifestement déjà vu trop de sang répandu à cause de bouquets pour vouloir s'attarder.

— Alors, qui tu as dragué sur l'Internet ? demandai-je. C'est qui, la cyberpoupée ?

— Cyberpoupée ? répéta Shelley.

— « www », le *World Wide Web*. L'Internet, expliquai-je en désignant la carte. Ça vient de quelqu'un qu'il a rencontré en surfant. Enfin, pas rencontré au sens propre. Quelqu'un avec qui il a échangé des *e-mails*.

— C'est moins risqué que des sécrétions corporelles, commenta narquoisement Shelley. Alors, c'est qui, la cyberpoupée, Gizmo ?

Gizmo secoua la tête.

— C'est une blague, dit-il de l'air hésitant de celui qui ne s'attend guère à ce qu'on le croie. Juste des copains qui essaient de me ridiculiser au bureau.

— Je ne te crois pas, dis-je en secouant la tête. Je ne connais aucun cybermaniaque qui dépenserait de l'argent en fleurs tant qu'il reste des logiciels à acheter sur cette planète.

— Je le jure, Kate, c'est une vanne, répéta-t-il désespérément.

— Une vanne très coûteuse, observa Shelley. Est-ce qu'un de tes copains aurait gagné à la loterie, alors ?

— C'est pas une nana, OK ? Laissez tomber, hein ? dit-il, cette fois réellement énervé.

Et nous avions donc laissé tomber, en filles sensibles que nous sommes. Gizmo avait battu en retraite dans son ermitage high-tech et Shelley haussé les épaules.

— C'est pas la peine de me regarder, Kate. Il ne va pas tomber dans le panneau du « Tu peux me parler à moi, je suis une mère, je comprends ces choses ». C'est à vous d'essayer.

— Les hommes ne pleurnichent jamais sur mon épaule, à moi, protestai-je.

— Non, mais vous êtes la seule ici qui en sache assez sur les ordinateurs pour découvrir avec qui il a parlé.

— Aucun risque. Si Gizmo a un cybersecret, il l'aura planqué quelque part où je ne pourrai pas le trouver. Il va juste falloir qu'on procède de manière traditionnelle. Demain matin, première heure, vous feriez bien d'aller interroger le fleuriste.

Vous pouvez toujours penser que je suis une belle salope, mais pendant que je conduisais Gloria aux studios, je me creusais la tête en me demandant comment je pourrais découvrir l'admiratrice secrète de Gizmo si elle avait été assez rusée pour brouiller la piste du côté du fleuriste. Du coup, je faillis rater une question de Gloria qui exigeait plus qu'un simple grognement en guise de réponse.

— Alors, ça ne vous ennuie pas de m'accompagner ce soir ?

— Non, pas du tout, répondis-je, sans trop savoir ce que je venais d'accepter.

— Je bousille complètement votre vie sociale, ma poule, continua-t-elle. Si vous voulez amener un copain, vous pouvez, vous savez.

J'avais dû laisser voir à quel point c'était improbable, car Gloria gloussa.

— C'est un journaliste de rock, expliquai-je.

Elle éclata d'un rire rugissant.

— Alors mieux vaut pas l'emmener dans un endroit où je chante, bafouilla-t-elle entre deux rires. Je suis trop vieille pour qu'on m'insulte.

Le temps d'arriver aux studios, le ciel s'était couvert et de grosses gouttes commençaient à s'écraser sur le pare-brise.

— Oh, la merde, dit Gloria.

— Un problème ?

— On est censés tourner en extérieurs, ce matin. Quand il pleut comme ça, on attend que ça se dégage et on tourne les scènes d'intérieurs prévues pour l'après-midi. Comme je figure dans aucune, non seulement je vais perdre mon après-midi de libre, mais en plus tourner en rond toute la matinée en attendant que ça s'éclaircisse. (Elle farfouilla dans le gros cartable qui renfermait ses scripts et en sortit un emploi du temps froissé.) Voyons voir... Ça pourrait être pire. Teddy et Clive sont sur le même bateau que moi. Vous savez jouer au bridge, Kate ?

— Mal. Je n'ai pas joué contre des êtres humains depuis l'université et maintenant, c'est généralement un ordinateur qui me sert de partenaire.

— Vous pouvez pas être pire que Rita

Hardwick, conclut-elle d'un ton péremptoire. Voilà qui est réglé, alors.

— Deux de pique, avançai-je timidement.

Mon partenaire, Clive Doran (Billy Knowles, le bookmaker escroc qui lorgne constamment ses employées) approuva d'un hochement de tête.

— Je passe, dit Gloria.

— Trois de pique.

— Doublé, annonça Teddy Edwards, le mari de Gloria à l'écran, Arthur Barrowclough, propre à rien et joueur raté.

J'espérai qu'il avait plus de chance au jeu dans la vie qu'à l'écran. Ce que Gloria avait oublié de préciser, dans la voiture, c'est que nous jouions à dix pence le point. Probablement pensait-elle me payer tellement qu'il fallait qu'elle en récupère un petit peu.

Je regardai ma main.

— Redoublé, annonçai-je courageusement.

Clive haussa un sourcil. Mon annonce fit le tour de la table et nous commençâmes à jouer. Je me rendis bien vite compte que les trois autres étaient tellement habitués à jouer ensemble qu'ils n'avaient besoin que d'une petite partie de leur cerveau pour choisir la carte suivante. La partie de bridge servait de prétexte pour se laisser aller aux commérages dans l'intimité toute relative de la loge de Gloria.

— Vous avez vu le *Sun* de ce matin ? demanda Clive en lançant distraitement une carte.

— J'aurais eu du mal à le manquer, fit remarquer Gloria. Je ne sais pas où tu habites, mais tous les marchands de journaux devant lesquels on est passées tout à l'heure l'affichaient. « Révélations exclusives sur une star gay de la télé ». Parfois, je me demande si on vit à la fin du XIXe ou du XXe siècle. Non, mais je veux dire, ça intéresse qui de savoir que Gary Bond est une tapette ? On s'en fiche tous, ici, et pourtant, on bosse avec lui.

— Ils sont vraiment feignants, ces journalistes, marmonna Teddy en ramassant prestement un pli qu'il me semblait bien pourtant remporter avec mon as de carreau.

Clive émit un petit sifflement.

— Comment ça ? demanda-t-il.

— Pas besoin de se donner beaucoup de mal. Ce n'est pas un secret d'État, que Gary est homo. Il passe son temps à parler des mecs qu'il a levés dans le quartier pédé, soupira Teddy. Je me rappelle quand c'était juste le coin des putes, du côté de Canal Street. À cette époque-là, quand tu voulais tirer un coup, au moins tu pouvais être sûr que c'était une vraie femme sous la robe.

— Et puis c'est pas comme s'il faisait des cochonneries avec des gosses, continua Gloria en prenant le pli suivant. Bien vu, Teddy. Je veux dire, Gary préfère les mecs de son âge.

— Il y a eu beaucoup de ragots sur *Northerners*, ces derniers temps, dis-je.

Je faisais le mort dans cette partie, mais ça ne voulait pas dire que je devais prendre l'expression au pied de la lettre.

— Ça, vous pouvez le dire, fit Clive avec emphase en repoussant les rares cheveux de son front d'un geste familier. On a l'habitude de vivre dans un bocal, mais dernièrement c'est devenu grotesque. On se conduit tous comme des pasteurs.

— Oui, mais ça sert pas à grand-chose d'être vertueux si tous les squelettes sont déjà dans le placard, dit Gloria. Tony Peverell est allé en taule il y a 17 ans pour avoir agité sa zigounette devant deux gamines. Il devait se dire que l'histoire était morte et enterrée, depuis le temps.

Et voilà que ça ressort à la une de *News of the World*. Et sa femme qui est au conseil de la paroisse ! dit-elle en secouant la tête.

Je me souvenais du scandale.

— Il a dû quitter le feuilleton, non ? demandai-je en prenant mentalement note des points et en ramassant les cartes pour les battre pendant que Gloria distribuait avec un autre paquet.

— *Est-ce qu'il est tombé tout seul ou est-ce qu'on l'a poussé ?* fredonna Clive.

Cela aurait paru sinistre de la part de quelqu'un qui n'avait pas un nez à la retrousse, une fossette au menton et des manières à peine moins folles que Quentin Crisp[1]. C'était dur de croire qu'il était heureux, marié et père de trois enfants, mais d'après Gloria, les effets de poignet cassé n'étaient rien de plus qu'une affectation. « Et je suis bien placée pour le savoir », avait-elle ajouté avec un clin d'œil. J'avais préféré ne pas poser de questions.

— De quoi vous voulez parler ? demandai-je.

— De John Turpin, voilà de *quoi* il parle, dit Gloria. Je vous ai raconté, non ? L'homme de main de la direction. Le Turpin qui est Coordinateur Administration et Production, comme ils disent. Sac à merde, c'est comme ça qu'on l'appelle, nous. C'est juste un foutu cadre de la télé comme il y en a tant, qui a jamais fait une émission de toute sa vie et qui croit qu'il sait mieux que tout le monde comment produire de la bonne télé.

— Turpin est chargé des contrats des acteurs, expliqua Clive en triant ses cartes. Donc c'est lui le responsable s'il y a une fuite dans la presse. Ça fait six mois qu'il court dans tous les sens comme les Quatre Cavaliers de l'Apocalypse réunis en un seul. Il menace, il

1. Célèbre dandy des années 1930.

braille, il pique des crises, mais les fuites continuent dans les journaux. As de carreau.

— Je passe. Ça le rend dingue, dit Teddy avec un petit sourire satisfait qui découvrit des dents de rongeur.

— As de cœur ? hasardai-je, me demandant quel message il envoyait à son partenaire.

Quand il avait demandé quel type d'annonces je préférais, j'avais dit : « Extralucide ? » en me forçant à sourire. Ça ne l'avait apparemment pas impressionné.

— C'est pas vraiment les scandales qui le font sauter au plafond, mais les fuites, dit Gloria qui alluma une cigarette en lorgnant pensivement Teddy. Deux de trèfle. Vous vous rappelez quand le *Sunday Mirror* a eu vent de l'histoire concernant les bonnes œuvres de Colette ?

— Colette Darvall ? demandai-je.

— C'est ça.

— J'ai dû la manquer, dis-je.

— Deux de carreau, annonça Clive d'un ton assuré. Vous étiez dans la jungle, à ce moment-là, ou quoi ? Quand sa fille a découvert sa séropositivité, Colette a contacté des tas d'autres gens dont les enfants étaient dans le même cas. Elle leur a permis d'utiliser sa fille comme une espèce d'étendard pour une association caritative. Elle s'est donné un mal de chien pour eux. Elle faisait des apparitions publiques gratuitement, leur donnait des affaires personnelles à vendre aux enchères, leur reversait une partie de ses cachets et tout ça. Et puis il s'est trouvé que l'un des responsables de l'association a détourné l'argent. Il a filé aux Antilles avec toute la caisse. Ce qui n'aurait été rien de plus qu'une affaire malencontreusement embarrassante pour tout le monde s'il avait pas sauté Colette depuis des mois.

— Aïe, fis-je.

— Bon sang, vous autres privés, vous devez quand même savoir jurer, non ? dit Teddy d'un ton acerbe. Je crois pas que « aïe » ait été exactement le terme qu'a choisi Colette. Mais Turpin s'est montré à la hauteur. Il a foutu un attaché de presse chez elle nuit et jour pendant une semaine et lui a dit de ne pas se faire de souci pour son boulot.

— C'est parce qu'avoir une liaison avec le mari de quelqu'un d'autre est sexy d'un point de vue publicitaire, alors que montrer son engin à des lycéennes, c'est simplement sordide, souligna Clive. As-tu prononcé un vœu de silence, Teddy, ou bien est-ce que tu vas te décider à faire ton annonce ?

— Oh, mon Dieu, grommela Teddy. Qui est-ce qui m'a distribué ces saloperies ? Il faut que je passe. Désolé, Glo'.

— Moi aussi, renchéris-je.

— Et ça fait trois avec moi. Sers-toi, Clive. (Gloria se radossa et souffla un ruban de fumée au plafond.) Dieu, ce que ça fait du bien de ne pas entendre Rita râler parce que je fume.

— Fais attention à ne pas te faire piquer par Turpin, dit Clive.

— Ça a l'air d'un sacré numéro, ce Turpin, dis-je. J'ai eu affaire à lui hier. Il ne m'a rien dit du tout, mais il l'a fait avec beaucoup d'amabilité.

— Tout en belles paroles, ce salaud. Il a pas fait le tiers du quart de ce qu'il fallait pour assurer ma sécurité. Fichu faux-jeton, dit Gloria. Au moins sa dernière crise concernant l'avenir du feuilleton l'a empêché de chercher à découvrir le responsable des fuites à la presse.

— L'avenir du feuilleton ? Il n'y a sûrement personne qui songe à passer *Northerners* à la trappe ?

Une telle idée aurait été encore plus radicale

que de proposer d'abolir la monarchie et aurait fait descendre encore plus de gens dans les rues. Dieu sait pourquoi, mais les Britanniques pardonnaient les vices des acteurs de leur feuilleton préféré plus facilement que ceux de la Maison de Windsor, même s'ils payaient aux deux des salaires considérables, l'un par le biais des impôts, l'autre par celui, plus discret, des écrans publicitaires.

— Soyez pas idiote, dit Gloria. Bien sûr qu'ils ne vont pas passer *Northerners* à la trappe. Ça reviendrait à tuer la poule aux œufs d'or. Non, ce dont il est question, c'est de passer sur satellite ou sur le câble.

Je la fixai, le regard vide, oubliant les cartes.

— Mais ça impliquerait que vous perdiez tous vos téléspectateurs. Il n'y a que deux pelés et leur chien qui regardent les chaînes payantes.

— Et ce sont des chiens d'aveugle, ajouta Teddy d'un ton lugubre.

— En théorie, si *Northerners* passe sur l'une d'elles, les téléspectateurs suivront, dit Clive. Ces messieurs du marketing pensent que nos fans sont tellement accros qu'ils préféreraient acheter une parabole ou un décodeur que perdre leur triple dose hebdomadaire de la vie quotidienne de gens du nord qui leur ressemblent.

— Qui leur ressemblent ? Pas tant que ça, murmurai-je. Montrez-moi un coin de Manchester où les gens ne restent pas sans emploi plus de quinze jours et où l'épicerie du coin, le fast-food et le kiosque à journaux sont encore tenus par des Anglo-saxons.

— Nous ne sommes pas un foutu documentaire, dit Teddy.

Manifestement, ce n'était pas la première fois qu'il entendait cette critique. Son irritation ne me gêna pas trop, car du coup, il abattit ses cartes sans réfléchir.

— Non, nous sommes en partie un fantasme, dit Clive avec emphase en posant ses cartes et en ramassant le pli. Et je crois que l'autre partie, c'est nous. Ce que nous apportons, Kate, c'est une nostalgie contemporaine. Nous rabâchons un passé qui n'a jamais existé, mais nous le traduisons en termes actuels. Les gens se sentent seuls et perdus dans la ville : nous leur donnons l'illusion de faire partie d'une communauté. Une communauté où toutes les filles sont jolies, où tous les mecs ont de belles épaules et où toutes les femmes de plus de trente-cinq ans sont douées d'une sorte de sagesse populaire.

Je commençais à comprendre pourquoi Clive se cachait derrière ces manières apparemment efféminées. Derrière était tapi un esprit plus aigu que celui de ses collègues. Il était tout aussi impliqué que les autres, mais au moins, il avait un peu réfléchi à la manière dont il gagnait avantageusement sa vie. Cela devait augmenter sa cote dans un milieu rempli de personnalités convaincues qu'elles étaient, chacune, l'unique raison du succès de la série.

— Donc, d'après vous, l'attrait du fantasme est tellement puissant que les millions de gens qui s'assoient devant leur télé trois fois par semaine vont gentiment remplir un formulaire d'adhésion au satellite comme une bande de moutons obéissants ? demandai-je avec un scepticisme évident.

— Pas d'après *nous*, ma poule, fit Gloria en allumant une nouvelle cigarette pendant que Clive distribuait. Mais selon les responsables de la chaîne, si.

— Ça n'a rien d'étonnant, dit Teddy. C'est eux qui vont s'en mettre plein les poches.

— Comment ça se fait ? demandai-je.

— Le contrat que NPTV possède avec le réseau d'ITV doit bientôt être renégocié. La chaîne sait que NPTV est en pourparlers avec les compagnies du câble et du satellite dans le but de leur faire acheter les droits de *Northerners* pour les trois prochaines années. Donc la chaîne sait que le prix va forcément augmenter. Il va y avoir une guerre des enchères. Et les seuls gagnants seront les dirigeants de NPTV, puisqu'ils ont les poches pleines d'actions. S'ils se trompent et que les téléspectateurs ne suivent pas, ils s'en fichent, puisqu'ils auront déjà touché un gros paquet de fric, expliqua Clive.

— Donc Turpin tient à arrêter les fuites, dit Gloria, le nez dans ses cartes.

— Je ne suis pas sûre de bien suivre. Toute publicité est bonne à prendre, non ?

— Pas quand elle permet aux gens de savoir à l'avance ce qui va se passer, dit Teddy en levant les yeux au ciel comme si j'étais idiote.

Je ne réagis pas. Après tout, ce n'était pas moi qui avais perdu quatorze livres, pour l'instant.

Clive vit ma perplexité.

— Si les gens connaissent les grandes lignes du scénario à l'avance, beaucoup penseront que ce n'est pas la fin du monde s'ils manquent quelques épisodes, parce qu'ils savent ce qu'ils auront manqué. Une fois qu'ils auront perdu l'habitude de regarder le feuilleton religieusement, ils passeront à autre chose.

— Ils trouveront d'autres émissions à la même heure qu'ils finiront par apprécier. Ils ne vont plus se jeter sur la télé pour nous regarder, puisqu'ils savent déjà ce qui va se passer. Ou bien ils se contenteront d'aller au pub. Et en un rien de temps, ils oublieront le feuilleton, continua Gloria. As de cœur.

— Surtout maintenant que nous passons trois fois par semaine. Il suffit de manquer l'émission pendant deux ou trois semaines et quand on revient, on ne reconnaît pas la moitié des visages. Je passe, cette fois.

Teddy tira sur le col de sa chemise, manie qu'il avait prise à Arthur Barrowclough ou vice versa.

— Deux de cœur. Et chaque fois que les chiffres de l'audimat plongent, John Turpin voit ses dividendes en faire autant.

— Et voilà pourquoi il saute au plafond, dit Gloria. Trois de cœur, ajouta-t-elle en me voyant hocher la tête.

— Il risque de ne pas arriver à retrouver son coupable, dis-je. C'est trop avantageux financièrement pour celui qui lâche les infos et aucun journaliste ne dévoilerait le fournisseur de scoops aussi exclusifs.

— Et c'est pas faute d'essayer, dit Gloria. Les scripts portent même un filigrane pour chaque destinataire afin que les photocopies puissent être identifiées. J'espère que la source se fait un fric fou, parce que si elle se fait prendre, NPTV ne lui versera plus jamais un rond.

— Mieux vaudra alors qu'il quitte la ville avant de se faire lyncher, dit Teddy avec une imitation d'accent texan étonnamment convaincante.

J'étais tellement habituée à le voir se comporter comme son personnage que j'avais presque oublié qu'il était acteur.

— Puisqu'on parle de lynchage, Gloria : des nouvelles de ton maniaque anonyme ?

— Bon sang, Clive, se renfrogna Gloria. Alors, toi, tu sais comment démoraliser les gens ! Non, j'ai plus de nouvelles depuis que j'ai engagé Kate. J'espère qu'il aura pris peur.

— Comment tu sais que c'est un homme ?

— Fais-moi confiance, Clive, je le sais.

Nous continuâmes à jouer sans rien dire pendant un moment. Au bridge comme dans la vie, j'ai toujours été meilleure en défense qu'en attaque. Clive semblait également savourer le goût du sang et nous laissâmes Gloria et Teddy manquer trois plis sur leur contrat. Ma cliente haussa les sourcils et alluma une autre cigarette.

— C'est une sacrée bonne menteuse, Teddy. Et moi qui l'ai crue quand elle m'a dit qu'elle était nulle au bridge.

— Ne le dis pas à Turpin, répondit vivement Teddy. Sinon, il va l'engager comme agent double.

— Mes pauvres chéris, si ça se trouve, c'est déjà fait, dit espièglement Clive.

Si seulement j'avais cette chance, me dis-je en les voyant me fixer tous les trois. Quand il s'agit d'argent, je ne fais pas la fière. Peut-être que je devais envisager une autre entrevue avec Turpin le tueur et faire d'une pierre deux coups. Gloria plissa les yeux, soit à cause de la fumée, soit parce qu'elle lisait dans mes pensées.

— Essayez pas, m'avertit-elle. Il y a des chances que ce soit un de nos petits copains qui renseigne les vampires de la presse et j'ai pas envie d'avoir ça sur la conscience.

— Compréhensible, dis-je en hochant la tête. C'est à qui de parler ?

6

VÉNUS EN LION DANS LA MAISON IV

La native peut faire preuve d'une grande extravagance, en pensées comme en actes, envers ceux qui lui sont chers. Elle est loyale, mais elle aime dominer les relations de cœur.

Elle a des facultés créatrices, qui parfois peuvent la conduire à se mettre en scène. Son entourage immédiat devra se montrer indulgent.

D'après : *Écrit dans les Étoiles*,
Dorothea Dawson

Ma seconde soirée en tant que garde du corps de Gloria Kendal m'apprit que je devais vraiment prêter plus d'attention à ses paroles. Le rendez-vous que j'avais si allègrement accepté se révéla être une autre de ces nuits d'enfer auxquelles Gloria semblait consacrer son temps libre. Ce soir-là, elle était l'invitée d'honneur du dîner dansant annuel organisé par les dames de la branche nord-ouest de l'Association des Fournisseurs de Boissons et Restauration. Je ne m'étais jamais trouvée dans une pièce où il y avait autant de coiffures laquées. Si le goût était une indication du QI, seule une petite poignée de l'assistance aurait échappé à l'Éducation Spécialisée. Je m'étais dit que la tenue que j'avais utilisée à Blackburn passerait gentiment inaperçue à un dîner de femmes, mais je me retrouvai aussi terne qu'une poule à une réunion de paons. J'aurais dû comprendre que si Gloria portait du lamé et des paillettes, ça n'était pas pour rien.

Dix minutes après notre arrivée à Ormskirk, je savais à quoi m'en tenir : ce n'était pas le genre de dîner où l'on va pour manger. Je sais que la cuisine des années soixante-dix revient à la mode, mais le menu du *Boar & Truffle* — cocktail de crevettes, bœuf bourguignon et, pour couronner le tout, Forêt Noire — n'était pas le fruit d'un effet de style de ces dames. Il était évident que les modes culinaires des vingt dernières années leur étaient passées au-dessus de la tête. C'était un dîner que ma grand-mère Brannigan aurait reconnu et apprécié. Il n'y avait là rien de très surprenant : quiconque aurait le choix refuserait de passer une minute de plus que nécessaire dans une ville dont la principale caractéristique est un système de circulation à sens unique deux fois plus vaste que le centre-ville lui-même. C'est à ma connaissance la seule municipalité tellement fière de ses petites rues qu'elle éprouve le besoin de les faire visiter en totalité au conducteur imprudent, qui s'y est laissé piéger sur la route de Southport.

Mais ces dames, dont la plupart devaient servir une bien meilleure bouffe dans leurs établissements, s'en fichaient royalement. La seule fonction de la nourriture qui les intéressait consistait à tapisser l'estomac et à absorber l'alcool. Le genre de soirée où il ne valait mieux pas avoir accepté de conduire au retour — et encore moins de jouer le garde du corps.

Mais Gloria était en pleine forme. Elle avait tenu compte de mes conseils : garder le dos au mur et s'assurer toujours d'une table entre elle et ses admiratrices. Ce n'était guère facile, vu le nombre de taulières du Nord-Ouest dotées de l'irrépressible désir de se faire photographier enlacées avec leur idole. Mais elle ne cessa de sourire et de sourire, but son gin et fit un petit discours hilarant qui aurait fait rougir une équipe de rugby.

— Je suis désolée que ça soit tombé sur vous, la corvée de me trimballer partout, dit-elle alors que nous rentrions par les plaines de la Fylde vers l'autoroute et la civilisation.

— Qui s'en charge, habituellement ? demandai-je.

— Un copain. Il s'est fait virer l'an dernier pour cause de limite d'âge. Il risque pas de décrocher un autre boulot à 50 ans. Il aime bien conduire et ça lui permet de toucher quelques livres.

Elle bâilla et tendit la main vers ses cigarettes. Comme c'était sa voiture, je me dis que je ne pouvais pas me plaindre et je me contentai d'ouvrir la fenêtre. Gloria frissonna dans l'air froid et ricana.

— J'ai pigé, dit-elle en fourrant ses cigarettes dans son sac. Combien de temps vous pensez qu'on va être obligées de jouer les sœurs siamoises ?

— Ça dépend de vous, dis-je. Je ne crois pas que quelqu'un vous espionne. Je n'ai vu personne nous suivre, et j'ai bien inspecté les alentours de votre quartier. Il n'y a aucun point d'observation pour quiconque voudrait épier votre maison.

— C'est une des raisons pour lesquelles je l'ai achetée, coupa Gloria. Ces enflures de photographes avec leurs zooms, ça vous gâche la vie, vous savez. Tous ces directeurs de journaux, ils ont fait les saintes-nitouches et de vertueuses promesses après la mort de Lady Di, mais rien n'a changé, voyez. Ils nous courent toujours après dès qu'ils en ont l'occasion. Mais là-bas, ils ne peuvent pas m'atteindre. Non que je fasse des choses plus passionnantes que rempoter les jardinières sur mes rebords de fenêtres, mais je préférerais crever que de laisser les lecteurs du *Sun* savoir si je plante des campanules ou des impatientes cette année.

— L'auteur des lettres anonymes a donc probablement un rapport avec le feuilleton : c'est quelqu'un qui peut vous surveiller parce qu'il vous voit tous les jours. Et il peut connaître des détails du passé assez facilement, il me semble. Les acteurs parlent très librement entre eux et ça n'est pas la peine de se planquer pour surprendre des informations personnelles. Je ne traine sur le plateau que depuis deux jours et, déjà, je sais que Paul Naylor voit un acupuncteur à Chinatown pour son eczéma, que le mari de Rita Hardwick élève des carlins et que Tiffany Joseph est boulimique. Dans une semaine, si je voulais, j'en saurais assez pour écrire des lettres de menaces à la moitié d'entre eux.

Ce que je ne précisais pas, c'est qu'après une semaine parmi ces égocentriques au stade terminal, je ne me serais pas contentée de lettres de menaces.

— C'est pas très joli, comme idée, ça. Un proche me déteste suffisamment pour vouloir me faire peur. J'aime pas du tout cette idée.

— Si les lettres et les pneus crevés ont un rapport, il est presque certain que le coupable travaille chez NPTV, vous savez. Évidemment, il est possible que ce soient deux personnes différentes et que celle qui a crevé vos pneus veuille tirer avantage de votre inquiétude concernant les lettres. Je vous l'ai déjà demandé, mais vous avez eu le temps d'y penser depuis : êtes-vous sûre qu'il ne s'agit pas de quelqu'un à qui vous avez volé la vedette ?

— Allons, ma poule, dit Gloria en secouant la tête. Vous avez passé un peu de temps avec moi. Vous avez vu comment je me comporte avec mes collègues. Je suis loin d'être parfaite, mais je les fais pas tourner en bourrique comme certains autres que je ne citerai pas.

— J'avais remarqué, dis-je narquoisement. Seulement, tout le monde à NPTV sait que vous prenez les prédictions de Dorothea très au sérieux. La personne qui vous a écrit ces lettres jouit simplement du pouvoir qu'elle a sur vous, ce qui signifie qu'il ou elle n'éprouvera probablement pas le besoin de mettre ses menaces à exécution. Par ailleurs, il lui sera impossible de savoir si j'ai abandonné l'affaire ou si j'ai entrepris de vous surveiller discrètement. Ça me plairait de rester indéfiniment à ce tarif horaire, mais je me dis qu'il vaut mieux continuer encore deux jours et laisser tomber ensuite.

— Vous êtes sûre que je risque rien ? Je suis pas idiote, malgré l'impression que je peux donner, mais Dorothea m'a vraiment fichu la trouille, surtout après cette histoire de pneus crevés. Elle n'est pas le genre à jouer les oiseaux de mauvais augure, vous savez.

— Quand est-ce qu'elle revient ?

— Après-demain. Vous voulez la voir ?

— Je veux l'interroger, pas la consulter, m'empressai-je de dire.

— Oh, allez, me supplia Gloria. Je vous l'offre. Vous êtes pas obligée de prendre ce qu'elle vous dit au sérieux.

Elle ouvrit son sac, et en sortit un stylo et l'une des photos qu'elle emmenait partout avec elle pour ses fans qui, sinon, lui auraient fait dédicacer n'importe quoi, depuis leurs livres jusqu'à la moindre portion libre de leur anatomie.

— Donnez-moi vos date, heure et lieu de naissance, dit-elle en allumant le plafonnier, ce qui me fit cligner des yeux. Allez, plus vite vous me le direz, plus vite j'éteindrai.

— Oxford, dis-je. 4 septembre 1966, 2 h 10.

— Dites-moi un peu, comment ça se fait que je sois pas surprise que vous soyez une Vierge ? fit-elle, sarcastique, en éteignant la lumière. Caligula, Jimmy Young, Agatha Christie, Cecil Parkinson, Raine Spencer et vous.

— Ça prouve bien que c'est n'importe quoi, dis-je d'un ton péremptoire. (Trois kilomètres plus loin, je réagis :) Comment ça se fait que vous êtes capable de débiter une liste de Vierges célèbres ?

— J'en ai épousé un. Enfin, pas célèbre. Et j'ai divorcé. Si seulement j'avais connu Dorothea à l'époque. Vierge et Lion ? Elle aurait jamais laissé ça passer. C'est la formule rêvée pour une catastrophe.

— Est-ce que vous ne prenez pas un risque en m'ayant engagée ?

Gloria éclata de rire, de son immense gloussement en cascade qui faisait sourire tout le pays quand tout allait bien pour Brenda Barrowclough.

— Travailler avec une Vierge, ça va. Personne bosse autant qu'elles. Vous voyez les détails, alors que moi j'ai qu'une image générale. Et vous lâchez jamais. Non, vous êtes parfaite, pour moi.

C'est amusant comme les clients oublient souvent qu'ils ont dit ce genre de choses quand une affaire ne se passe pas comme ils auraient voulu. J'espérais seulement que Gloria n'aurait pas de raisons de le regretter. Je me contentai de grogner évasivement et de me concentrer sur la route.

Il était presque 1 heure quand je franchis le seuil de chez moi. Ma maison et celle de Richard n'étaient éclairées que par la lumière orange sale des réverbères de la rue. J'espérai qu'il était là. Je souffrais de ce que ma meilleure amie, Alexis, appelle ANS — Angoisse Non Spécifique — et mon expérience de l'automédication m'avait appris que le meilleur remède est un câlin. Mais il semblait parti se livrer aux activités des journalistes de rock, dans les salles de concert au milieu de la nuit. Il devait probablement y avoir de la drogue, mais Richard ne touche jamais rien d'autre que des joints et comme ces derniers temps, la seule intervention des flics avec le cannabis, c'est vous le confisquer pour le fumer, je ne m'inquiétais pas pour ça.

J'allumai la lumière de la cuisine en me disant qu'une tasse de chocolat chaud m'empêcherait peut-être de passer une nuit blanche. Je n'aurais pas pu manquer le papier coincé sans un des aimants du frigo : « *Parti faire le baby-sitter chez Alexis + Chris. Dors là-bas. À demain. Gros baisers* ». Je n'avais pas besoin d'être une graphologue expert pour savoir qu'il était de la main de mon amoureux transi. Le seul problème, c'était que ce n'était pas de moi qu'il était amoureux.

J'aurais parfaitement su comment faire s'il s'était agi d'une splendide blonde agitant ses cuisses superbes sous son nez. Mais quelqu'un peut-il me dire exactement comment une femme peut garder sa dignité et rivaliser avec une petite fille de neuf mois ?

Le lendemain, on nous emmena en extérieurs. Étant donné que *Northerners* tablait lourdement sur sa relation avec Manchester, *ville cool*, il fallait renforcer le lien avec des plans extérieurs et intérieurs d'endroits connus. Cela avait permis à NPTV d'exploiter un produit dérivé juteux en organisant des visites à thème le week-end. Les pigeons pouvaient séjourner dans l'hôtel précis où Pratt et Gordon Johnstone avaient consommé leur liaison adultère, puis on les embarquait pour visiter à pied les sites d'épisodes clés : la ligne de tramway où s'était suicidée Diane Grimshaw, la ruelle où Brenda Barrowclough avait été agressée, la bijouterie dévalisée pendant que Maureen et Phil Pomeroy choisissaient leur bague de fiançailles. Ensuite, ils pouvaient déjeuner dans le restaurant où Kamal Sayeed travaillait comme serveur avant sa mort tragique, des suites d'une méningite à streptocoques. Et l'après-midi, ils visitaient les plateaux de tournage du feuilleton, et quelques acteurs venaient les rejoindre au dîner, rendus dociles par quelques menaces voilées et un cachet imposant.

Pour continuer d'alimenter la pompe, il fallait tourner dans les rues de la ville au moins une fois par mois. Ce jour-là, on filmait une série de plans en extérieur à divers endroits le long du Rochdale Canal. D'après Gloria, un nouveau producteur était décidé à marquer de son sceau le feuilleton avec une série d'épisodes thématiques. Le thème de cette semaine, c'était le canal, qui offrait un large éventail de lieux, depuis le plus sinistre jusqu'au plus branché. Gloria devait se disputer avec Teddy devant chez *Barca,* le bistrot catalan et chic de Mike Hucknall. Par un après-midi d'été, cela aurait été une agréable distraction. Par une lugubre matinée de décembre, c'était à peu près aussi amusant qu'un bain de soleil en Sibérie. Le tournage prit des heures, à cause des trains et des trams qui ne cessaient de passer dans un fracas infernal sur le haut viaduc de briques au-dessus de nous pendant que les caméras tournaient.

Je ne pouvais même pas me réfugier dans les cars des acteurs ou de l'équipe, étant donné que je devais surveiller Gloria de près. Malgré mes propos de la veille, je n'avais pas entièrement écarté l'hypothèse du fan obsédé. Le fait qu'elle soit inaccessible la plupart du temps aurait même pu accentuer son obsession. Il pouvait avoir prévu d'agir seulement dans un lieu public.

Je me blottis sous l'auvent du camion-cantine où un géant roux avec un léger accent écossais supervisait deux jeunes femmes chargées de veiller à une provision constante de sandwiches au bacon, saucisses et œufs. Elles me servirent un gobelet de café brûlant que je me coinçai entre les dents. Pas bien longtemps, cela dit. Si mon nez dégelait trop vite, il risquait de tomber.

J'écoutai distraitement la conversation dans le camion derrière moi. C'était beaucoup plus intéressant que le script suivi laborieusement par Teddy et Gloria. Les cuisinières discutaient du menu du déjeuner et des acteurs en proportions égales. Elles ne semblaient pas avoir beaucoup de respect pour leurs clients. J'étouffais un gloussement en entendant un commentaire particulièrement grossier sur l'empressement de l'un des jeunes acteurs — inversement proportionnel à la taille de son équipement, lorsque je remarquai que j'avais maintenant de la compagnie sous l'auvent. Le géant roux avait abandonné ses assistantes et s'était éclipsé pour fumer une clope. Les services d'hygiène auraient été impressionnés.

Il me fit un petit sourire. De près, il était encore plus sexy que dans les vapeurs de cuisine. Ses épais cheveux roux dorés coiffés en arrière découvraient un front large et haut. Ses yeux bleu fond d'écran de Windows 95 étincelaient au-dessus de ses pommettes saillantes. Il avait le genre de bouche que les écrivains romantiques qualifient toujours de cruelle, ce qui vous permet de comprendre que l'héroïne va probablement terminer dans les bras du type, sinon dans son lit.

— Salut, fit-il. Je m'appelle Ross Grant. Je suis le traiteur.

Le café m'avait dégivré suffisamment les lèvres pour que je puisse lui rendre son sourire.

— Kate Brannigan. Je suis...

— Je sais qui vous êtes, coupa-t-il, l'air amusé. Vous êtes le garde du corps de Gloria. Dorothea Dawson, la Sibylle des Astres, lui a dit qu'elle allait se faire assassiner et elle vous a engagée pour la protéger.

— Vous regardez trop la télé, dis-je d'un ton

léger. Les gens ne sont pas prêts à sortir mon salaire s'ils n'ont pas une bonne raison.

— Excusez-moi, dit-il. Je ne voulais pas insulter votre professionnalisme. Ni me moquer de Dorothea. Elle est vraiment sympa avec nous.

— Elle vous a prédit une brusque fringale de sandwichs au bacon, c'est ça ?

— Très drôle, dit-il avec un sourire penaud. Non, c'est sincère. Vous savez qu'elle est tout le temps à la télé ? Eh bien, elle nous a recommandés auprès de quelques-unes des émissions où elle est passée. Grâce à elle, on n'arrête plus de bosser. Elle est géniale, Dorothea. Elle comprend ce que signifie « essayer de s'en sortir » dans un métier où on dépend surtout de la bonne volonté des clients. Et elle se donne un mal de chien pour les gens comme nous, vous voyez ? C'est pas comme tous ceux-là, là-bas. Eux, c'est Moi-Moi-Moi. Quand on travaille avec des gens autant imbus d'eux-mêmes, on a du mal à les prendre au sérieux.

Cette fois, ce fut mon tour de sourire.

— Le sens des proportions leur fait défaut.

— Mais vous êtes plus qu'un garde du corps, non ? Quelqu'un m'a dit que vous étiez une vraie détective privée.

— C'est vrai. En fait, je ne fais jamais ce genre de travail. Mais Gloria a su se montrer très convaincante.

— Comme si je le savais pas. C'est elle qui m'a fait bosser toute une nuit pour préparer les petits fours de la fête d'anniversaire de sa petite-fille. Alors, elle est vraiment en danger ?

— Mieux vaut prévenir que guérir, dis-je en haussant les épaules.

— Ça me fait de la peine d'entendre ça. C'est la meilleure de tous. Ça me plaît pas de l'imaginer inquiète pour sa vie. Je vous posais toutes ces questions par curiosité, ajouta-t-il précipitamment. Je me demandais combien de temps vous seriez au service de Gloria.

— Pourquoi ? Je vous manque déjà ?

Il prit l'étrange couleur violet-prune des roux lorsqu'ils s'empourprent.

— En fait, je voulais vous engager.

— M'engager ? (Brusquement, ça devenait beaucoup plus intéressant qu'un gentil bavardage pour oublier le froid.) Et pour quoi faire ?

— Je sais pas si vous êtes au courant, mais il y a un mouchard sur la série. Quelqu'un qui file des renseignements à la presse. Pas seulement les trucs sordides habituels concernant la vie sentimentale des acteurs ou les saloperies qu'ils ont faites vingt ans avant, mais aussi les scénarios.

Il ne plaisantait plus du tout, à présent.

— J'en ai entendu parler. John Turpin est censé découvrir d'où vient la fuite.

— Ouais. Eh bien, Turpin essaie de nous coller ça sur le dos, à moi et mes employées, dit Ross sans plus de détours.

— Et pourquoi il ferait ça ?

Il prit une profonde inspiration.

— Parce qu'on est des boucs émissaires idéaux. Notre contrat arrive à terme à la fin de janvier et Turpin a l'air décidé à pas le renouveler. Tel que je connais ce salaud visqueux, il est probablement en négociations avec d'autres entreprises qui proposent leurs services et il se dit qu'en m'accusant des fuites, il pourra me virer et empocher un pot-de-vin.

— Mais pourquoi le croirait-on ? demandai-je.

Ross jeta d'une pichenette sa cigarette dans une flaque gelée où elle rebondit, avant de disparaître dans le trou qu'elle venait de percer.

— On est des sous-traitants, non ? On ne fait pas partie de l'équipe comme ceux qui travaillent dans les locaux.

— Alors comment pourriez-vous connaître les scénarios d'avance ? objectai-je.

— On est engagés pour les tournages en extérieurs presque toutes les semaines. Comme ils tournent un mois en avance sur la diffusion, c'est pas compliqué de comprendre le tour que prend l'histoire. Et puis les acteurs sont toujours fourrés autour du camion à parler sans se gêner des rebondissements de l'action qui leur plaisent pas, ou ils se vannent les uns les autres sur ce qui arrive à leur personnage. Si mes mômes et moi avions l'esprit mal tourné, on pourrait être des mouchards. Ça serait simple comme bonjour. Mais c'est pas le cas.

— Comment pouvez-vous en être aussi sûr ?

— Eh bien, déjà, je sais que c'est pas moi. Et je sais que c'est pas ma femme, ajouta-t-il en désignant du pouce la portière du camion. Et je mettrais ma main au feu que Marie, l'autre fille, n'y est pour rien parce qu'elle possède vingt pour cent de l'affaire et qu'elle n'est pas du genre à courir après les bénéfices à court terme.

— Je comprends votre problème, soupirai-je. Mais il est toujours impossible de prouver *a contrario* que quelque chose n'existe pas.

— Je sais bien. C'est pas pour cette raison que je voulais vous engager, mais pour trouver le vrai mouchard et m'innocenter.

Je secouai la tête. Ça me tuait presque, de décliner une offre.

— Je suis déjà occupée à plein temps par Gloria. Vous devriez vous adresser à une autre agence. (Je serrai les dents.) Je peux sûrement vous recommander quelqu'un.

Il secoua sa belle tête.

— Ce serait pas la peine. Turpin ne les laisserait jamais pénétrer sur les lieux de tournage, et encore moins dans les locaux. Je suis stupéfait que Gloria ait réussi à vous faire entrer sur le plateau. C'est pour ça que vous étiez la seule à pouvoir m'aider. Je vous paierai le prix que vous demandez ; je demande pas de réduction.

Je terminai mon café et jetai le gobelet dans la corbeille voisine.

— Impossible, dis-je. Je ne peux pas prendre votre argent dans ces conditions. Je mentirais si je vous disais que je peux enquêter sur les fuites en même temps que je m'occupe de Gloria.

On aurait dit qu'il allait fondre en larmes. Ses larges épaules s'affaissèrent et les coins de sa bouche retombèrent. Je jetai un coup d'œil vers l'ouverture de service du camion et je surpris un regard assassin de sa femme.

— Écoutez, soupirai-je. Je vais vous dire ce que je vais faire. Je vais ouvrir l'œil et les oreilles, passer peut-être un ou deux coups de fil. Si jamais je trouve quelque chose, vous me paierez au résultat. Qu'est-ce que vous en dites ?

Le gentil garçon rieur était revenu. Il sourit et m'assena une grande claque sur l'épaule, d'une main large comme un battoir. Je crus qu'il allait me décoller la plèvre.

— C'est génial. Fantastique. Merci, j'apprécie, vraiment.

Il se baissa et me déposa un baiser humide sur la joue.

— Ross ? appela vivement sa femme. J'ai besoin de toi ici.

— J'arrive, dit le grand gaillard. J'attends de vos nouvelles, Kate.

Je ne sais pas pourquoi, mais je doutais de pouvoir lui en donner. Mais avant que j'aie eu le temps de répondre, je vis Gloria se ruer vers la caravane du maquillage. Heureuse d'avoir une occasion de me protéger du vent du nord qui m'arrachait les quelques rares centimètres carrés de peau exposés à l'air, je courus derrière elle et montai dans la caravane.

Gloria était assise devant un miroir et soufflait sur ses mains pendant qu'un maquilleur papillonnait autour d'elle.

— La voilà, annonça Gloria. Moi et mon ombre, chantonna-t-elle de son contralto rauque. Vous avez aussi froid que moi ?

— Combien il me reste de doigts ?

— On dirait qu'ils sont encore tous là, dit Gloria après avoir fait mine de compter.

— Alors c'est que j'ai plus froid que vous, dis-je en agitant une main aux doigts ankylosés.

— Freddie, je te présente Kate Brannigan, mon garde du corps. Kate, voici Freddie Littlewood. C'est grâce à lui que je n'ai pas l'air de la vieille peau que je suis.

— Salut, Freddie.

Il inclina la tête et jeta un rapide coup d'œil dans le miroir. Il avait un visage étroit et menu, des traits pincés encadrés par des cheveux noirs hérissés. Avec son col roulé noir et des jeans assortis si collants qu'ils semblaient une deuxième peau, on aurait dit qu'il s'était échappé de l'un de ces films existentialistes français où on ne comprend pas un traître mot des dialogues, même sous-titrés.

— Franchement, Gloria, dit-il, je ne sais pas pourquoi vous écoutez cette Dorothea Dawson.

Sa voix me surprit. Elle contrastait avec son apparence très maniérée. Il aurait pu présenter les nouvelles à la radio sans que personne n'y trouve à redire.

— C'est étonnant à quel point elle voit souvent juste, dit timidement Gloria tandis qu'il la poudrait d'une main experte.

— Et à quel point elle cause des problèmes, ajouta-t-il d'un ton goguenard. Avec ses petites allusions finaudes que les gens prennent de travers avant d'avoir eu le temps de dire ouf, tout le monde saute à la gorge de ses amis. Faites attention, maintenant qu'elle vous a mise dans tous vos états et bien terrorisée, je parie que cette semaine, elle va vous dire un truc qui va vous conduire à regarder votre meilleure amie d'un drôle d'air.

— Je sais pas ce que tu as contre elle, dit Gloria. Elle est inoffensive et nous sommes adultes.

— C'est simplement que je n'aime pas vous voir bouleversée, Gloria, dit-il, plein de sollicitude.

— Bon, eh bien entre toi, moi et ces quatre murs, Freddie, ce qu'elle m'a dit ne m'a pas bouleversée. J'étais déjà au bord de la crise de nerfs. J'avais reçu des lettres de menaces ; j'avais eu mes pneus tailladés. Elle m'a juste fait réaliser que je devais prendre tout ça au sérieux.

Je l'aurais tuée. Je lui avais dit de tenir sa langue concernant les lettres anonymes et l'histoire des pneus, de laisser penser que c'était l'avertissement mystérieux de Dorothea qui l'avait amenée à m'engager. Et voilà qu'elle racontait tout à un homme particulièrement bien placé pour faire courir la rumeur.

— Bravo, Gloria, murmurai-je.

Je vous le dis, ce ne sont pas les gens qu'on affronte qui rendent ce métier pénible. Mais les clients.

À chaque fois.

7

SOLEIL EN CONJONCTION AVEC MERCURE

La native a un esprit vif. Ses opinions lui tiennent à cœur et elle aime les exposer. Son objectivité souffre parfois de la véhémence de son point de vue. Elle tient à échanger et acquérir des informations qu'elle peut ensuite analyser.

D'après : *Écrit dans les Étoiles,*
Dorothea Dawson

Quand elle eut enfin terminé sa scène en extérieurs avec Teddy, Gloria m'annonça que nous allions faire des courses. Je dus avoir l'air particulièrement dubitative.

— Vous inquiétez pas, ma poule, dit-elle en riant alors que nous retournions dans les locaux de NPTV. On se fera pas poursuivre par les foules. Comment vous croyez que je m'en sors quand je vous ai pas avec moi ?

Je fus estomaquée par le résultat. Je l'avais déjà vue dans une tenue normale, lorsqu'elle était venue dans mon bureau la première fois. Mais là, c'était encore autre chose. Je croyais être la reine des déguisements avant de la connaître. Quand, au bout d'à peine dix minutes, elle ressortit de sa loge, je faillis la laisser passer. Elle avait triché et changé sa tenue du matin. Avec ses santiags, son jeans et sa veste en nubuck qui lui descendait à mi-cuisses, elle avait une allure tout à fait différente. Elle s'était coiffée d'une version couture du chapeau de cow-boy insolemment incliné, et avait troqué ses lunettes de soleil pour une paire de binocles de da-dame légèrement teintées qui changeaient subtilement la forme de son visage. On lui donnait vingt ans de moins. Personne ne serait capable de la reconnaître immédiatement maintenant qu'elle s'était débarrassée de la perruque et adopté une garde-robe qui n'était pas à base de polyester.

Dieu merci, elle n'avait pas projeté une grande expédition. Mais sa petite-fille était invitée à une fête costumée et elle voulait la panoplie d'Esméralda dans *Notre-Dame de Paris*.

— Ils ont le costume au Disney-Store, mais il coûte une fortune et j'en ferai un plus beau moi-même, expliqua Gloria tandis que je glissais la voiture dans une place du parking de l'Arndale Center.

Vraiment, elle m'épatait. Elle pouvait s'offrir cent costumes d'Esméralda sans qu'il y paraisse quoi que ce soit sur son compte en banque. Mais je ne me laissai pas prendre à sa prétendue radinerie. Fabriquer le costume elle-même ne lui ferait pas économiser de l'argent : c'était plus pour offrir à sa petite-fille quelque chose de personnel. C'était aussi une manière, soupçonnais-je, de se rappeler la vie qu'elle avait connue autrefois.

Nous descendîmes dans une cage d'escalier bétonnée à vous rendre claustrophobe et qui empestait tellement la pisse que ce fut un soulagement d'émerger dans la pollution de High Street. Gloria me précéda sans hésiter dans le dédale de maisons victoriennes qui abrite le marché aux tissus, jusqu'au magasin d'un grossiste spécialisé dans les saris. D'après la chaleur de l'accueil, elle ne devait pas être inconnue. Comme je l'accompagnais, on me proposa aussi une tasse de thé. Tandis qu'elle sirotait le sien dans une grosse tasse en grès et examinait les chatoyantes étoffes, je restai près de la porte à scruter la rue comme une paranoïaque diplômée. Les seules personnes en vue se dépêchaient dans le froid humide d'une fin de journée d'hiver, cols relevés contre le vent âpre qui s'engouffrait en sifflant dans les rues étroites du Quartier Nord. Ce n'était pas un jour pour apprécier la restauration d'un autre coin de la ville. Personne ne traînait devant les vitrines, aujourd'hui. Les artisans devaient bénir le ciel de pouvoir tenir échoppe dans un marché couvert.

Nous ressortîmes dans la rue alors que la nuit tombait, moi titubant à deux pas derrière Gloria, serrant contre moi un ballot de tissu qui me paraissait assez lourd pour habiller la moitié du Lancashire. Alors que nous approchions de l'Arndale Center par un autre côté, je me rendis compte que nous ne devions pas être loin de la dernière entreprise en date de Dennis. Je ne pus m'empêcher de sourire à la pensée d'une rencontre entre Dennis et Gloria. Comme la semaine avait été longue et que j'avais envie d'un peu de distraction, je suggérai :

— Un de mes amis vient d'ouvrir une boutique de ce côté de la galerie. Ça vous ennuierait que l'on passe lui dire bonjour ?

— Quel genre de boutique ?

— Vous vous souvenez de ce qu'on disait des boutiques *Co-op* ? Que les courses ne coûtaient rien du tout parce qu'on n'y trouvait jamais ce qu'on voulait ?

— Ah, c'est à ce point-là ? glousse Gloria. Oh, après tout, pourquoi pas ? On n'a rien d'autre à faire jusqu'à demain matin.

— Je ne crois pas que ça prendra autant de temps.

Ce ne fut pas difficile de trouver le magasin de Dennis. En sandwich entre une boucherie à prix cassés et une cafétéria dans la partie souterraine de la galerie, on le voyait de loin, à ses corbeilles débordantes d'affaires qui bloquaient quasiment le passage et au vigile musclé qui tenait à distance les voleurs à l'étalage. Il portait un pantalon de jogging et un débardeur conçu pour exhiber son imposante musculature.

— Oh, un endroit classe, je vois, dit Gloria alors que nous nous faufilions entre les corbeilles habilement disposées le long d'une vitrine passée au blanc d'Espagne qui proclamait « Tout à 1 Livre ! ».

Près de la porte se dressaient trois caisses, pourvues d'autant d'ados à l'air abruti. On reconnaissait les filles à leur mascara. Enfin, je crois. Dennis était au fond de la boutique, occupé à empiler sur des étagères des flacons de bain moussant d'un vert cadavérique. Nous nous faufilâmes le long d'une allée remplie de clients épuisés qui avaient l'air et l'odeur de la pauvreté. Mon paquet encombrant me valut quelques mots désagréables et des regards qui l'étaient encore plus.

Évidemment, je ne pus m'approcher de Dennis sans qu'il nous repère. Je vous jure, ce mec a des yeux dans le dos.

— Kate ! s'exclama-t-il avec un sourire ravi. Ce que ça me fait plaisir ! (Il se fraya un chemin jusqu'à nous, en ordonnant à ses clients de se bouger gentiment le cul ou d'en subir les conséquences.) Alors, qu'est-ce que tu en dis ? demanda-t-il avant que je sois à portée de son étreinte de plantigrade.

Je parcourus rapidement les rayons du regard. Exactement ce à quoi je m'attendais. Pas cher et à chier, depuis les jouets jusqu'aux produits cosmétiques.

— Je crois que tu vas réaliser un bon chiffre, dis-je tristement, déprimée en pensant au nombre de pauvres gens qui avaient un mal de chien à acheter des cadeaux de Noël, avec un budget hebdomadaire à peine avoisinant celui d'un député pour son déjeuner.

— Bon, vous allez nous présenter, ma poule ? fit Gloria.

Je me tournai à moitié et la vis qui considérait Dennis de l'air d'un maquignon qui examine un bestiau à une foire agricole. Il ne manquait plus que ça. Dennis a l'habitude d'oublier qu'il est marié, ce qui ne me gêne pas, du moment que je ne suis pas obligée de l'y aider et de l'y encourager. J'ai beaucoup d'affection pour son épouse, Debbie, même si elle n'a pas la cervelle que le Seigneur a eu la générosité de donner à un lemming.

— Je ne crois pas, dis-je. C'est juste une visite en coup de vent.

J'avais été trop lente. Dennis me dépassait déjà et tendait la main à Gloria.

— Dennis O'Brien, à votre service, ma chère, dit-il.

Gloria glissa une main dans la sienne et il l'éleva à ses lèvres sans cesser de la fixer de son irrésistible regard bleu étincelant. Je grognai.

— Gloria Kendal, fit-elle avec un sourire qui me rappela celui des crocodiles au moment du déjeuner.

— Je sais, dit-il.

— C'est la voix, marmonnai-je. Ça la trahit à chaque fois.

— Ça n'a rien à voir avec la voix, dit-il. C'est parce que cette charmante dame t'accompagne. Je sais lire, Kate, tu sais.

— Qu'est-ce que tu veux dire, « parce qu'elle t'accompagne » ?

Dennis leva les yeux au ciel.

— Le *Chronicle* de ce soir. Tu veux dire que tu l'as pas vu ?

— Non. Alors ?

Il désigna du menton l'arrière-boutique.

— Va voir dans le fond. Il est dans la poche de mon anorak.

Je le regardai. Je regardai la porte. Je regardai Gloria.

— Allez-y, ma poule, dit-elle. Je crois que je suis en de bonnes mains.

— Ça, c'est vous qui le dites, grommelai-je.

Mais je confiai sans ménagement mon paquet à Dennis et je les laissai, le temps d'aller consulter le journal du soir. Je n'eus pas à chercher longtemps. Il n'y avait pas assez de place dans l'arrière-boutique aux murs de béton nu pour cacher quoi que ce soit de plus gros que l'anorak de Dennis, posé sur l'une des deux chaises pliantes à côté du carton d'emballage d'un ordinateur qui servait vaguement de table. Le journal dépassait de la poche et l'article que j'étais censée chercher s'étalait sur la une.

DRAME : LA STAR DE *NORTHERNERS* MENACÉE DE MORT

Gloria Kendal, la célèbre commère Brenda Barrowclough du feuilleton à succès Northerners, *est au cœur d'un véritable drame. L'actrice couverte de récompenses a été avertie que les lettres anonymes qu'elle recevait chez elle pouvaient être des menaces de mort.*

Cette mise en garde lui a été faite par son astrologue personnelle, Dorothea Dawson, la Sibylle des Étoiles, bien connue des téléspectateurs. Mais, à la suite d'un acte de vandalisme inouï sur sa Saab décapotable, Ms Kendal a pris le danger à cœur et a engagé une détective privée de Manchester, Kate Brannigan, comme garde du corps.

La star du feuilleton mancunien a juré qu'elle ne se laisserait pas démoraliser par le venimeux auteur des lettres anonymes...

Je lus en diagonale jusqu'à la fin de l'article, mais il ne semblait pas y avoir grand-chose d'autre à se mettre sous la dent. En quelques phrases, on mentionnait d'anciennes affaires où mon nom était malencontreusement parvenu à la presse, mais rien de trop grave. Ce que je ne parvenais pas à m'expliquer, en dehors de la source de l'histoire, c'était pourquoi personne ne m'avait appelée de tout l'après-midi pour m'avertir. Shelley aurait dû me contacter à peine le journal arrivé sur son bureau, songeai-je. J'étais presque contente d'avoir enfin une occasion de lui reprocher quelque chose.

En sortant mon portable de mon sac, je me rendis compte que j'avais oublié de le remettre en veille, après l'avoir éteint pour ne pas déranger le tournage.

Il y avait quatorze messages. Je n'étais pas en état de les affronter tous pour l'instant. En plus, si la situation était connue de tout le monde, il fallait que je dissimule le plus vite possible ma cliente aux yeux des gens. Il n'aurait plus manqué qu'un pauvre tordu endosse le rôle de l'inconnu qui en voulait à Gloria pour passer à la postérité

Je retournai précipitamment dans la boutique avec le journal. Trop tard. Quand j'ouvris la porte, on aurait dit que l'endroit était gagné par une émeute. Dans l'œil du cyclone se trouvait Dennis, debout sur un comptoir avec Gloria perchée à côté de lui. Le videur musclé était rentré dans le magasin et brandissait l'un de ces appareils-photos jetables en plastique rouge, comme King-Kong un avion.

— Tu l'as ? Tu l'as, Keith ? répétait Dennis.

Les clients avaient perdu tout intérêt pour les marchandises de Dennis, mais pour une fois, il s'en moquait.

— Melody, file un coup de bigo au *Sun* et

dis-leur qu'on a à leur vendre des photos exclusives de Gloria Kendal en train de défier les menaces de mort en faisant ses courses dans le magasin le moins cher de Manchester.

— Et merde, murmurai-je en baissant la tête pour foncer dans la foule.

J'eus beaucoup plus de mal à arriver jusqu'à Gloria que Moïse à écarter les flots de la Mer Rouge. Finalement, j'y parvins, mais il fallut que je donne des coups de coudes dans les côtes de deux vieilles dames et que je marche sur le pied d'une gamine qui se mit à glapir pendant dix minutes.

— Allez, Gloria, il est temps de rentrer, dis-je d'un ton sévère.

— Et moi qui commençais juste à m'amuser, se plaignit-elle avec bonne humeur en sautant du comptoir.

— Tu vas quand même pas embarquer cette femme merveilleuse avant qu'on ait eu le temps de faire connaissance ? s'indigna Dennis.

— C'est déjà une bonne raison, grondai-je en essayant de forcer un passage dans la foule déchaînée qui bloquait la porte.

Gloria se retourna et papillonna des doigts.

— À bientôt, Dennis. Enfin, j'espère.

— Keith ! braillai-je. Arrête de te dandiner comme si tu étais David Bailey et donne-nous un coup de main. Il faut que je ramène Gloria chez elle.

Le videur interrogea Dennis du regard. Celui-ci sourit d'un air désolé et hocha la tête.

— Aide-les, dit-il.

Keith s'empara du paquet de tissu et nous ouvrit un chemin jusqu'à la porte en moins de deux. Il suffisait que les gens jettent un regard à ses biceps de la taille d'un jambon pour qu'ils se fondent dans les rayonnages. Gloria dédicaçait des photos en chemin, les tendant machinalement aux mains avides des fans. Dans la galerie, Keith me colla le paquet dans les bras et je poussai Gloria vers des ascenseurs qui menaient au parking.

— J'aime bien votre copain, dit-elle alors que nous nous entassions avec une poussette et une femme à l'air harassé, trop occupée à calmer son moutard pour se rendre compte qu'elle voyageait avec une vedette.

— Il vous apprécie aussi, manifestement. Seulement, sa femme est une grande fan de *Northerners*, dis-je, narquoise.

— Quel dommage.

— Je croyais que vous aviez besoin d'un maximum de téléspectateurs, en ce moment.

Gloria haussa les sourcils, pas tout à fait amusée par ma méprise sur le sens de ses paroles.

— Je voulais dire : dommage qu'il soit marié. J'allais vous demander son numéro, mais s'il est marié, ça m'intéresse pas.

— C'est la presse qui vous inquiète ?

Elle secoua la tête.

— C'est pas la crainte du *Sun* qui m'empêcherait d'avoir une liaison avec un homme marié. Mais assez d'hommes rendent leurs femmes malheureuses sans que je m'y mette aussi.

Les portes de l'ascenseur s'ouvrirent et Gloria sortit en se retournant pour donner un coup de main à la femme à la poussette.

— Vous m'étonnerez toujours, Gloria, dis-je en traversant le parking. Vous devez quand même bien avoir des vices.

En réponse, elle sortit son paquet de cigarettes et l'agita sous mon nez.

— Une pour la route, dit-elle en montant sur le siège passager de sa Saab. Et puis j'aime bien prendre un verre de temps en temps. Et je suis connue pour jouer au bingo.

— Vous êtes trop vertueuse pour ce monde, ironisai-je.

Elle sortit le *Chronicle* de la poche où je l'avais fourré et regarda la une d'un air consterné.

— J'espère bien que non, répondit-elle.

Après avoir déposé Gloria chez elle, où elle avait prévu de passer une nuit tranquille devant sa machine à coudre et une pile de cassettes de films avec Fred Astaire et Ginger Rogers, il ne me restait plus qu'un seul endroit où me rendre. Même si cela impliquait de prendre des routes de campagne à l'air sensées sur la carte, mais qui brusquement n'en font plus qu'à leur tête lorsque toute habitation humaine a disparu.

Ma meilleure amie, Alexis, et sa copine Chris habitent en pleine nature dans le District des Pics du Derbyshire. Alexis prétend qu'elle peut arriver à son bureau dans le centre-ville de Manchester en vingt-trois minutes, mais c'est simplement parce que, journaliste chargée des affaires criminelles au *Chronicle*, elle commence à travailler à 6 h 30 le matin. Personnellement, j'ai toujours l'impression qu'il me faudra un sherpa et un saint-bernard pourvu de son tonnelet d'alcool pour arriver à la maison de rêve qu'elles ont construite elles-mêmes. Chris est architecte et elle a conçu les plans de ce petit hameau. En contrepartie, les voisins ont fait une grosse partie des travaux ainsi que l'installation électrique et la plomberie. Elles ont finalement seulement dépensé 80 000 livres sur une propriété qui vaut trois fois plus sur le marché.

Ensuite, elles ont trouvé la manière parfaite de dépenser l'argent qu'elles avaient économisé. Elles ont eu un bébé. C'est en fait Chris qui a accompli la *chose* qui fait frémir certains et les force à croiser les jambes, mais Alexis peut être considérée tout autant comme la mère de Jay Appleton Lee. J'ai à peu près autant d'affection pour les enfants que pour les cloportes, mais je suis bien obligée de m'avouer — mais à moi seule — que je comprends pourquoi Richard trouve ce bébé aussi délicieux que ses parents.

Seulement, ce soir-là, je n'avais pas envie de tomber en admiration devant la touffe de cheveux noirs de Jay ou sa dernière dent. Il fallait que je voie Alexis. J'avais parfaitement calculé mon arrivée. Jay venait de terminer son bain et allait être mise au lit : je n'eus qu'à m'extasier pour la forme le temps que Chris l'emporte dans sa chambre. Cinq minutes plus tard, nous étions toutes les trois installées dans leur confortable salon. Chris et Alexis avec des cernes noirs sous les yeux, tout à fait assortis aux verres de bière brune qu'elles buvaient.

— Alors, tu as ta nuit de libre, femme ? demanda Alexis avec un accent aussi dense que la mousse crémeuse débordant de son verre. J'aimerais pas être à ta place et protéger une star de la télé pour gagner ma vie.

— Laisse-moi me détendre cinq minutes et j'irai flanquer une pizza dans le four, dit Chris en étouffant un bâillement et en s'étalant sur le sofa, les pieds sur les cuisses d'Alexis. Alors, elle est comment, Gloria Kendal ?

— Brenda Barrowclough avec un petit peu plus de jugeote, d'humour et de style, dis-je. Au premier abord, tout ce que j'ai vu chez elle, c'était ce côté égocentrique qu'ont tous les acteurs. Et plus je la connais, plus je me rends compte qu'elle vaut mieux que ça. Elle est franche, marrante, généreuse. J'en suis la première étonnée, mais finalement, je l'aime vraiment bien.

Je leur racontai notre aventure avec Dennis.

Toutes les deux le connaissaient suffisamment bien pour s'imaginer la scène.

— J'aurais bien aimé voir ça. D'après ce que tu dis, ça aurait valu la peine d'être filmé, dit Alexis en tendant la main vers son paquet de cigarettes.

Elle en sortit une et se contenta de faire les gestes de la fumeuse sans l'allumer. Une conséquence de plus de la maternité. Elle était descendue de cinquante Silk Cut par jour à une douzaine environ, plus deux ou trois qu'elle utilisait juste pour s'occuper les mains, l'équivalent adulte d'un hochet. La seule à ne pas considérer cela comme un progrès, c'était Alexis elle-même.

— Merci au *Chronicle*, maugréai-je.

— Les gars des infos m'ont cassé les pieds avec ça, dit Alexis. Je leur ai dit qu'il était inutile de t'appeler pour te soutirer une déclaration. Ni eux. Je leur ai fait tout un numéro en prétendant que tu étais une digne émule de la déontologie de Philip Marlowe et que tu ne parlerais jamais d'une de tes clientes.

— Belle preuve de noblesse, ironisa Chris. Respecter le code déontologique de Kate. C'est surtout que tu aimes faire chier les gars des infos, hein ?

— Certes, concéda Alexis. Mais ils tendent des bâtons pour se faire battre, aussi, non ? Alors, c'est vrai qu'elle reçoit des menaces de mort ?

— Je fais un échange, dis-je. Je te donne des informations si tu ne me cites pas comme ta source, mais il faut que tu me dises où ils ont appris tout ça.

Alexis se rembrunit et secoua machinalement la cendre absente de sa cigarette.

— Tu m'as bien eue, KB. Tu sais que j'ai le moins possible affaire aux connards abrutis des infos. Et ils ne l'ont pas appris directement.

Le tuyau est arrivé par Mack Morrissey, celui qui fait la rubrique *Show-biz*. Il l'a surement obtenu par l'un de ses informateurs.

— Tu aurais la possibilité d'avoir son nom ?

— Je ne sais pas, dit Alexis en haussant les épaules. Mack est un peu susceptible, tu sais. Pas le genre à nous laisser, nous autres vulgaires journaleux, approcher ses si précieux contacts du monde artistique.

— Tu pourrais lui poser la question, intervint Chris.

— Je pourrais, admit Alexis. Mais il existe un meilleur moyen de trouver. Je refuse de croire qu'il a pu obtenir une telle info gratuitement. Il aura été forcé de faire un versement et ça se verra dans la compta.

— Il n'a pas payé comptant ? demandai-je.

— Non, pas une telle somme. Une info comme celle-là doit coûter quelques centaines de livres. Je suis surprise que le contact nous l'ait donnée, franchement. Un journal national aurait payé largement plus.

Encore une information intéressante de plus à fourrer dans le dossier « Illogismes ». Lorsque toutes ces données incompréhensibles atteignaient la masse critique, des faits apparemment sans relation entraient en collision et se groupaient en séquences logiques. C'est un processus qu'on appelle habituellement « intuition féminine ».

— J'irai voir les livres de comptes demain matin, promit Alexis. Alors, pour Gloria, c'est quoi, le fin mot de l'histoire ? Est-ce qu'elle a vraiment reçu des menaces de mort ? Et est-ce qu'elle pense vraiment que tu vas te jeter devant elle et lui offrir un rempart de ton corps contre les balles de l'assassin ?

— Comment pourrais-je les coincer au vol entre mes dents, sinon ? demandai-je innocemment. Les gens comme Gloria reçoivent toujours des lettres d'injures. Récemment, elle en a reçu qui semblaient plus sinistres que les trucs habituels, et Dorothea Dawson a jeté de l'huile sur le feu. Comportement irresponsable, mais qu'attendre d'autre d'une marchande de vent ? Aucun de ces astrologues et voyants ne gagnerait le moindre sou s'ils n'exploitaient pas les peurs irrationnelles de leurs clients. Tu peux me croire, Alexis, rien ne va arriver à Gloria Kendal. Je sers seulement à flanquer la trouille à quiconque envisagerait de tirer avantage de la situation.

Alexis haussa les sourcils et passa une main dans ses cheveux noirs récemment coupés. Le fourré hirsute était devenu un buisson beaucoup moins accessible aux petites menottes de leur fille. Une autre conséquence de la maternité.

— Tu as déjà rencontré Dorothea, alors ?

— Non, dis-je en fronçant les sourcils. Mais qu'est-ce que ça change ?

—Tu ne la traiterais pas de marchande de vent si tu l'avais rencontrée.

— Ne me dis pas que toi aussi tu crois à ces conneries ? dis-je en ouvrant de grands yeux.

— Bien sûr que non. Mais Dorothea Dawson n'est pas un charlatan. Elle agit sincèrement. Je l'ai interviewée il y a quelques années, quand je travaillais encore pour la rubrique *Spectacles*. Avant de la rencontrer vraiment, je pensais exactement comme toi. Et j'ai dû revoir mon opinion. Non qu'elle m'ait raconté des trucs incroyables, genre que j'allais rencontrer une belle inconnue et faire des tas de voyages. Elle s'est juste contentée de me dire que j'avais déjà rencontré l'amour de ma vie, que ma carrière allait légèrement dévier, que je serais beaucoup plus satisfaite et que les cigarettes ne me tueraient pas, mais qu'elles ne me feraient pas vivre plus longtemps non plus.

— Et cette révélation t'a donné la foi ? ironisai-je, incrédule.

— Ouais. Parce qu'elle est restée très simple. Elle était très posée, elle s'est même excusée de n'avoir rien de plus sensationnel à m'annoncer. Elle m'a donné l'impression d'une femme très bien, tu vois ? Et elle ne fait pas ça seulement pour l'argent. Évidemment, elle facture la peau des fesses à ces salauds de riches qui jouent dans *Northerners*, mais elle donne aussi beaucoup de consultations gratuitement.

— C'est vrai, ajouta Chris. Elle a offert un horoscope complet pour des enchères organisées par l'Association des Femmes contre le Sida, le mois dernier. Et tu te souviens de cet hôpital psychiatrique que j'ai dessiné il y a quelques années ?

Je hochai la tête. Cela avait été un gros contrat de restauration pour Chris. Elle avait transformé une ancienne usine de Rochdale en logements pour des SDF célibataires qui avaient des problèmes de santé mentale.

— Oui, je me souviens, dis-je.

— Eh bien, j'ai appris que Dorothea Dawson avait été la personne privée qui avait fait le don le plus important. Cinquante mille livres.

— Tu me l'avais jamais dit, se plaignit Alexis. Ça aurait fait un bon sujet d'article.

— C'est précisément pour ça que je ne t'ai rien dit, sourit Chris. C'était censé être confidentiel. Elle ne voulait pas qu'on en fasse tout un plat.

— Une grosse somme, dis-je diplomatiquement.

— Donc elle ne peut pas être une marchande de vent, n'est-ce pas ? interrogea Alexis. Les charlatans escroquent les gens. Ils ne font pas de tels dons à des associations caritatives. Et ce n'est pas comme si elle voulait profiter de déductions d'impôts, n'est-ce pas ? Elle doit toucher pas mal d'argent en liquide, donc elle peut éviter d'en déclarer un bon paquet.

Je levai les mains en signe de soumission.

— OK. Je me rends. Dorothea Dawson est une gentille petite vieille, scandaleusement incomprise par des mécréants cyniques comme moi. Ça doit être écrit dans les étoiles.

— Quoi qu'il en soit, KB, tu es sûre que protéger Gloria ne te sert pas de façade ? demanda Alexis, changeant d'angle d'attaque pour essayer manifestement de me désarçonner.

— Une façade pour quoi ? demandai-je, stupéfaite.

— Pour enquêter pour la direction de NPTV. Ils ont un sacré mouchard sur les bras, et c'est la dernière chose dont tu as envie quand tu essaies de négocier un gros contrat avec les réseaux câblés et satellites. J'ai entendu dire que la chasse au mouchard était ouverte. Tu es sûre qu'ils ne t'ont pas engagée pour découvrir qui fait monter la mayonnaise ?

— Désolée, dis-je. Il va falloir que tu trouves une autre informatrice.

— Je pensais qu'ils seraient heureux qu'il y ait autant de remue-ménage autour du feuilleton, dit Chris. Que ça ferait monter l'audience. L'autre jour, il a fallu que je prenne le train pour aller à Londres et les deux femmes assises en face de moi n'ont pas arrêté de parler de *Northerners*.

— Je crois que les scandales concernant les acteurs aiguisent l'appétit des gens, dis-je. Mais, d'après mes sources, la direction n'aime pas qu'il y ait des fuites concernant les scénarios. Selon eux, quand il y en a, les gens ne regardent plus autant la série.

Avant que quelqu'un n'ait eu le temps d'ouvrir la bouche, mon portable se mit à geindre avec insistance.

— Adieu la pizza, dis-je avec regret en attrapant mon sac. Brannigan, grognai-je.
— C'est moi.
J'eus un pincement de cœur.
— Donovan ? Ne me dis pas que tu t'es encore fait arrêter ?

8

LUNE EN TAUREAU DANS LA MAISON XII

Les revirements affectifs de la lune sont atténués dans cette configuration et conduisent la native à hésiter entre impulsivité et détermination. La native est sociable, mais elle a besoin de recharger ses batteries dans la solitude, qu'elle recherche activement. Imaginative et intuitive, elle a un rapport instinctif avec les artistes créateurs, bien que n'en étant pas une elle-même.

D'après : *Écrit dans les Étoiles,*
Dorothea Dawson

Cette fois, c'était Alderly Edge, le village où l'on achète plus de champagne par habitant que n'importe où ailleurs en Angleterre. Donovan était allé là-bas délivrer une citation à comparaître au directeur d'une entreprise, qui semblait penser que les actionnaires devaient financer en totalité sa liaison avec un membre du chœur du Northern Opera. La demeure était située dans une rue calme et huppée, derrière de hautes haies, comme la plupart de ses voisines. Donovan avait emprunté la voiture de sa mère et s'était garé un peu plus bas en attendant patiemment le retour du destinataire.

Quand l'homme était arrivé, Donovan l'avait accosté au moment où il descendait de voiture. Il avait accepté le document de mauvaise grâce et était rentré chez lui en furie. Donovan était reparti en faisant un détour par le studio de sa petite copine afin de prendre des notes de cours. En arrivant chez lui, il avait trouvé des policiers qui l'attendaient. Ses explications ne les avaient pas intéressés. Ils s'étaient contentés de le faire monter dans une voiture de police et de l'emmener au commissariat local où on lui avait appris qu'il était arrêté pour suspicion de cambriolage.

Le temps que j'arrive, tout le monde était au bord de l'empoignade. Un des voisins du chef d'entreprise avait été cambriolé dans la même journée. Et un autre voisin fouinard avait noté le numéro de la voiture de Shelley, parce que, eh bien, on ne voit pas souvent des Noirs assis dans une voiture, dans les rues arborées d'Alderly Edge. Le voisin était rentré chez lui quelques minutes après le départ de Donovan, avait découvert le cambriolage et appelé la police. Quand l'autre voisin fureteur avait vu la police rappliquer (en cinq minutes, parce qu'Alderly Edge est un territoire bourgeois, pas un quartier de HLM où il faut attendre les secours une demi-heure quand vous avez appelé pour signaler un meurtre), il était venu leur parler du Noir suspect qu'il avait aperçu.

L'ordinateur de la police avait craché l'adresse de Shelley grâce au numéro et les flics s'étaient pointés en un rien de temps. L'affaire se compliquait à cause du type à qui Donovan avait apporté la convocation au tribunal : il prétendait n'avoir vu aucun jeune clerc d'huissier noir avec des raisons légitimes de se trouver dans la rue.

Il me fallut une bonne heure pour convaincre la police que Donovan disait la vérité et que je n'étais pas la poule d'un gangster qui essaie de protéger son gigolo. Dommage, parce qu'avec les cuisses qu'il se paie...

La seule chose positive dans toute cette lamentable histoire, c'est que Shelley n'était pas là lorsque la police était venue. Avec un peu de chance, elle mettrait du temps à revenir.

— Peut-être que ce n'est pas une très bonne idée, que tu livres les convocations pour moi, dis-je en le reconduisant chez lui.

— Je fais correctement mon travail, où est le problème ? se défendit-il.

— Ce n'est pas bon pour toi ni pour la tension de ta mère que tu te fasses arrêter continuellement.

— Je ne vais pas laisser ces racistes me priver de mon boulot, protesta-t-il. Ce que vous êtes en train de me dire, c'est que je devrais m'aplatir et me laisser faire ? Les seuls endroits où j'ai des problèmes, c'est les ghettos de Blancs friqués qui s'imaginent que l'argent peut les protéger. Quand c'est *vous* qui apportez des documents à Alderly Edge, les voisins appellent pas les flics, pas plus que lorsque j'en apporte à Hulme.

— Tu as raison. Excuse-moi. Je n'avais pas réfléchi, dis-je, m'en voulant de n'avoir considéré que la solution la plus simple. Tu peux continuer ce boulot tant que tu voudras. Et dès demain, première heure, je vais dire à ta mère de faire imprimer une attestation professionnelle et des cartes de visite pour toi.

— Parfait. Et puis, Kate, j'ai besoin de cet argent. Je ne peux pas taper continuellement ma mère pour avoir de quoi prendre une bière avec mes copains ou aller au cinéma avec Miranda. Ce boulot, je peux le faire tout en continuant à suivre mes cours et à me distraire. C'est moins facile avec la plupart des autres boulots à mi-temps.

— Tu pourrais toujours t'acheter un anorak et bosser avec Gizmo sur les questions de sécurité, souris-je.

— Si vous croyez que Gizmo se laisserait faire ! Vous avez remarqué comme il était devenu bizarre, dernièrement ?

— Comment tu veux que je voie la différence ? dis-je.

Je mis mon clignotant et je pris à droite l'étroite rue bordée de pavillons où vivait la famille Carmichael.

— Ouais, c'est vrai. Il a toujours été un peu tapé. Mais ces dernières semaines, il est complètement parano avec ses fichiers.

— Il a toujours été très secret concernant son travail, lui rappelai-je. Et pas sans raison. Une bonne partie de notre boulot pour la sécurité informatique de certains clients est un domaine sensible.

— Oui, mais il y a une marge entre secret et délire paranoïaque. Vous saviez qu'il fallait entrer un mot de passe pour sortir de son économiseur d'écran ?

— Allez, tu exagères, dis-je.

— Vous croyez ? Essayez, la prochaine fois qu'il sera parti aux chiottes. Tapez une touche quand l'économiseur est en route et la machine vous demandera un mot de passe. Vous saviez pas ? demanda Donovan en haussant les sourcils. (Il ouvrit la portière et déplia sa grande carcasse pour descendre. Puis il se baissa et demanda avec inquiétude :) Vérifiez vous-même. Je raconte pas d'histoires. Je sais pas ce qu'il mijote, mais il veut pas que ça se sache. Et c'est sur votre matos qu'il le fait.

— Ne t'inquiète pas, dis-je en essayant de me rassurer moi-même autant que lui. Gizmo ne prendrait pas de risques avec mon agence.

Ce qui était assez vrai, me dis-je sur le chemin du retour. Sauf que le terme *légal* selon

Gizmo ne coïncidait pas nécessairement avec le point de vue de la loi. Et s'il ne pensait pas à mal, pourquoi aurait-il imaginé les risques ?

L'article du *Chronicle* transforma rapidement les comportements des acteurs de *Northerners*. Je n'avais jamais vu ça. Jusqu'à ce moment, je doutais que les fuites vinssent de l'intérieur. Dix minutes passées dans les locaux de NPTV me montrèrent le vrai visage de tout le monde. Des gens qui la veille encore se confondaient en sourires et amabilités pinçaient les lèvres et se rendaient brusquement compte qu'ils avaient autre chose à regarder lorsque Gloria passait. J'entendis même un second rôle dire à un autre sur un ton innocent :

— Évidemment, pour les petits comme nous, on ferait pas tant d'efforts.

— Mais qu'est-ce qu'il leur est arrivé ? demandai-je à Gloria, à peine la porte de la loge refermée.

Rota Hardwick, qui partageait la pièce et jouait la pute au grand cœur Thelma Torrance, s'interrompit dans les travaux d'aiguille auxquels elle occupait ses temps morts.

— Alors, on la bat froid, c'est ça ? demanda-t-elle avec un triste sourire.

— Ouais, dis-je sans chercher à dissimuler ma stupéfaction. Hier, tout le monde était copain avec tout le monde et aujourd'hui, c'est comme si vous aviez une maladie contagieuse.

— Ça arrive, quand on a droit aux honneurs de la presse, dit Gloria en accrochant son manteau à un cintre avant de se laisser tomber dans un fauteuil. C'est surtout de la jalousie. Ceux qui sont en dessous de vous vous en veulent d'être assez important pour que le *Chronicle* vous consacre sa une et que tous les tabloïds se joignent au concert dès le lendemain.

J'avais déjà constaté à quel point Gloria était importante pour les tabloïds. Quand j'étais venue la chercher le matin, j'avais dû me bagarrer avec les journalistes et photographes massés devant les hautes grilles qui protégeaient Gloria de leurs tendances à l'invasion.

— Eh oui, dit Rita. Et ceux qui sont au-dessus de vous se disent qu'il est temps de vous rabattre le caquet avant que vous n'arriviez à leur niveau. Et encore, c'est pas qu'il y en ait beaucoup au-dessus de toi, maintenant, Glo'.

— Des trucs comme ça, ça vous montre qui sont vos vrais amis, ajouta Gloria.

— Oui, et on les compte sur les doigts de la main, par ici, dit Rita en enfonçant férocement son aiguille dans sa tapisserie. Il y en a des tas qui vous flanqueraient un coup de poignard dans le dos s'ils pouvaient s'en tirer à bon compte.

S'il suffisait d'un petit article dans un journal pour engendrer une atmosphère aussi empoisonnée, je ne voulais même pas envisager la réaction des collègues de Gloria si quelqu'un leur avait sérieusement causé du tort.

— Avez-vous été l'objet de beaucoup d'attention des médias, dernièrement ? demandai-je en songeant qu'un autre acteur en avait peut-être pris ombrage et envoyé les premières lettres de menaces.

Gloria secoua la tête. Rita n'était pas d'accord.

— Il y a eu pas mal d'articles concernant l'histoire de l'avortement, Glo'. Brenda et Debbie ont fait la une de tous les tabloïds.

— Oui, Brenda, pas moi. Les pauvres gens voient pas la différence, mais ceux qui travaillent avec nous, si.

— Ça ne change pas grand-chose pour certains, dit Rita. Rongés par la jalousie, voilà ce qu'ils sont. (Elle jeta un coup d'œil à sa montre.) Bordel, déjà ? J'ai rendez-vous avec Dorothea dans cinq minutes, dit-elle en fourrant sa tapisserie dans son sac à ouvrage.

— Ça va, tu as le temps. J'ai pas vu la camionnette en arrivant. (Gloria me jeta un regard pensif.) Vous vouliez lui parler, hein, ma poule ?

Rita s'immobilisa.

— Mince, Kate. Je vous aurais pas vue comme le genre de fille accro aux horoscopes.

— Les seules étoiles dont je veux parler à Dorothea, ce sont celles qui brillent au firmament de *Northerners*, me rebiffai-je.

— Ah, si sa boule de cristal pouvait parler ! gloussa Rita.

— Oui, mais aller voir Dorothea, c'est comme une visite chez le docteur. On peut dire ce qu'on veut en sachant que ça ira pas plus loin, dit Gloria. Rita, ma poule, ça t'embête si je passe avant toi pour demander en vitesse à Dorothea si elle peut caser Kate ?

— Te gêne pas pour moi. Je vous accompagne.

Nous sortîmes toutes les trois du bâtiment du studio pour traverser le parking. À l'autre bout, près du bâtiment administratif, je remarquai un camping-car qui n'était pas là quand nous étions arrivées. Il était peint en bleu nuit, mais alors que nous approchions, je distinguai une Voie Lactée d'étoiles dorées qui courait le long de la portière et sur le flanc du véhicule. La porte du côté habitable arborait un zodiaque peint en argent avec les douze signes en doré. Même moi, j'étais capable de reconnaître la jeune fille qui symbolise mon signe, la Vierge. J'identifiai également le symbole familier du logo de Mercedes. Je n'avais pas besoin des lumières de Chris pour me rendre compte que dans la profession de Dorothea Dawson, on ramassait clairement beaucoup d'argent.

Rita frappa et une voix rauque et familière nous cria d'entrer. Je m'attendais à un grand déploiement de clichés mystiques, avec bâtonnets d'encens et coton indien, mais question environnement personnel, Dorothea préférait manifestement l'opulence à l'occulte. Cuir, velours, moquette épaisse et lambris décoraient le luxueux intérieur. Dans le coin cuisine, je vis un micro-ondes et un frigo. Sur une étagère rabattable étaient posés un ordinateur portable et une imprimante couleur, matériel qui devait coûter pas loin de quatre mille livres. Et au lieu du fond sonore effroyable de murmures de la forêt assorti de flûtes de Pan et de chants de baleines, la musique qu'elle écoutait évoquait plutôt les collections romantiques bon marché genre « prestige de votre discothèque » vendues par correspondance. La seule concession à l'univers mystique de l'astrologie était la table, bordée sur trois côtés par des banquettes, et recouverte d'une épaisse nappe bleu sombre, où trônait une énorme boule de cristal. Si elle avait été pourvue de trous, on aurait pu aller jouer au bowling avec.

— Heureuse de vous voir, mesdames, dit Dorothea Dawson alors que nous nous engouffrions l'une derrière l'autre dans la caravane.

Elle était plus petite qu'elle ne paraissait à la télé. Mais il faut dire que ça fait toujours cet effet-là. Ses cheveux du plus pur argent, coupés au carré, dissimulaient une mâchoire trop lourde pour ses traits menus. Elle avait la peau sillonnée de minuscules rides, comme une pomme qu'on a laissé traîner trop longtemps. Soit elle était plus vieille que ne le laissait penser sa voix, soit elle avait trop aimé le soleil dans sa jeunesse.

Et vous devez être Kate Brannigan, dit-elle

avec un petit signe de tête en me dévisageant de ses yeux qui ressemblaient à des éclats d'améthyste.

— Vous m'avez vue dans votre boule de cristal, c'est ça ? demandai-je d'un ton plus aimable que je n'aurais voulu : je n'ai jamais aimé les charlatans.

— Non, je vous ai vue dans le *Manchester Evening Chronicle*, dit-elle d'un air amusé. (Je me surpris à la trouver plaisante, malgré tous mes préjugés contre les gens qui profitent de la naïveté des autres.) Vous voulez me parler de ma dernière consultation avec Gloria ?

— Bien vu, dis-je.

— Et je veux que vous lui fassiez son horoscope, intervint Gloria, toujours aussi infichue de tenir sa langue.

Dorothea inclina la tête avec un petit sourire.

— Vierge, avec... un ascendant signe d'Air, à première vue. Probablement Gémeaux, avec une bouche aussi futée.

J'essayai de ne rien laisser paraître de ma surprise. Une chance sur douze de trouver mon signe, multipliée par une chance sur beaucoup de trouver le signe et l'ascendant d'un seul coup. Ce n'est pas que je croie à ces sottises. Je connaissais mon ascendant simplement parce que j'avais passé une demi-heure la veille devant mon ordinateur, sur un logiciel d'astrologie *shareware* trouvé sur l'Internet. Mais quel qu'ait été son moyen de le trouver, Dorothea ne s'était pas trompée.

— Je pourrais pas vous dire, mentis-je, bien décidée à faire preuve de tout mon scepticisme. Gloria va pouvoir vous donner toutes les informations.

— J'ai un emploi du temps très chargé, aujourd'hui, dit Dorothea d'un ton beaucoup plus femme d'affaires qu'elle n'aurait pu y prétendre.

Non seulement elle avait la chanson, mais aussi l'air, avec son chemisier blanc à lavallière et sa veste en crêpe noir. Une broche en argent et améthyste de la taille d'une carte de crédit était accrochée au revers, comme un rappel symbolique de ses yeux et de ses cheveux. Elle ouvrit d'un geste vif un agenda posé sur la banquette à côté d'elle, tandis que Gloria sortait le papier d'un geste théâtral.

— Voilà les date, heure et lieu de naissance de Kate.

Dorothea le posa à côté d'elle sans regarder.

— Je ne vais pas pouvoir vous expliquer votre horoscope *et* répondre à vos questions en une seule fois, Kate.

— Ce sont les réponses à mes questions qui m'intéressent.

Elle haussa un sourcil. J'avais l'habitude de faire ça aussi, mais ça m'avait passé.

— Dommage. Vous devriez toujours saisir la chance quand elle se présente à vous. Qui sait quand vous aurez une autre occasion de savoir ce qui vous fait vraiment courir ? demanda-t-elle d'un ton amusé.

— Je me débrouillerai pour survivre quand même, dis-je.

— Je n'en doute pas. Et je n'ai pas besoin de lire votre horoscope pour le savoir. Gloria, c'est vous que je vois en dernier, aujourd'hui. Vous voulez bien que je voie Kate à ce moment-là ou vous êtes pressée de rentrer ?

— Ça ne fait rien, Dor', dit Gloria. On va vous laisser tranquillement en donner à Rita pour son argent. On se voit à 17h30.

Elle m'entraîna dehors.

— On ferait bien de se presser, dit-elle. On m'attend au maquillage et j'ai même pas mis mon costume.

— Gloria, demandai-je en la suivant, est-ce

que Dorothea a toujours autant de rendez-vous ?

— Oh, oui. Si vous êtes pas une habituée, vous pouvez attendre un mois ou plus pour qu'elle vous prenne, à moins d'aller à son cabinet.

— Ce sont tous des rendez-vous d'une demi-heure ?

— Exact. De 9 heures à 17h30, confirma Gloria.

— Juste par curiosité, combien demande-t-elle ?

— Pour une demi-heure, elle demande deux fois plus que vous pour une heure, ma poule.

C'était le genre de renseignement qui vous cloue sur place. Je ne suis pas bon marché. Enfin, surtout en ce qui concerne Richard, mais même lui ne s'en est pas encore rendu compte. Quatre fois mon taux horaire, c'était une sacrée somme. Parfois, je me demande si j'ai choisi la bonne voie.

La journée passa. Costume, maquillage, répétition, tournage. Aucun coup de fil pour distraire mon attention, aucune attaque mortelle sur ma cliente. Et pas de possibilité non plus de découvrir l'auteur des lettres de menaces ni l'identité du mouchard que Ross Grant voulait que je traîne de force sur la place publique. Grâce au *Chronicle*, personne ne me parlait. Je suppose que les acteurs ne m'aimaient plus parce qu'aujourd'hui, j'étais plus célèbre qu'eux. L'équipe était trop occupée et d'ailleurs, la nouveauté de la présence d'un privé commençait à s'estomper.

Peu avant 17 heures, je pensai à facturer une prime d'ennui, un peu comme on facture une prime de risque. À présent, j'étais convaincue que l'auteur des lettres de menaces devait être satisfait en sachant que Gloria avait été assez effrayée pour m'engager. Étant donné le nombre d'occasions où il était possible de l'agresser faire du mal, même avec moi à sa remorque, le fait que rien n'ait été jamais tenté contre elle était significatif. Je l'accompagnerai encore un week-end pour ses apparitions publiques, puis j'arrêterai là.

Ayant récupéré un visage normal et rangé le costume de Brenda Barrowclough à sa place, Gloria était prête pour sa consultation avec Dorothea.

— Accompagnez-moi jusqu'à son camping-car, ma poule, dit-elle. Je resterai seule avec Dorothea, mais si vous revenez vers 6 heures moins cinq, vous pourrez me ramener à ma loge, puis retourner lui demander tout ce que vous voudrez.

Une sorte de neige fondue tombait sans relâche et nous rejoignîmes les dizaines de gens qui traversaient le parking en courant pour aller se mettre à l'abri. J'avais pris un parapluie dans les accessoires près de l'entrée du plateau extérieur et je luttai contre les bourrasques de vent pour le maintenir au-dessus de la tête de Gloria. Arrivée à la caravane, je frappai. J'entendis Dorothea dire à Gloria d'entrer. Elle disparut à l'intérieur et je refermai le parapluie, puis je filai jusqu'à la voiture de Gloria garée non loin. Au moins, en attendant, je pourrais toujours écouter la radio.

Je fermai les yeux et m'enfonçais dans le siège, baignée par les infos de la journée. Météo-route annonçait des chutes de neige sur la Chaîne Pennine.

— Génial, murmurai-je en me demandant dans quel état serait la route de Saddleworth.

Si le temps continuait à se détériorer, peut-être valait-il mieux proposer à Gloria de passer la nuit dans ma chambre d'amis pour m'éviter un aller et retour dans des landes enneigées.

Avant que j'aie pu m'en rendre compte, les vingt-cinq minutes s'étaient écoulées. J'abandonnai la voiture aux vitres couvertes de buée et je filai vers le camping-car. Je frappai à la porte.

— J'arrive tout de suite, ma poule, cria Gloria. (La porte s'ouvrit et la chaude lumière de l'intérieur se répandit sur le macadam, éclairant l'eau qui dégoulinait sur mes chaussures.) Je vous la renvoie, ajouta-t-elle par-dessus son épaule en sortant.

Je recommençai mon manège avec le parapluie et j'escortai Gloria jusqu'à sa loge. Le bâtiment de la production était déjà désert. Il n'y avait personne dans *Northerners* qui aimât à ce point son travail pour traîner après le tournage un vendredi soir. J'étais un peu inquiète de laisser Gloria sans protection dans sa loge. Rita et Dorothea savaient toutes les deux que j'avais un rendez-vous et l'une ou l'autre avait pu en parler à quelqu'un sans penser à mal. Étant donné la vitesse à laquelle les rumeurs se répandaient chez NPTV, toutes les femmes de ménage et les secrétaires savaient probablement déjà que Gloria serait seule dans un bâtiment pratiquement désert à partir de18 heures.

— Je veux que vous fermiez la porte derrière moi, OK ? lui dis-je. Et que vous ne laissiez entrer personne d'autre que moi. Même si vous pensez que vous pouvez avoir confiance. Si quelqu'un vient, dites que vous devez attendre mon retour. Promis ?

— OK, chef, sourit Gloria. Tout ce que vous voudrez.

J'attendis devant la porte le bruit du verrou, puis je courus hors du bâtiment jusqu'au camping-car de Dorothea. Personne ne répondit lorsque je frappai, mais je savais qu'elle attendait mon arrivée. En plus, ce n'était pas le genre de soirée où on a envie de se les geler sous la neige en attendant que quelqu'un daigne cesser son petit jeu de pouvoir. J'ouvris la porte et j'entrai dans la caravane faiblement éclairée.

Dorothea Dawson était étalée en travers de la table, un côté de la tête bizarrement déformé et couvert de sang. À quelques mètres de là, la boule de cristal luisait dans la lumière de la lampe, au bout d'une trace pourpre qui souillait l'épaisse moquette couleur champagne.

Je reculai un instant en détournant les yeux de cet affreux spectacle. Je jetai un regard affolé de toutes part pour vérifier qu'il n'y avait personne d'autre dans la petite caravane. Puis la pensée me frappa comme un coup à l'estomac : Dorothea était peut-être encore en vie. Pendant un long moment, je ne parvins pas à me résigner à la toucher.

Mais je savais que si elle mourrait parce que j'avais manqué de courage, mon sentiment de culpabilité serait bien plus accablant que la répugnance que j'éprouvais en ce moment. J'essayai d'avaler ce qui m'empêchait de respirer et j'avançai précautionneusement, évitant soigneusement la trace laissée par la boule de cristal. Je tendis la main vers le bras étalé de Dorothea et je saisis son poignet. La peau était à la même température que la mienne, et ce fut d'autant plus horrible que je ne pus trouver le pouls.

Je reculai, consternée. J'avais eu raison de mettre Gloria en garde. Il y avait un assassin dans les parages.

Seulement, je m'étais gravement trompée sur sa cible.

9

MARS EN OPPOSITION AVEC LE MILIEU DU CIEL

La native possède une haute opinion d'elle-même et n'est pas toujours assez diplomate pour le dissimuler. Elle est parfois trop téméraire et agressive lorsqu'elle poursuit un objectif qu'elle sait juste. Cependant, cette opposition lui fournit une grande énergie et lui permet d'être entreprenante et indépendante. Sa vitesse et sa volonté coupent souvent l'herbe sous le pied des autorités.

D'après : *Écrit dans les Étoiles*,
Dorothea Dawson

Je ne savais pas quoi faire. Ni rester dans cet espace confiné avec le cadavre de Dorothea, ni quitter le camping-car en le laissant sans surveillance. En plus, je ne pouvais pas monter la garde devant, car j'aurais été trempée jusqu'aux os en quelques minutes. Et il me semblait important de ne pas affronter la police avec l'allure d'un rat noyé.

Je trouvai un compromis en passant dans la cabine. Le siège passager était monté sur pivot de façon à pouvoir regarder la route, ou servir de siège d'appoint dans la partie habitation. Par bonheur, pour le bien de ma santé mentale, il était tourné côté route.

Je passai entre les sièges, surprise de me voir suffoquer comme si j'avais couru. J'empoignai les accoudoirs et je me forçai à respirer calmement : je voulais être certaine de ne pas passer pour un assassin aux oreilles de celui qui me répondrait. Je me concentrai sur les amas de neige fondue qui glissaient le long du pare-brise, brouillant les lumières des lampadaires du parking, et j'essayai d'oublier l'image imprimée sur ma rétine. C'est seulement lorsque j'eus retrouvé mon calme que je sortis mon portable pour appeler les urgences.

— Je m'appelle Kate Brannigan et je suis détective privée. Je vous appelle pour vous signaler ce qui semble être un meurtre, dis-je une fois en liaison avec le standard.

À l'autre bout du fil, la femme avait manifestement l'habitude. Sans laisser voir qu'il s'agissait de quelque chose de moins fréquent qu'un cambriolage, elle demanda :

— D'où appelez-vous ?

— De mon portable. Je suis sur le parking des locaux de *Northerners*. C'est à côté du vélodrome, sur Alan Turing Way.

— Pouvez-vous me dire ce qui est arrivé, d'après ce que vous voyez ?

— Je suis dans un camping-car. Il appartient à Dorothea Dawson, l'astrologue. J'avais rendez-vous avec elle, je suis entrée et je l'ai trouvée morte. On dirait que quelqu'un lui a défoncé le crâne avec sa boule de cristal. J'ai essayé de trouver son pouls, mais en vain.

J'entendis ma voix se briser et je déglutis comme je pus.

— Vous êtes encore sur place ?

— Oui. Je suis dans le camping-car. Il est très repérable. C'est un gros modèle, bleu marine, marque Mercedes. Tout au fond, à l'opposé de l'entrée. La plupart des voitures sont parties et il n'en reste plus que quelques-unes de ce côté.

J'avais débité ça à toute vitesse en mangeant la moitié des mots. Impossible de m'en empêcher.

— Nous allons envoyer des hommes sur place très rapidement. Ne touchez à rien. Pouvez-vous me donner votre numéro, je vous prie ? (Je récitai machinalement mon numéro.)

Nous arrivons le plus vite possible, conclut-elle d'un ton rassurant.

Je ne me sentis pas mieux pour autant. Le meurtrier avait saisi sa chance. Habituellement, il y avait des gens sur le parking qui discutaient tout en se rendant à leurs voitures. Ils auraient remarqué un détail inhabituel. Mais ce soir, à cause du temps, tout le monde avait baissé la tête en se précipitant pour s'abriter, sans faire attention à quoi que ce soit hormis le chemin le plus court pour atteindre sa voiture.

Et puis il y avait la question de temps. Il ne s'était écoulé que dix minutes entre le moment où Gloria avait quitté le van avec moi et mon retour. Mais quelqu'un d'assez téméraire ou désespéré avait saisi ce minuscule créneau pour pénétrer dans le camping-car. Dorothea avait été prise par surprise, c'était évident, et on lui avait fracassé le crâne avec la boule de cristal si rapidement qu'elle n'avait pas eu le temps de réagir.

Puis l'assassin avait disparu dans la nuit. Sans prendre le temps de fouiller ou de voler. Juste celui de tuer et de se volatiliser. Brusquement, je me rendis compte que l'assassin se trouvait peut-être à quelques mètres de moi lorsque j'avais traversé le parking. Quelques minutes — non, quelques secondes — plus tôt et j'aurais pu tomber nez à nez avec quelqu'un d'assez dénué de scrupules pour me tuer moi aussi.

Cette pensée me frappa au creux du ventre. J'avais la bouche sèche et un frisson me parcourut de la tête aux pieds. Je sentis mon estomac se soulever et j'arrivai juste à temps à la porte. Un déjeuner alla s'étaler sur le parking couvert de flaques. Accrochée d'une main au chambranle, je ne cessai de vomir, l'estomac vide depuis longtemps.

Et c'est dans cette position que la police me

trouva. Il ne m'avait pas semblé entendre de sirènes. Sans doute qu'ils les avaient éteintes en arrivant aux grilles de NPTV. Seuls les gyrophares annonçaient l'arrivée des véhicules. Je levai un regard trouble, les cheveux collés au front par la pluie et la sueur, et je distinguai deux voitures de police et une ambulance. À peine arrêtées, leurs occupants étaient déjà descendus et couraient vers moi.

Je me redressai et désignai d'une main faible la porte qui menait directement dans la partie habitation.

— Elle est là-dedans, dis-je d'une voix de fausset.

Trois d'entre eux obliquèrent. Le quatrième continua vers moi, coupant toute possibilité de fuite — si j'en avais eu l'intention. Il n'était pas censé savoir que nous étions du même côté. Rien d'étonnant : la situation ne m'était pas non plus très familière. Après un regard rapide à ses collègues pour solliciter leur avis, le premier policier ouvrit la porte et passa prudemment la tête à l'intérieur. J'entendis un sifflement et un juron étouffé.

Entre-temps, les ambulanciers étaient eux aussi arrivés à la porte et essayaient de se frayer un passage entre les policiers.

— Laissez-nous passer ! entendis-je l'un d'eux dire avec agacement.

— Pas question, dit le premier policier. Il y a eu un crime.

— Elle est peut-être encore en vie, protesta l'ambulancier en essayant de forcer le passage entre les uniformes bleus.

— Pas question, répéta le policier qui n'avait pas tellement l'air dans son assiette. Vous pouvez me croire sur parole, il n'y a plus rien à faire pour elle.

— Son cœur s'était déjà arrêté lorsque j'ai découvert le corps, dis-je.

— Quand ? demanda l'officier qui me surveillait.

— Deux minutes avant que je vous appelle pour signaler un DH.

Mon utilisation inconsciente de l'abréviation professionnelle pour « décès par homicide » me valut un regard intrigué. L'un de ses collègues parlait à la radio, le col relevé pour se protéger contre les bourrasques de neige fondue. En grommelant, les ambulanciers retournèrent s'abriter à leur voiture. Je reculai légèrement pour me protéger comme je pouvais du temps, en faisant attention de laisser mes mains bien en vue. Je savais qu'à présent, j'étais leur suspect numéro un.

Une autre voiture arriva dans une gerbe d'éclaboussures, éclairant deux membres du personnel de la chaîne qui se hâtaient vers leurs véhicules, trop occupés pour se rendre compte de la présence de la police et d'une ambulance. La nouvelle venue s'arrêta en dérapant à quelques mètres du capot du camping-car. Les portières s'ouvrirent brusquement, déclenchant l'allumage du plafonnier, et l'impossible se produisit : la situation empira.

Vingt minutes plus tard, j'étais assise dans le foyer de *Northerners*, immédiatement transformé par les policiers en un QG improvisé en attendant que la caravane prévue à cet effet n'arrive. En face de moi se tenait le sergent Linda Shaw, les mains serrées autour d'un gobelet de café. La présence de Linda ne me tracassait guère : elle avait probablement plus de choses en commun avec moi qu'avec le sale con qui lui tenait lieu de chef.

Je soupçonnais l'inspecteur-chef Cliff Jackson d'avoir dans son tiroir une poupée aux cheveux auburn. Il plantait dedans des aiguilles à intervalles réguliers. C'était la seule explication que je pouvais trouver à la douleur fulgurante qui traversait parfois ma cheville gauche. Jackson était le plus ancien inspecteur de la criminelle de Manchester depuis à peu près sept ans. On aurait pu croire qu'il m'était reconnaissant d'avoir contribué de manière significative à l'élimination du crime. Eh bien non. Lorsque les planètes voulaient vraiment se liguer contre moi, elles me ménageaient une entrevue avec Jackson.

Linda Shaw était assise entre lui et moi comme une zone tampon entre deux factions armées des Balkans. À peine avait-il vu ma silhouette blême et frissonnante dans la cabine du camping-car que les rouages s'étaient mis à cliqueter dans son crâne. Il imaginait déjà les innombrables manières dont il allait pouvoir utiliser ma présence sur le lieu d'un crime pour faire de ma vie un enfer.

Il fonça sur moi sans même prendre le temps d'enlever son imperméable.

— Qu'est-ce que vous foutez ici ? me dit-il en guise de salutation.

— Je bosse. Et vous ?

Il devint écarlate.

— Tentez pas le diable, Brannigan ! éclata-t-il. Ça fait une minute que je suis là et vous me donnez déjà envie de vous boucler pour la nuit. Vous pouvez pas vous empêcher de faire de l'esprit, hein ?

— Si vous voulez que je me taise, pas de problème. Je passerai un coup de fil à mon avocat et je la fermerai pendant un bon bout de temps, rétorquai-je. Et à peine rentrée chez moi, j'appellerai Alexis Lee. Comme ça, tout le monde saura comment la fine fleur de la police de Manchester traite le témoin du meurtre de l'astrologue préférée d'Angleterre.

— Monsieur, intervint Linda d'une voix calme, mais pressante. On vous demande au camion. Les techniciens du labo nous suivent et le reste de l'équipe vient d'arriver. Voulez-vous que je trouve un endroit tranquille pour prendre la déposition de Ms Brannigan ? Ensuite, nous aurons une idée de la marche à suivre ?

— Je ne veux pas que vous fourriez votre nez là-dedans, Brannigan ! aboya Jackson en rajustant une cravate bleu électrique qui jurait désagréablement avec sa chemise lilas. Vous allez faire votre déposition au sergent Shaw et foutre le camp d'ici. C'est pas une suggestion, c'est un ordre. Je serais ravi de vous arrêter pour obstruction. Mais je ne vais pas vous l'apprendre, n'est-ce pas ? Elle est à vous, sergent.

J'avais précédé Linda jusqu'au bâtiment de la production, suggérant que ce serait une bonne idée que quelqu'un contacte John Turpin pour avertir NPTV de ce qui se passait et nous fournisse un local pour parler. Elle avait tout arrangé et même réussi à découvrir où se trouvait le plus proche distributeur de boissons. Finalement, nous nous retrouvâmes face à face, nous jaugeant mutuellement. Je vis une femme qui abordait la fatidique trentaine, dont le contour des yeux accusait les longues journées de travail et les nuits blanches ; l'inflexion de sa bouche trahissait qu'il lui en avait émotionnellement coûté d'avoir affaire aux gens brutalement privés d'êtres chers, comme à ceux qui avaient réduit ces mêmes existences en cendres.

En revanche, je préférai ne pas songer à ce qu'elle voyait, elle. J'ouvris le feu.

— Vous êtes sergent, maintenant, alors ? Félicitations.

— Merci. J'ai appris que vous étiez aussi montée en grade. Brannigan & Co, plus Mortensen & Brannigan.

— Cliff me fait surveiller, c'est ça ? Au

moins, je suis ma propre patronne. En revanche, vous, vous êtes toujours le sherpa de Jackson.

— Il y a pire comme travail, dans la police, dit-elle d'un ton narquois.

— Surtout quand on est une femme.

Elle hocha la tête d'un air approbateur.

— Bon. Alors aidez-moi à garder ma place et racontez-moi ce qui s'est passé ce soir.

— Vous savez que je n'ai rien contre vous, Linda. Demandez-moi ce que vous voulez. Excepté rompre le secret professionnel avec mes clients. Je vous dirai tout ce que je sais.

Elle me fit exposer les raisons de ma présence sur les lieux, puis les circonstances exactes de la découverte du corps. Nous en étions au moment où j'expliquais que j'avais cherché le pouls de Dorothea lorsque la porte s'ouvrit brusquement. Gloria entra d'un pas chancelant, théâtrale, les cheveux collés sur le front, son maquillage dégoulinant comme si elle essayait de faire une imitation ratée de Dusty Springfield.

— Kate ! gémit-elle. Dieu merci, vous n'avez rien ! Oh, Kate, j'arrive pas à le croire. Dorothea, continua-t-elle en titubant vers moi.

Imaginez Vanessa Redgrave dans *Le Roi Lear*. Je n'eus d'autre choix que de me lever et de la soutenir. Elle n'aurait eu aucune gêne à s'évanouir pour faire du genre. Je ne doutais pas de son chagrin sincère, mais actrice avant tout, elle ne pouvait pas s'empêcher d'en rajouter des tonnes au point qu'à côté, la Bataille de la Somme aurait passé pour une escarmouche.

Je passai un bras autour d'elle et la conduisis jusqu'au canapé le plus proche. Linda nous observait, les yeux ronds. Non que l'allure dépenaillée de Gloria la laissât éberluée. Elle était juste fascinée par une célébrité. J'ai déjà vu ça. Devant leurs héros, des gens normaux et intelligents sont réduits à l'état de crétins ébahis. Bien avant de devenir spécialiste de la rubrique criminelle, Alexis avait fait une interview de Martina Navratilova pour les pages show-biz. Elle prétendait que sa plus intelligente question, articulée avec difficulté, avait été : « Qu'est-ce que vous avez mangé au petit déjeuner, Martina ? »

Voilà que je me retrouvais maintenant avec une policière frappée de stupeur, une star de la télé en pleine hystérie et un flic qui voulait m'arrêter pour avoir osé découvrir une victime. La soirée s'annonçait comme l'une des pires que j'avais connues depuis très longtemps.

— J'arrive pas à le croire, répétait Gloria pour la énième fois. (Cependant, elle parvint à poursuivre :) J'arrête pas de me dire que je suis sûrement la dernière personne à l'avoir vue en vie.

Ces paroles ramenèrent Linda à un monde proche de la réalité.

— Que voulez-vous dire, Ms Kendal ? demanda-t-elle gentiment en traversant la pièce pour venir s'asseoir à côté de Gloria.

— Gloria, je vous présente le sergent Shaw. Elle participe à l'enquête sur la mort de Dorothea.

Gloria fixa Linda avec des yeux remplis d'un mélange de larmes noirâtres. Quand tout ça serait terminé, il fallait que je pense à la prévenir qu'il existait du mascara waterproof.

— Qu'est-ce qui s'est passé, ma poule ? Tout ce qu'on m'a dit sur le parking, c'est qu'il y avait eu un accident et que Dorothea était morte. J'étais sortie vous chercher, ça faisait tellement longtemps que vous étiez partie que je commençais à m'inquiéter. J'avais comme un pressentiment... (Sa voix se brisa dans un bruyant sanglot.) Oh, mon Dieu, j'arrive pas à le croire, geignit-elle.

Je me levai et j'allai sans un mot chercher un verre d'eau. Elle le vida en quelques rapides gorgées, puis elle le serra dramatiquement contre sa poitrine.

Linda lui tapota l'autre main.

— C'est difficile à accepter, la perte d'une amie, dit-elle. Mais le mieux que vous puissiez faire pour Dorothea, à présent, c'est de nous aider à trouver la personne qui en est responsable.

— Alors c'était pas un accident ? demanda Gloria.

Je vis dans son regard une soudaine étincelle.

Linda ne l'avait manifestement pas remarquée.

— J'ai bien peur qu'il faille vous préparer à une mauvaise nouvelle, Gloria. Il semble que Dorothea ait été assassinée.

Gloria se figea. Les larmes s'arrêtèrent aussi brusquement que si un réalisateur avait crié « Coupez ! ».

— Assassinée ? dit-elle, une octave plus bas. Je comprends pas. Dorothea était vivante quand je l'ai laissée. Et Kate est retournée la voir tout de suite après. Comment est-ce qu'on aurait pu la tuer ?

— C'est ce que nous cherchons à découvrir, dit Linda d'un ton rassurant.

Si ça continuait sur le même registre, j'allais vomir. Deux générations plus tôt, les professions libérales avaient droit à cette déférence de la part de la police. Et avant ça, il fallait porter un titre pour en bénéficier. Mais dans l'Angleterre des années quatre-vingt dix, ce privilège, revenait aux célébrités.

Je m'éclaircis la gorge.

— En dehors de l'assassin, il semble que Gloria ait été la dernière personne à voir Dorothea en vie.

— Avez-vous une idée de l'heure qu'il était ? demanda Linda à Gloria.

— Presque 6 heures, dis-je. J'attendais dans la voiture de Gloria, sur le parking, qu'elle ait terminé sa demi-heure de consultation avec Dorothea. Et avant que vous ne posiez la question, je n'ai remarqué aucun rôdeur. Seulement des tas de gens qui couraient à leurs voitures et d'autres qui allaient de la production au bâtiment de l'administration. À 6 heures moins cinq, je suis allée au camping-car. J'ai frappé et Gloria est sortie.

— Vous avez vu Dorothea ? me demanda Linda.

Je restai stupéfaite qu'elle me demande ça en présence de Gloria. Normalement, on interrogeait les témoins séparément.

— Non, je ne suis pas montée dans la caravane.

— Vous avez entendu sa voix ?

— Le vent soufflait et beaucoup de voitures passaient. Et puis elle n'avait pas de raison de crier.

Je vis ce que Linda en avait déduit. Elle balayait la possibilité que Gloria ait pu tuer Dorothea pour la bonne et simple raison que Brenda Barrowclough n'aurait jamais fait une chose pareille.

— Elle m'a dit au revoir et elle a ajouté qu'elle attendait Kate d'ici à quelques minutes. Elle n'était pas du genre à hausser la voix de toute façon, dit gentiment Gloria, comme si elle expliquait une évidence à une enfant.

— La porte était-elle verrouillée ou simplement fermée ? demanda Linda.

— Juste fermée. On avait tous l'habitude de frapper et de monter quand c'était l'heure de notre rendez-vous, dit Gloria. Toujours très ponctuelle, Dorothea.

— Et combien de temps vous a-t-il fallu pour revenir au camping-car ? me demanda Linda.

J'avais déjà réfléchi à la question.

— Dix minutes, à tout casser. Peut-être trois pour ramener Gloria à sa loge, quelques minutes pour m'assurer qu'elle fermait bien sa porte à clef, et deux de plus pour retourner à la caravane.

— Ça ne fait pas beaucoup, fit remarquer Linda.

Brusquement, Gloria éclata à nouveau en sanglots.

— C'est affreux, gémit-elle. C'est un avertissement. Un avertissement qu'on me donne. Toutes ces lettres, et puis les prémonitions de Dorothea. Il y a un assassin qui rôde et c'est à moi qu'il en veut !

Je ne percevais pas très bien sa logique, mais la terreur de Gloria semblait assez sincère. Elle sanglotait, hoquetait et gémissait. Linda et moi, nous échangeâmes un regard ennuyé, sans savoir comment réagir. Puis, aussi soudainement qu'elle avait commencé, l'hystérie cessa et Gloria reprit son sang-froid.

— C'est dirigé contre moi, dit-elle d'une voix tremblante. Tout le monde savait que je faisais confiance à Dorothea. Tout le monde savait qu'elle m'avait dit que la mort était dans la pièce avec nous, la dernière fois que je l'avais vue. On l'a tuée pour me terrifier.

— Je ne crois pas que ce soit très vraisemblable, l'apaisa Linda. Si on voulait juste vous effrayer, on n'aurait pas poussé jusqu'au meurtre. Il est plus probable que ce soit juste une horrible coïncidence.

— Ah oui ? fit Gloria en se redressant, les épaules bien droites. (C'était une attitude typique de Brenda Barrowclough, qui signalait aux télé-spectateurs de *Northerners* que ça allait chauffer.) C'est sans doute aussi une horrible coïncidence que j'aie été la dernière personne à la voir en vie ? Si quelqu'un voulait tuer Dorothea, il y avait forcément des tas d'autres occasions de l'assassiner, sans prendre le risque d'être vu entrant ou en sortant du camping-car. Ou même de se faire surprendre la main dans le sac. La seule raison de l'avoir tuée à ce moment-là, c'était pour me voir soupçonnée du meurtre. Faites bien attention à ce que je dis : celui ou celle qui a tué mon amie en a profité pour attirer les soupçons sur moi.

Il y eut un silence stupéfait.

— Elle n'a pas tort, dis-je.

— Alors qu'est-ce que vous allez faire pour me protéger, vous autres ? demanda Gloria.

Linda resta à la regarder sans rien dire.

— La réponse est : rien, dis-je. Même s'ils avaient le personnel nécessaire, vous ne seriez pas une priorité, sous prétexte que les lettres de menaces que vous avez reçues ne disent pas clairement qu'on veut vous tuer. Je ne me trompe pas, Linda ?

Linda émit une sorte de bruit étranglé. J'en conclus qu'elle devait approuver.

— Bon, dit Gloria. Alors je vais devoir compter sur Kate. (Elle se ressaisit, donnant tout son sens à l'expression « se draper dans sa dignité », puis elle se leva.) Allez, ma poule, me dit-elle. J'en ai marre. Je suis effondrée et je veux rentrer chez moi m'allonger.

Elle était presque à la porte lorsqu'elle se retourna pour vérifier que je suivais. Je regardai Linda et haussai les épaules en signe d'impuissance.

— Mais il va nous falloir votre déposition officielle, se lamenta-t-elle.

— Appelez mon avocat demain matin, dit Gloria d'un ton sans réplique. Kate, c'est qui, mon avocat ?

J'eus un sourire mauvais. Jackson allait adorer ça.

— Le même que le mien, évidemment. Ruth Hunter.

La dernière chose que j'entendis lorsque la

porte se referma sur nous, ce fut Linda qui grognait : « Et merde ». Nous sortîmes du bâtiment dans un silence lugubre. La pluie avait cessé et c'était bien le seul événement positif depuis le déjeuner. Gloria traversa sans s'arrêter et l'attroupement fébrile autour du camping-car sans regarder autour d'elle. Je me faufilai à sa suite en essayant de passer inaperçue, notamment de Jackson. Et nous atteignîmes la voiture sans encombre.

Une fois passées les grilles gardées par deux flics et des vigiles de NPTV, Gloria se laissa aller. Ses épaules retombèrent et elle se précipita sur ses cigarettes.

— C'est une urgence, dit-elle. Et essayez pas d'ouvrir la glace ! (Elle inspira une longue bouffée.) Vous savez bien que j'ai pas tué Dorothea, hein ?

— Vous êtes actrice, Gloria, dis-je avec un sourire penaud. Comment je pourrais savoir si vous êtes coupable ?

— Je suis pas Susan Sarandon, ricana-t-elle. Je joue mon propre rôle et puis c'est tout. Allons, Kate, vous croyez j'ai tué Dorothea ?

— J'aurais beaucoup de mal à le croire, dis-je lentement.

— Ça va m'achever. Alors vous voulez bien essayer de découvrir le responsable ? Avant qu'il décide que c'est mon tour ? Ou celui de ma petite-fille ?

— Cliff Jackson, le flic chargé de l'enquête, n'est pas si mauvais que ça. Mais il s'est déjà trompé. Je ferai mon possible.

— Je dormirai mieux maintenant que je le sais, dit-elle en tirant sur sa cigarette comme si ça rallongeait la vie et non l'inverse.

— Puisqu'on parle de dormir... Vous voulez passer la nuit chez moi ce soir ? Je dis ça à cause du temps et aussi pour des raisons de sécurité.

— C'est gentil à vous de le proposer, dit Gloria en plissant le front. Mais je préfère être chez moi, dans *mon* domaine. Et je ne veux pas vous encombrer dans le début de votre enquête, demain.

— Je ne veux pas vous laisser toute seule. Même derrière vos murailles.

Je réfléchis un moment, puis je me garai le long de la route et sortis mon portable. En deux coups de fil, l'affaire était réglée. Cela m'obligeait à faire un détour par le campus, mais à peine Gloria eut-elle vu Donovan dans toute sa mâle gloire qu'elle fut ravie de me laisser accomplir les deux kilomètres à pieds pour retourner chez moi, tandis qu'elle disparaissait au-delà des collines avec le garde du corps le plus sexy de la région. Restait une question : est-ce qu'il parviendrait à la tenir à distance jusqu'au lendemain matin ?

Je me mis en route d'un pas vif. La température baissait, maintenant que la neige fondue avait cessé de tomber, et les trottoirs commençaient à se verglacer. À deux reprises, j'évitai de justesse de m'étaler de tout mon long en me rattrapant à un poteau providentiel. Tout ce que je voulais, c'était me pelotonner dans mon peignoir avec un grand verre d'Absolut vodka au citron avec un trait de jus de pamplemousse. Avec un peu de chance, Richard serait peut-être rentré de bonne heure, de préférence en rapportant des plats cuisinés de chez le Chinois. Il disait toujours que le vendredi est une soirée réservée aux amateurs, question concerts. Je sentais déjà sur ma langue le goût des crevettes à l'aigre-douce.

J'aurais dû m'en douter. Des soirées comme ça, ça ne peut qu'empirer. L'homme que je crois aimer était bien à la maison, ça oui. Mais il n'était pas seul. Je le trouvai profondément endormi dans son lit, avec quelqu'un d'autre dans les bras. Et quand j'entrai dans la pièce, elle ouvrit brusquement les yeux. En me voyant, elle poussa un hurlement.

Pas folle, la guêpe.

10

MERCURE EN VIERGE DANS LA MAISON V

La native peut aborder n'importe quel domaine. Elle est douée de discernement, mais elle a tendance à se montrer trop critique envers elle-même et envers les autres dans les périodes de stress. Elle analyse les problèmes en détails et est capable d'entreprendre des recherches fouillées. Elle est logique, sceptique et parfois obsessionnelle.

D'après : *Écrit dans les Étoiles,*
Dorothea Dawson

Le divorce avait peut-être privé Richard de la plus grande partie des cinq dernières années de son fils Davy, mais comme il travaille surtout la nuit, il avait pu s'occuper de lui dans la journée quand il était bébé. Fort heureusement, il possédait toujours ce savoir-faire intact. En d'autres termes, je n'avais à assumer aucune responsabilité vis-à-vis de l'enfant le plus remarquable de la planète (s'il fallait en croire Alexis et Chris). C'est avec un mélange de soulagement et d'étonnement que je le regardai enfourner une pâte d'un rose grisâtre dans la bouche avide de sa petite copine de neuf mois. Il y parvenait presque sans regarder, ni même s'interrompre dans la conversation. Il avait déjà changé une couche sans ciller, opération extrêmement éloignée de l'idée que je me fais de la meilleure manière de commencer une journée.

Je me rappelle l'époque où les hommes du Nord auraient préféré crever que d'avouer leurs compétences en matière de Pampers. Maintenant, ils vous clouent au mur dans les bars et vous disent que les seins masculins sont capables de produire une faible quantité de lait. En tout cas, il était certain que l'arrivée de Jay était déjà parvenue, exploit apparemment impossible, à mettre un terme aux hostilités superficielles entre Alexis et Richard. Avant l'enfant, Alexis soutenait qu'elle était une vraie journaliste et Richard un fouille-merde. Richard de son côté affirmait qu'il était un vrai journaliste et Alexis, un suppôt de la police. Depuis, il n'était plus question pour eux de parler boulot.

Comme il le faisait une fois par semaine, Richard avait emmené Jay dormir chez lui pour permettre à Chris de connaître huit heures de sommeil d'affilée. Bizarrement, quand la gamine passait la nuit chez Richard, elle dormait sans interruption jusqu'à 7 heures du matin. Quand Chris était à portée de voix, invariablement, Jay poussait des hurlements à 2, 4 et 6 heures du matin. Je la voyais très bien devenir le genre de fille habilement manipulatrice dont j'aurais eu bien besoin à mon bureau. Pas la peine de l'inscrire à Eton : elle était déjà embauchée chez Brannigan & Co.

— Alors, tu as prévu quoi pour aujourd'hui ? demanda Richard alors que nous nous asseyions dans la véranda pour regarder la neige tomber au-dessus de nos têtes.

— J'ai posté Donovan auprès de Gloria, donc je n'aurai probablement pas à y aller. Je lui ai dit qu'il fallait l'enfermer chez elle, mais d'après le temps qu'il fait, je ne crois pas qu'elle sera tellement tentée de quitter le coin du feu. Je vais aller fouiller dans les archives du *Chronicle* et commencer à poser des questions pertinentes sur Dorothea Dawson.

— Génial ! s'enthousiasma-t-il. Tu pourras prendre Jay avec toi. J'étais censé la déposer à la crèche du *Chronicle* pour qu'Alexis la reprenne, mais si tu dois y aller, je vais en profiter pour rester ici et écrire un peu.

C'était le moment ou jamais de décliner la théorie de la vie selon Kate Brannigan : « Je suis diplomate, tu fais l'économie de la vérité, il ou elle est un(e) foutu(e) menteur(-euse). »

— Pas de problème, dis-je.

Pourquoi manifester de l'impatience pendant qu'il finissait de la faire manger, qu'il la changeait, l'habillait pour affronter les intempéries et allait chercher le siège de bébé dans sa voiture pour l'installer dans la mienne ? C'est vrai, quoi : après tout, je n'avais rien de plus important à faire, comme résourdre un meurtre, par exemple.

Je finis par dénicher Alexis dans la cafétéria.

— Ta gosse est à la crèche, dis-je. Avec le siège de bébé.

— Super, dit-elle. Je vais aller lui faire un petit coucou tout à l'heure. C'est vraiment gentil à vous, tu sais. C'est la seule nuit de la semaine où on réussit à dormir normalement. Ça a été ?

— D'après ce que je sais, oui. Elle a hurlé tout ce qu'elle savait quand je suis rentrée hier soir, mais c'est juste parce qu'elle ne supporte pas d'avoir une rivale auprès de Richard. Alors je les ai laissés tous les deux. Elle a sûrement mieux dormi que moi.

— Je sais que tu l'adores, en fait, dit Alexis en souriant.

Elle devait en savoir plus long que moi sur mon cas. J'eus un sourire absent :

— Dorothea Dawson, dis-je.

— Ça, elle l'avait pas prédit, hein ?

J'adore l'humour noir des journalistes. Ça me réconforte toujours de savoir qu'il y a des gens plus cyniques que moi.

— Qu'est-ce qu'on raconte, ce matin ?

— Qu'est-ce qui t'intéresse ? demanda-t-elle, immédiatement sur le coup.

Elle sortit ses cigarettes et en alluma une pour de bon.

— C'est moi qui ai trouvé le corps.

Alexis passa une main dans ses cheveux qui restèrent tout droits comme une crête de punk.

— Mince, dit-elle. Les flics nous ont rien dit de tout ça à la conférence de presse. Ils ont déclaré que le corps avait été découvert par un membre du personnel.

— Et ça t'étonne qu'ils aient raconté des salades ?

— Non. Cliff Jackson préférerait avoir la bouche cousue plutôt que de prononcer le nom de « Brannigan ». À moins que la suite de la phrase soit : « a été inculpée de... » Alors vas-y, crache, KB. Un article avec une source de première main, c'est exactement ce qu'il me faut, ajouta-t-elle en sortant son calepin.

— Qu'est-ce qu'ils ont raconté ?

— Qu'elle avait été tuée d'un coup sur le crâne dans son camping car sur le parking de NPTV vers 6 heures du soir. Et c'est tout. Et toi, tu peux me raconter quoi ?

— Ce n'est pas vraiment un moment dont j'ai trop envie de me souvenir, soupirai-je. J'avais besoin de parler à Dorothea concernant l'avertissement qu'elle avait donné à Gloria la dernière fois qu'elle l'avait consultée. Nous avions convenu de la retrouver après son dernier rendez-vous de la journée. Quand je suis arrivée, j'ai frappé, mais personne n'a répondu. Comme je savais qu'elle m'attendait, j'ai ouvert et je suis montée. Elle était affalée sur sa table avec le crâne fracassé. Il était évident qu'elle était morte. Sa boule de cristal était par terre, couverte de sang : l'arme du crime sans aucun doute. Elle est beaucoup plus grosse que les boules habituelles : vingt-trois ou vingt-quatre centimètres de diamètre.

— Des boules renommées, dit Alexis en prenant des notes. Dorothea prétendait qu'elles venaient de Dieu sait quelle mine de cristal dans une montagne mystique. Moi, je crois plutôt qu'elle l'avait achetée à la Verrerie Pilkington de St-Helens. (Elle sourit d'un air désolé.) Pardonne-moi de demander, mais... tu t'es sentie comment ?

— Mal. On peut parler d'autre chose ?

— De quoi ? Des problèmes conjugaux de Cliff Jackson ?

— Il a des problèmes conjugaux ?

Alexis hocha la tête, un petit sourire sinistre sur les lèvres.

— Tu penses bien. Sa femme s'est tirée avec un autre mec.

— Pourquoi elle a attendu si longtemps ?

— Elle a dû avoir du mal à trouver la clé des menottes. Le plus beau dans l'histoire, cela dit, c'est le type avec qui elle est partie. (Alexis marqua une pause pour ménager ses effets. Je moulinai dans le vide pour qu'elle poursuive.) Son plus vieux copain : ils se connaissaient depuis l'Université de Liverpool. La bonne femme a fichu le camp avec son meilleur ami !

— Tu rigoles ?

— Est-ce que j'ai l'air de rigoler ?

— Depuis combien de temps tu nous cachais ça ? demandai-je.

— Je l'ai découvert ce matin. J'essayais de lui arracher une déclaration et il tournait autour du pot. Comme je connais un de ses inspecteurs depuis longtemps, je l'ai coincée et je lui ai demandé pourquoi il était encore plus pénible que d'habitude et elle m'a expliqué. Alors ne t'attends pas à ce qu'il te fasse une fleur.

— Je n'oublierai pas, souris-je. Mais ça pouvait pas mieux tomber que sur lui, cela dit. Au fait, est-ce que tu as réussi à trouver la source de votre article sur moi et Gloria ?

Alexis savoura sa dernière bouffée de tabac et écrasa le mégot à regret.

— C'est encore autre chose. Tous les vendredis, les feuilles de frais des infos partent à la compta pour être traitées. Et elles ne reviennent pas avant le lundi matin. Je suis arrivée trop tard pour les regarder hier. Désolée.

— Il va juste falloir que je prenne mon mal en patience, me plaignis-je.

— Bon, alors qui était le dernier client de Dorothea ? La dernière personne de *Northerners* à l'avoir vue en vie ?

— Il va falloir que tu le demandes à Jackson. (Je n'avais pas beaucoup d'espoir d'empêcher le nom de Gloria d'apparaître dans les journaux, mais plus tard ce serait, mieux cela vaudrait pour elle.) Je pourrais aller piller les archives ? J'aurais bien besoin de me renseigner sur Dorothea.

— Tu te branches là-dessus, alors ?

Je haussai les épaules.

— Si Jackson n'a arrêté personne depuis hier, il y a des chances qu'il soit dans une impasse. Ce qui veut dire qu'il va perdre son temps à me pourrir la vie. Le meilleur moyen de ne pas l'avoir sur le dos, c'est de lui donner autre chose à se mettre sous la dent. Si je jetais un coup d'œil dans les journaux, je pourrais trouver quelque chose à glisser à Linda Shaw.

D'après son regard, je vis bien qu'Alexis n'en

croyait pas un mot, mais elle me connaissait assez pour savoir qu'il valait mieux ne pas m'obliger à avouer quelque chose contre mon gré.

— Tu me diras quand tu seras prête, dit-elle. Viens, je vais t'y conduire.

Dix minutes plus tard, je regrettais déjà d'avoir demandé. Les archives concernant Dorothea Dawson représentaient une pile de dossiers de vingt centimètres de haut. Ils venaient d'être rapportés par les journalistes qui avaient écrit sa notice nécrologique pour l'édition du jour. Deux autres piles de vingt-cinq centimètres chacune contenaient les coupures de l'année précédente sur *Northerners*.

Je fis un trou dans le couvercle du gobelet de café que j'avais rapporté de la cafétéria, décapuchonnai mon stylo et entrepris d'explorer le passé de Dorothea Dawson.

J'en étais arrivée à ses débuts télévisuels lorsque Alexis arriva, une cigarette entre les lèvres.

— Écrase-moi ça, andouille ! hurla l'archiviste.

Alexis l'ignora et m'entraîna dans le couloir.

— Qu'est-ce qu'il y a, Alexis ? Il y a pas le feu, enfin.

— Ton copain Dennis s'est fait arrêter pour meurtre.

J'avais compris chacun des mots séparément. Mais ensemble, ils n'avaient aucun sens.

— Ils croient que c'est Dennis qui a tué Dorothea Dawson ? demandai-je sans comprendre.

— Qui t'a parlé de Dorothea Dawson ?

— Alexis, explique-toi en mots simples. Alors ?

— Un malfrat du nom de Kelly le Pitbull a été retrouvé mort de bonne heure ce matin dans l'un des sous-sols de l'Arndale. L'endroit était vide, mais apparemment squatté. D'après mon informateur, la police a appris que Dennis avait utilisé les locaux et quand on a comparé les empreintes retrouvées sur les lieux avec les archives, elles concordaient. Du coup, la police l'a arrêté.

Je n'arrivais toujours pas à piger. Dennis était un dur ; la violence, il connaissait. Mais cela faisait longtemps qu'il n'avait pas levé la main sur quiconque. Ses crimes concernaient les biens, pas les gens. L'idée de Dennis en assassin flanquait par terre tout ce que je savais de lui. Les paroles d'Alexis m'avaient fichu un tel coup que mon jugement en était ébranlé.

— Il faut que je parle à Ruth, dis-je en la laissant en plan et en fonçant aveuglément dans le couloir jusqu'aux ascenseurs.

J'étais à mi-chemin lorsque je me rendis compte qu'il fallait que je retourne prendre mon blouson et mon sac aux archives.

— Calme-toi, KB, dit vainement Alexis alors que je repassais devant elle.

— J'ai pas envie d'être calme ! braillai-je pardessus mon épaule. Je sais pas pourquoi, mais j'en ai marre du calme ! (Je fonçai en courant dans le couloir et, trop énervée pour attendre l'ascenseur, je descendis par l'escalier. J'entendais les pas d'Alexis résonner derrière moi.) C'est pas un assassin, Alexis, criai-je. Il adore trop sa femme et sa fille. Il ne leur infligerait pas ça.

Ses pas s'arrêtèrent. Je l'entendis reprendre son souffle.

— Appelle-moi ! parvint-elle à articuler.

Je ne pris pas la peine de répondre. J'étais hors de moi. Alexis me pardonnerait, je le savais. Plus précisément, elle me pardonnerait quand elle aurait droit à mes confidences. Arrivée au bas de l'escalier, je poussai la porte et me ruai dans ma voiture. Je me rendis compte que le choc de la veille me frappait probablement avec un jour de décalage. J'étais proche de Dennis, mais pas à ce point, me dis-je.

Quand les battements de mon cœur se furent calmés, je sortis mon portable et j'appelai Ruth Hunter. Si le degré de haine que vous portent police et institutions judiciaires est un indice de votre succès dans la défense des criminels, Ruth devait être l'une des meilleures avocates du Nord-ouest. Derrière son dos, les gens appelaient son cabinet « Chasseur, Tueur & Co ». Cette immense bonne femme — dans tous les sens du terme — débarque en salles d'audience dans ses vêtements taillés sur mesures comme une reine des défilés et elle réduit en pièces le réquisitoire du Procureur de la Couronne. Même sans clients, elle aurait agit de même rien que pour le plaisir. Elle fait tourner les flics en bourriques en débarquant en pleine nuit dans les commissariats, au volant de la Bentley Mulsanne turbo de son millionnaire de mari. Elle peut garer cet engin dans des rues où ma Rover se ferait déshabiller en dix minutes et savoir qu'elle la retrouvera intacte en revenant. Si ce n'était pas l'une de mes plus proches amies, je mettrais un collier de gousses d'ail rien que pour passer devant son bureau.

— Ruth Hunter, dit sèchement la voix.

— C'est Kate. J'ai appris, pour Dennis.

— Tu en as mis, du temps ! ironisa-t-elle. Ça fait au moins trois heures qu'on l'a coffré.

— On l'inculpe ?

— Je ne peux pas parler pour l'instant, tu comprendras.

Ce qui signifiait qu'elle était dans un commissariat, probablement avec un sergent juste à côté d'elle.

— On peut parler quand ?

— À ton bureau, à 3 heures.

— J'y serai. Tu penses qu'il faudrait que j'aille voir sa femme ?

— Je laisserais ça de côté, pour l'instant. Demain, peut-être. Les choses sont un peu... délicates, pour le moment. À plus tard.

Et elle coupa.

Je voyais ça d'ici. Une bonne partie du service en porcelaine devait être déjà en mille morceaux. Debbie n'avait jamais eu de peine à exprimer ses émotions et Dennis en était à sa dernière sommation après les douze mois qu'il venait de purger. Elle lui avait dit à l'époque qu'elle demanderait le divorce à la prochaine arrestation grave. Elle avait probablement commencé à lacérer ses costumes, à moins qu'elle ait préféré attendre que la police l'ait vraiment inculpé.

La pendule indiquait 11 heures et demie. Je ne me sentais pas capable d'attendre trois heures de plus dans les archives du *Chronicle*, et je ne voulais pas rentrer à la maison. Quelle ironie. Moi qui passe la moitié de ma vie à râler que je n'ai jamais le temps de faire ma lessive et mon repassage, quand j'ai quelques heures de libres, je suis trop bouleversée pour faire quoi que ce soit de constructif. Il fallait que je me trouve un but qui me donnerait l'impression d'être efficace. C'est alors que je me souvins de Cassandra Cliff. Cassie avait naguère été l'une des célébrités de *Northerners*. Et puis une ordure de journaliste avait remué la mouise, jusqu'au moment où il avait trouvé un salaud qui lui avait révélé qu'avant de jouer le rôle de Maggie Grimshaw, la princesse des langues de putes de *Northerners*, Cassie s'appelait Kevin.

Pris dans la tourmente du scandale, NPTV avait souligné que selon la politique égalitaire de la chaîne, les transsexuels étaient des acteurs comme les autres et que Cassie ne risquait pas d'être licenciée. Ils avaient utilisé l'expression un peu comme Margaret Thatcher prétendant que le système de Sécurité Sociale « ne courait aucun risque avec elle ». Quelques mois plus tard, le personnage de Maggie Grimshaw était tué et Cassie se retrouvait non seulement sans emploi, mais sans espoir d'en retrouver.

Elle n'était pas partie se cacher dans la forêt en pleurant, mais avait vendu ses interviews au plus offrant et vidé son sac sur *Northerners*. Cassie ne figurait jamais dans les grands moments du feuilleton rediffusés chaque année, mais j'avais dans l'idée que cela ne l'empêchait pas pour autant de dormir la nuit. Elle avait pris le parti de ne pas se replier sur elle-même et, au lieu de dépenser n'importe comment l'argent récolté grâce à ses déclarations, elle avait créé une boutique, un magazine et une association d'aide aux travestis et transsexuels.

Cassie renseignait Alexis depuis des années et je l'avais connue après la mort d'un avocat travesti sur laquelle j'enquêtais. Je l'avais revue quelques fois, et dernièrement à la crémaillère de Chris et d'Alexis. Je savais qu'elle gardait des relations avec quelques personnes de *Northerners*. Elle savait peut-être des choses qu'ignorait Gloria. Ou plutôt, des choses que Gloria ne voulait pas me dire.

Ragaillardie à la perspective de l'action, je démarrai ma voiture et partis vers Oldham. La boutique de Cassie, *Transes*, était située dans l'une de ces petites rues miteuses non loin du centre-ville, où survivent encore contre vents et marées quelques affaires tandis que les autres sombrent sans laisser de traces et cessent de lever le rideau de fer du jour au lendemain. Il y avait peu de circulation et encore moins de piétons, ce jour-là : la neige fondue qui dégoulinait sur Manchester essayait vaguement de tenir dans Oldham et des vagues de bouillie semi-solide s'étalaient sur les trottoirs, sous les rafales cinglantes d'un vent âpre. N'importe qui de censé eût préféré rester près du feu à regarder un vieux film de Bette Davis en noir et blanc.

L'intérieur de *Transes* semblait immuable : des rangées de robes en grandes tailles pendues à des tringles, des perruques énormes sur des têtes en carton, des rayonnages de chaussures tellement grandes que j'aurais pu mettre mes deux pieds dans une seule sans difficulté et des piles de magazines hauts en couleurs, du genre qu'on n'oserait jamais lire dans le bus. La vitrine vous disait tout de suite que vous étiez dans le royaume de la différence : là étaient exposées des prothèses en silicone et en mousse, seins, hanches et fesses. La vendeuse me jeta un coup d'œil et me rangea avec mépris dans la catégorie des touristes.

— Salut, dis-je. Cassie est là ?

— Vous avez rendez-vous ?

— Je passais par là.

— Vous êtes journaliste ? Parce que si c'est le cas, vous perdez votre temps. Elle n'a rien à déclarer sur personne de *Northerners*, dit-elle tandis que sa pomme d'Adam montait et descendait frénétiquement dans sa gorge.

— Je ne suis pas journaliste, dis-je. Je connais Cassie. Vous pouvez lui dire que Kate Brannigan est là ?

Elle prit l'air sceptique, mais décrocha quand même le téléphone.

— Cassandra ? J'ai là une certaine Kate Brannigan qui veut vous voir. (Il y eut un silence, puis :) Très bien. Je la fais monter. (Elle raccrocha avec un sourire désolé.) Excusez-moi. Le téléphone n'a pas arrêté de sonner de toute la journée. C'est toujours comme ça quand il y a un drame avec *Northerners*. Et si c'est pas ça, c'est les gens de Channel Four qui cherchent des témoignages de travestis et de transsexuels.

Je hochai la tête et me dirigeai vers la porte du fond qui menait au bureau de Cassie et, comme je le savais, à ses appartements privés. Cassie m'attendait en haut des marches, impeccable comme toujours dans un tailleur crème splendidement coupé sur un t-shirt pervenche. Je ne l'ai jamais vue autrement que dans des vêtements fantastiques. Ses cheveux blond cendré étaient coupés à la garçonne, hérissés au gel, et son maquillage subtil. D'en bas, sa mâchoire semblait tellement tendue que je soupçonnai le passage du scalpel du chirurgien. Si je devais jouer une femme aussi convaincante que Cassie pour gagner ma vie, j'aurais moi-même eu recours à la chirurgie esthétique.

— Kate ! m'accueillit-elle. Tu as survécu, alors.

Je la suivis dans le couloir jusqu'à son bureau, symphonie de bois cérusé et de cuir gris. Depuis ma dernière visite, elle avait remplacé les rideaux et coussins vieux rose et acheté un ordinateur plus perfectionné. Il était évident qu'elle servait un créneau tout à fait porteur.

— Survécu ? répétai-je.

Cassie prit place sur l'un des canapés bas et croisa des jambes qui auraient encore pu rendre vertes de jalousie ses anciennes partenaires.

— J'ai vu l'article dans le *Chronicle*. Mon idée de l'Enfer, c'est protéger Gloria Kendal, dit-elle.

— Pourquoi tu dis ça ? demandai-je en m'asseyant en face d'elle.

— À moins qu'elle ait considérablement

changé, elle a un agenda auprès duquel le Premier Ministre donne l'impression de bosser à mi-temps, elle est à peu près aussi docile qu'un doberman et elle pense qu'en t'engageant, elle t'a achetée.

— C'est un peu ça, souris-je.

— Au moins, comme tu n'es pas un mec, tu es relativement en sécurité, ajouta malicieusement Cassie.

J'espérais que Donovan l'était aussi.

— J'imagine que tu as deviné pourquoi je suis ici ?

— Ça concerne forcément Dorothea. Sauf que je ne vois pas pourquoi tu enquêterais sur son assassinat alors que tu travailles pour Gloria.

Je fis une grimace.

— Il est possible que l'assassin de Dorothea soit la même personne que l'auteur des lettres de menaces envoyées à Gloria. Je fouine juste un peu pour voir ce que je pourrais bien dénicher.

Cassie sourit et secoua légèrement la tête.

— Tu ne deviendras jamais actrice, à moins d'arrêter de te tripoter le lobe de l'oreille quand tu joues avec la vérité.

Je restai ébahie. Je ne m'étais jamais rendue compte que mes attitudes pouvaient à ce point me trahir, mais maintenant que Cassie me le faisait remarquer, j'en prenais conscience.

— Je n'arrive pas à croire que tu aies remarqué ce détail, me plaignis-je.

— Dans mon métier, tout repose sur la capacité à déceler la tromperie, dit-elle d'un ton désinvolte. Il faut que je cultive ce don. Mais ne t'inquiète pas, Kate, je n'ai pas besoin de savoir la vraie raison de tes recherches. C'est avec plaisir que je vais te dire ce que je sais. J'aimais bien Dorothea. C'était une bosseuse, comme moi.

— Comment a-t-elle commencé à travailler avec les gens de *Northerners* ?

Cassie fronça les sourcils.

— Il me semble que c'était Edna Mercer qui l'avait découverte. Tu te souviens d'Edna ? Ma Pickersgill dans la série ?

— Elle est morte, à présent, non ?

— Ma Pickersgill est morte d'une crise cardiaque quand sa maison a été cambriolée il y a cinq ans, dit Cassie avec un sourire sardonique. Edna est toujours en vie, mais tu ne la verras jamais à une réception de NPTV.

— Elle est partie en claquant la porte ?

— Non : maladie d'Alzheimer. Vers la fin, on ne savait jamais si elle allait rester lucide suffisamment longtemps pour la maquiller et tourner. Enfin, peu importe, je suis quasiment certaine que c'est elle qui a présenté Dorothea au studio. Elle était tombée dessus dans Dieu sait quelle ville balnéaire en décrépitude et Dorothea lui avait sorti deux ou trois trucs exacts. Du coup, Edna, femme à l'enthousiasme facile, a persuadé suffisamment d'entre nous de s'inscrire à des consultations pour que le voyage vaille la peine pour Dorothea. Et malgré moi, j'ai été impressionnée.

— Tu me surprends, dis-je. Moi qui te pensais suffisamment les pieds sur terre pour ne pas te soucier de ce qui est écrit dans les étoiles.

— Dorothea était excellente, dit Cassie avec un sourire forcé. Que tu y croies ou pas, tu ressortais de chez elle convaincue qu'elle avait un don. Après cette première visite, nous lui mangions tous dans la main. On prend vite des habitudes. Le bruit s'est répandu chez les acteurs, et en un rien de temps, elle consultait pratiquement toutes les semaines.

— Quel genre d'informations donnait-elle ?

— Elle dressait ton horoscope, puis commençait chaque consultation en t'expliquant un petit quelque chose sur ta carte du ciel. C'était l'un de ses secrets professionnels : il fallait que tu reviennes tout le temps la voir si tu voulais connaître les détails de ton thème personnel. Et puis elle te parlait des relations entre les planètes et de leurs effets sur ta vie. Une analyse très fouillée, tu sais. Elle savait tout sur les gens à qui elle avait affaire. Dorothea avait l'habitude de garder le moindre renseignement, si insignifiant fût-il. Tu sais comment ça se passe : Edna disait quelque chose en passant concernant le fils de Rita, et puis trois mois plus tard, Dorothea disait à Rita quelque chose à propos de son fils, sachant pertinemment que Rita se souvenait de ne jamais lui avoir parlé de son fils. Tout ça contribuait au mythe de la voyante extralucide.

— Faire passer pour un don précieux le fait d'être une commère. C'est malin, reconnus-je. Alors, c'était tout ?

— Non. Elle terminait en te demandant si tu avais besoin de son avis concernant un de tes ennuis. Elle regardait alors dans sa boule de cristal avant de te conseiller. Elle ne faisait pas dans le genre prophéties sibyllines, mais plus du genre pratique : « Vous n'aurez jamais le soutien affectif de votre mari tant que vous serez avec un Bélier ascendant Capricorne. Soit vous devez mettre un terme à ce mariage, soit chercher ce qui manque dans vos relations amicales. »

— Plus de la psychothérapie que de la voyance, en fait.

— Un mélange des deux. Et puis les acteurs sont des gens très crédules.

Son sourire me rappela qu'elle avait elle aussi été actrice, et pas seulement à l'écran.

— Alors pourquoi aurait-on voulu la tuer ? demandai-je.

— Je n'ai pas la moindre idée. Je ne lui ai

jamais connu d'ennemis. Elle était parfois irritante quand elle essayait de t'impressionner en te la jouant spirite mystique, mais ce n'est pas suffisant pour tuer quelqu'un.

— Et Gloria ? demandai-je en changeant de sujet. Est-ce que des gens de *Northerners* pourraient avoir des raisons de lui en vouloir ?

Cassie gloussa d'un petit rire de gorge chaleureux.

— Tu as du temps, là ? Parce que la seule chose étonnante, concernant Gloria, c'est qu'elle soit encore en vie.

11

LUNE EN CARRÉ AVEC LE MILIEU DU CIEL

La native peut se sentir mal à l'aise en société parce qu'elle est souvent en conflit avec les normes habituelles. Elle se construit son petit monde, où elle peut être elle-même, mais elle continue de faire semblant d'être résistante et indépendante vis-à-vis du monde extérieur. Elle n'exprime pas facilement ses émotions, mais cependant, elle choisit souvent de se sacrifier pour les autres.

D'après : *Écrit dans les Étoiles,*
Dorothea Dawson

C'était la première fois que quelqu'un sous-entendait que Gloria n'était pas la fille la plus aimée de la classe. Je me penchai en avant et dis, en essayant de rester la plus calme possible :

— Et moi qui croyais que tout le monde adorait Gloria.

— C'est le cas. C'est pour ça qu'elle suscite régulièrement des envies de meurtre. Du moins, c'était le cas de mon temps. Ça rend les gens fous de fréquenter quelqu'un de toujours aimable, toujours généreux, qui passe son temps à contribuer à des œuvres, se consacre à ses fans. Il y a des gens dans le personnel de *Northerners* qui souffrent d'un complexe d'infériorité permanent vis-à-vis de Gloria.

Cassie avait parlé d'un ton léger, mais je perçus une étincelle plus dure dans son regard.

— Mais tu l'as dit toi-même, ça n'est pas une raison pour tuer quelqu'un.

Cassie haussa ses sourcils parfaitement dessinés.

— Non ? Eh bien, tu as plus d'expérience que moi dans ce domaine. Mais je vais te dire pour quoi les gens seraient capables de tuer : leurs rôles dans *Northerners*. Gloria est au sommet, en ce moment. Le public l'adore et la direction de la chaîne le sait. Bon, je te l'accorde, sans le feuilleton, personne n'est plus rien, mais quand des acteurs surfent sur la vague, on leur donne plus d'importance dans les scénarios. Si l'un des acteurs savait que Gloria a proposé un scénario dans lequel le personnage qu'il joue disparaît, ce serait un mobile bien suffisant pour la supprimer. Seulement voilà, ce n'est pas Gloria qui a été assassinée.

— Non, soupirai-je. Mais d'une manière ou d'une autre, la mort de Dorothea a désagréablement éclaboussé la vie de Gloria. C'est elle qui était dans la pièce quand Dorothea a parlé de la présence de la mort. Elle n'a jamais dit quoi que ce soit de ce genre à personne d'autre, d'après ce que j'ai pu apprendre.

Cassie bondit brusquement sur ses pieds.

— Bouge pas, dit-elle en se dirigeant vers la porte à l'autre bout de la pièce. Je reviens dans une minute.

La minute s'allongea en deux, puis cinq. Plus je pensais à ce qu'elle venait de suggérer, moins je me sentais à l'aise. Je sortis mon portable et j'appelai Gloria.

— Salut, ma poule ! m'accueillit-elle.

— Tout va bien ? demandai-je.

— On ne peut mieux. On regarde un film de Bette Davis et on s'amuse bien.

Au moins, tout le monde n'était pas malheureux.

— Je peux parler à Donovan ? (J'attendis qu'elle l'appelle. Il prit l'appareil presque aussitôt.) Don ? Comment ça se passe ?

— Rien de spécial, en dehors des coups de fil continuels des journaux. Gloria leur dit à chaque fois qu'elle est trop affligée pour parler et elle raccroche. Une vraie pro.

Il semblait à la fois admiratif et prudent.

— J'ai un truc à faire en ville, mais je vais venir te relever d'ici à deux heures. Ça te va ?

— Génial.

C'était bien du soulagement que j'avais entendu dans sa voix. Bien qu'ils aient grandi dans le ghetto noir, les enfants de Shelley avaient connu une existence très protégée. Donovan n'avait absolument pas les moyens de tenir indéfiniment face à une femme exigeante comme Gloria. Si je n'allais pas le sauver avant la tombée de la nuit, sa mère s'en chargerait, et ensuite, nous aurions un autre cadavre sur les bras. Et je suis trop jeune pour mourir.

Cassie revint avec un livre au moment où je raccrochais. Elle le tenait de façon à ce que je voie bien la couverture, un portrait brumeux de Dorothea, nettement plus jeune que je ne l'avais connue. *Si j'avais su*, par Dorothea Dawson. *La Vie d'une Astrologue* : le titre était imprimé en gros et en relief sur la couverture.

— C'est sorti il y a quatre ans, dit Cassie en me le tendant. Records de ventes pendant quatre semaines, puis ensuite, au pilon, je crois.

J'ouvris le livre. La page de titre portait une dédicace : *À ma chère Cassie. Le feu et l'eau font un mélange fumant ! Là où tu es aujourd'hui te convient mieux que là où tu étais. La paix soit avec toi. Affectueusement, Dorothea Dawson.*

— On dirait qu'elle te connaissait bien, fis-je remarquer.

— Pas autant qu'elle se plaisait à le penser, dit narquoisement Cassie. Comme la plupart des gens, elle pensait que quelqu'un dont la sexualité ou le sexe s'exprime différemment de la norme générale est forcément obsédé par le cul. Quoi qu'il en soit, tu peux l'emprunter tant que tu veux. C'est une biographie très édulcorée, mais ça te donnera un aperçu de la bonne femme.

J'empochai le livre et la remerciai. Il était clair à son attitude qu'elle n'avait plus rien à ajouter. Pourtant, avant de partir, il fallait que je lui demande encore une chose.

— Tu sais qu'il y a un mouchard chez *Northerners*, dis-je. Tu as une idée de son identité ?

Cassie se rembrunit d'une manière indéfinissable. Elle savait mieux que personne les ravages qu'un mouchard peut causer dans une vie.

— John Turpin doit bouffer la moquette, dit-elle. Il n'y a rien qu'il déteste plus que les fuites de scénarios.

— Pas seulement des fuites de scénarios, expliquai-je. Le même genre de fuites que celles qui ont ruiné ta carrière.

— Je sais, soupira-t-elle. J'essaie de ne pas trop y penser, parce que ça me rappelle probablement le pire moment de ma vie. Quand je me suis retrouvée étalée sur les unes des tabloïds, je crois que j'ai été plus déprimée que lorsque j'étais encore prisonnière d'un corps d'homme. Alors quand je vois la même chose arriver aux autres, j'essaie de m'en abstraire et de me rappeler que ça s'est finalement révélé la meilleure chose qui me soit arrivée. Mais je ne sais pas plus qui bave sur les acteurs de *Northerners* que je n'ai découvert qui m'avait trahie.

— Tu n'as jamais pu savoir ?

— Jamais. Très peu de gens étaient au courant, tu sais, et je leur faisais aveuglément confiance. J'ai toujours pensé qu'un employé de la clinique hollandaise où j'avais eu mon opération était venu ici en vacances ou pour affaires et m'avait vue à la télé.

— Est-ce que c'était Ross Grant qui servait de traiteur à l'époque où tu tournais ? demandai-je en me levant.

— Ross ? Le grand Écossais tout câlin ? Avec une femme aux yeux de rapace ? Oui, il a eu le contrat un an avant que je sois virée. Attends... Tu ne penses quand même pas que Ross est le mouchard ?

— Moi non, mais Turpin a l'air bien décidé à lui faire porter le chapeau.

— Ross n'est pas assez méchant pour faire ce genre de choses, ni assez malin pour agir discrètement, dit Cassie avec un petit rire méprisant.

— Et sa femme ?

— Pourquoi elle ferait ça ? Pourquoi risquer de tuer la poule aux œufs d'or ?

— L'appât du gain ?

— Je ne la vois pas comme quelqu'un qui planifie à si court terme, dit Cassie, l'air sceptique.

— Pas même si elle pensait que leur entreprise va perdre le contrat ? Comme ça, elle ferait d'une pierre deux coups. Elle se venge de Turpin qui les a largués et elle ramasse une jolie petite somme qui leur permettra de tenir le temps de trouver un nouveau contrat.

— Ils ont déjà d'autres contrats, objecta Cassie. En tout cas, à l'époque, ils en avaient. *Northerners* est leur source de revenus la plus régulière, mais ils travaillent aussi pour des tas de boîtes de production qui bossent en extérieur. Donc ce ne serait pas la fin du monde s'ils perdaient *Northerners*. Et si on la pinçait, en revanche, ce serait la fin de leur affaire. Je ne la vois pas faire ça.

En retournant à ma voiture, je repensai à ce qu'avait dit Cassie. Pour que cela vaille la peine, il fallait que le mouchard ne se soucie pas des conséquences s'il était découvert. Ce qui signifiait que c'était soit quelqu'un d'assez talentueux pour surmonter le scandale éventuel dans les milieux du show-biz, soit quelqu'un qui était prêt à risquer sa carrière pour donner libre cours à sa vengeance à l'encontre du feuilleton ou de ceux qui le fabriquaient.

J'avais beau retourner la question dans tous les sens, pour moi, ce ne pouvait être un des acteurs.

J'étais de retour à mon bureau à 3 heures. Gizmo hantait la salle informatique, vêtu de son uniforme du week-end, baskets avec des trous dans la semelle, jeans et trois chemises superposées. Quand je passai la tête par l'embrasure, il leva le nez suffisamment longtemps pour me dire qu'il travaillait sur un système de cryptage pour une entreprise de vente par correspondance qui venait de s'installer sur Internet. Comment aurais-je pu mettre sa parole en doute ? Même s'il était devenu tout rouge ?

Dès que j'aurais cinq minutes à moi — dont

je n'aurais pas besoin pour me reposer un peu —, il faudrait que je creuse la question.

Ruth arriva dans le hall du bureau dix secondes avant l'heure. C'est la seule personne de ma connaissance qui soit plus ponctuelle que moi. L'un des mystères de l'univers pour elle comme pour moi, c'est comment nous avons échoué avec des bonshommes qui pensent qu'arriver à temps au cinéma pour voir le générique de fin, c'est encore trop tôt. S'il y a quelque chose que j'aimerai changer chez Richard, c'est bien ça.

Elle m'attira dans ses bras et me serra dans le genre d'étreinte qui me donne toujours l'impression que j'ai cinq ans. Et aujourd'hui, c'était d'autant plus criant qu'elle portait un manteau de fausse fourrure gris argent qui la déguisait en énorme ours en peluche, comme aucun gamin n'a jamais osé rêver.

— On dirait la Reine des Neiges, dis-je en me libérant et en la toisant avec admiration, depuis les tresses blond platine impeccables jusqu'aux bottes en cuir souple qui moulaient ses splendides mollets.

— J'essayais plutôt de faire dans le genre croquemitaine, dit-elle en ôtant son manteau et en le laissant tomber sur un fauteuil.

— Ça a marché ?

— Dennis est toujours en garde à vue, dit-elle avec une grimace. Donc on peut dire que j'ai raté mon coup.

— Où en est-on ? demandai-je en allumant la machine à cappuccino qui me rappelait immanquablement mon ancien associé Bill Mortensen.

Rush secoua la tête avec lassitude.

— Ça ne se présente pas très bien pour lui. Surtout avec un casier judiciaire qui comprend cambriolages, vols et non-assistance à personne en danger.

— Je n'étais pas au courant de ça.

— Il avait vingt-deux ans et il venait de quitter les paras après son service en Irlande du Nord où son meilleur ami s'était fait descendre par un sniper sous ses yeux. À l'époque, on n'avait pas encore inventé le choc post-traumatique, sinon un bon avocat l'aurait tiré d'affaire en invoquant ça. Il n'a pas été convaincu de violence depuis, mais c'est resté dans son dossier au milieu des autres inculpations. Et le moindre corps qu'on retrouve dans les environs de ses empreintes conduira toujours immanquablement à lui.

Je lui passai une tasse de café crémeux et me perchai avec la mienne sur le rebord de mon bureau.

— Qu'est-ce qui s'est passé exactement ?

Ruth me résuma les faits succinctement. Patrick Kelly, dit le Pitbull, était l'un des membres d'un gang de huit frères qui sévissaient dans la sinistre banlieue pavillonnaire de Cheetham Hill, au nord de Manchester. Tous des délinquants à la petite semaine, juste bons à se faire pendre. Kelly le Pitbull squattait une boutique comme Dennis, mais comme il n'avait ni son culot ni son imagination, il n'avait pas approché le centre-ville et s'était contenté du terrain familier, où les clients n'étaient pas très nombreux et où personne n'avait un sou. Quand il avait entendu parler de la boutique de Dennis, il avait décidé qu'il voulait une part du gâteau et avait annoncé la veille à deux de ses frères qu'il allait en ville « virer ce sac à merde d'O'Brien de sa boutique ».

On n'avait revu Kelly le Pitbull que le lendemain à l'aube. Le gérant de la boucherie discount voisine de la boutique de Dennis avait eu une surprise en arrivant à son magasin. En ouvrant la porte du couloir de service qui desservait les six boutiques de cette section, il était tombé sur un pitbull blanc et beige, aux muscles tellement gonflés qu'il en avait les poils hérissés sur les épaules et les côtes comme un halo doré. Il avait les babines retroussées dans un rictus auprès duquel les *Dents de la Mer* passaient pour de la rigolade, mais au lieu de gronder, il geignait. Le pauvre boucher était resté pétrifié, mais le chien n'avait pas montré la moindre agressivité. En fait, il était retourné jusqu'à la porte de l'arrière-boutique de Dennis et s'était mis à hurler. D'après Ruth, le témoin avait prétendu avoir vu un monstre échappé de l'enfer.

Ne sachant que faire, il avait refermé la porte et appelé la sécurité de la galerie. Ravis d'avoir autre chose à faire que de chasser les adolescents fauteurs de troubles, deux vigiles en uniforme étaient arrivés en quelques minutes, accompagnés du policier du quartier, rien moins qu'enchanté que sa pause-café illégale avec les deux vigiles ait été interrompue. Quand ils avaient ouvert la porte, la même chose s'était reproduite. Le chien avait montré les dents, battu en retraite et commencé à hurler devant la porte de la boutique de Dennis.

Le policier avait décidé qu'il fallait regarder à l'intérieur. La porte n'était manifestement pas fermée à clé, mais quelque chose de lourd la bloquait de l'autre côté. En forçant un peu, ils avaient pu pousser le battant pour passer la tête et voir ce dont il s'agissait. Il se trouva que c'était le cadavre de Kelly le Pitbull.

La cause de sa mort était loin d'être claire. Il n'y avait ni sang ni blessure visible. Mais le policier était assez sensé pour deviner que quelqu'un avec une allure aussi patibulaire que Kelly le Pitbull n'avait probablement pas été terrassé par une crise cardiaque. Il avait appelé des renforts par radio. Avant le milieu de la matinée, les techniciens du labo avaient trouvé une concordance entre les empreintes de Dennis et celles qui étaient partout dans la boutique étrangement vide. Quand au pathologiste, il avait avancé que d'après lui, Kelly était décédé d'une hémorragie sub-arachnoïde.

— Et c'est quoi, une hémorragie sub-arachnoïde ? demandai-je.

C'était la première fois que j'intervenais. D'habitude, je ne me retiens pas aussi longtemps, mais — et c'est rare pour une avocate — Ruth sait raconter une histoire sans omettre les détails au bon moment.

Ruth inclina la tête de côté et posa un index sur l'angle de sa mâchoire.

— Juste derrière le maxillaire, ici, il y a un vaisseau sanguin très sensible. Il suffit de le rompre et on meurt en quelques secondes. Normalement, la mâchoire le protège. Et comme l'être humain baisse instinctivement la tête quand il est menacé, il est pratiquement impossible de le heurter accidentellement, mais il est possible de l'atteindre, par exemple, d'un coup d'index bien raide dans le cou, comme au karaté.

— Et Dennis était para, dis-je d'une voix éteinte.

— Dennis était en effet para. Il dit qu'il n'a jamais appris le karaté à l'armée, mais nous savons toutes les deux à quel point c'est difficile de faire la preuve *a contrario*.

— La police dit que Dennis était sur les lieux, qu'il avait une bonne raison de se disputer avec Kelly le Pitbull et qu'il l'a donc forcément assassiné avant de vider sa boutique pour brouiller la piste ?

Ruth hocha la tête.

— C'est à peu près ça. Autre hypothèse : Dennis aurait surpris Kelly en train de lui voler son stock.

— Quelle est la version de Dennis ?

— Parfaitement plausible, tu t'en doutes. D'après lui, le propriétaire est arrivé hier avec deux malabars encore plus costauds que Keith. Il a donné vingt-quatre heures à Dennis pour déguerpir ou subir les conséquences. Dennis a trouvé que la proposition était assez raisonnable et il a passé la soirée d'hier avec Keith et deux gars à déménager son stock. Keith et les deux autres sont partis dans la camionnette vers 21 h 30 et Dennis est rentré chez lui, où il a passé le reste de la soirée à regarder une vidéo avec Debbie. Ensuite ils se sont couchés, en même temps, et ils se sont réveillés, au même moment, vers 8 heures ce matin.

— C'est ça, son alibi ? Une blonde sans cervelle ?

— Une blonde sans cervelle qui a déjà été convaincue par le passé d'avoir confirmé de faux alibis pour lui, ajouta ironiquement Ruth.

— Christie n'était pas chez eux ? demandai-je.

La fille de Dennis ne pouvait évidemment pas attester qu'il avait passé toute la nuit dans son lit, mais au moins, elle aurait été plus crédible comme témoin qu'un écran de télé.

— Elle dormait chez une copine, dit Ruth en reposant délicatement sa tasse sur la table basse. Je ne peux pas nier que ça se présente mal, Kate.

— Je vais faire mon possible, dis-je.

Ruth se leva et s'enveloppa dans sa fausse fourrure.

— Je sais que Dennis appréciera. Je pense qu'ils vont l'inculper demain et le déférer au tribunal lundi. Une fois l'audience renvoyée, tu pourras aller à la prison et voir s'il peut te dire quelque chose qu'il préférait ne pas me confier. Si tu as besoin de quoi que ce soit, tu sais où me trouver.

Je la serrai contre moi, de la fourrure soyeuse plein les yeux.

— Laisse-moi ton manteau, dis-je. Il faut que j'aille à Saddleworth.

— Ce n'est pas un manteau qu'il te faut, grogna Ruth, mais des chiens et un traîneau. Tu n'y vas sûrement pas par plaisir, hein ?

— Parce que ça se trouve, à Saddleworth ? dis-je en riant. Un endroit où l'idée d'une bonne journée, c'est regarder une fanfare municipale, des danses folkloriques et Dieu sait quelles coutumes régionales ? Je ne crois pas, non.

— Donc, c'est juste professionnel, dit Ruth en ajustant sa pelisse pour que l'air froid n'y pénètre pas. Pas de folies du samedi soir avec Richard ?

— Il est sûrement parti jouer le baby-sitter, dis-je avec une voix plus tendue que je n'aurais voulu.

— Ton chéri a envie de jouer les papas ? demanda Ruth en haussant les sourcils.

— Si c'est ça, il perd son temps avec moi, dis-je d'un ton sans réplique.

— Je ferais attention, si j'étais toi, prophétisa Ruth en partant.

Mais que deviendrait-on sans le soutien et l'amour de ses amies ?

12

MERCURE EN CARRÉ À L'ASCENDANT

La native est encline à dissimuler ses projets, mais elle est incapable de se retenir de fourrer son nez dans les affaires des autres. Elle a du mal à comprendre qu'il est parfois plus courtois de garder ses opinions pour soi-même. C'est une travailleuse, rapide, dynamique et inventive. Elle a tendance à apparaître aux yeux des autres comme un caméléon et chacun la perçoit différemment.

D'après : *Écrit dans les Étoiles,*
Dorothea Dawson

Je n'ai pas souvent l'occasion d'avoir de la peine pour les journalistes. Mais là, j'avoue que j'éprouvai un pincement de cœur en voyant la poignée de pisse-copies qui assiégeaient encore l'entrée du repaire de Gloria. La température était déjà tombée au-dessous de zéro et l'intérieur de leurs voitures n'était pas fait pour résister à une nuit d'hiver sur les bords de la Lande de Saddleworth. Ils levèrent brièvement le nez en me voyant arriver sur l'étroit chemin, et deux d'entre eux allèrent même jusqu'à descendre et me suivre en trottinant dans la bouillie glacée.

Mais j'avais déjà passé les grilles et atteint la maison avant qu'ils me rattrapent. Pas besoin d'utiliser l'interphone : j'avais appelé Donovan au moment où j'arrivais, pour éviter de croiser le fer avec la presse. Gloria apparut sur le seuil au moment où je descendais de voiture. Elle portait une éblouissante robe du soir bleu nuit, droite, à col haut, qui tombait élégamment depuis sa poitrine. À ses pieds étincelaient des sandales dorées. On l'aurait crue prête pour la cérémonie des Oscars par une tiède soirée californienne, et non pas pour la vente aux enchères au bénéfice d'une œuvre de bienfaisance, dans un hôtel de Manchester, la nuit la plus froide de l'année. Avec mon tailleur en lainage anthracite qui me sert à la fois pour les soirées et pour impressionner les clients, j'avais vraiment l'air ordinaire. Gloria pensait manifestement la même chose.

— Vous savez que c'est une soirée habillée ? demanda-t-elle.

— Je suis garde du corps, pas mannequin, rétorquai-je en la bousculant presque pour me précipiter à l'intérieur. (Donovan se dandinait dans le salon, l'air un peu tendu.) Des problèmes, Don ?

— Tout se passe bien, dit-il en fourrant ses grosses mains dans les poches de son jean, ce qui lui donna encore plus l'air d'avoir les épaules rembourrées d'un joueur de football américain. Vous me déposez en ville au passage ?

Gloria me dépassa et glissa un bras sous celui de Donovan. Il roula des yeux affolés à la Bambi.

— Kate, vous ne pensez pas que ce serait mieux si Donovan m'escortait ce soir ? On vous a vue dans tous les journaux et que je ne veux pas que vous passiez votre soirée à repousser les curieux.

C'est surtout qu'elle ne voulait pas qu'on lui vole la vedette. Et puis, les femmes comme Gloria aiment impressionner les gens. Et quel meilleur accessoire pouvait-elle trouver qu'un beau gosse à tomber par terre comme Donovan ? Ce spectacle ferait oublier à tout le monde les menaces de mort et il ne serait plus question que de rumeurs de liaison torride.

— J'avais cru comprendre que c'était une soirée habillée, dis-je d'un ton acerbe.

Gloria leva les yeux vers Donovan.

— Tu n'as pas de smoking, mon poulet ?

— Non, désolé, dit-il avec un soulagement qui détendit ses traits dans un sourire.

— Pas grave, dit Gloria. Harry Gershon, le tailleur, fait aussi partie du comité de ce soir. Je vais lui passer un coup de fil, tu vas lui donner tes mesures et il apportera un costume.

— Oh, s'étrangla Donovan, mais...

Gloria lui décocha son sourire le plus éclatant. La sueur qui perlait au-dessus de la lèvre de Donovan ne devait rien au chauffage.

— On va énormément s'amuser, Donovan, je te le promets, dit-elle avec un gloussement rauque qui ne laissait guère de place à l'imagination.

— Ce n'est peut-être pas une si mauvaise idée, dis-je lentement, entrevoyant une solution.

— Mais enfin, Kate, protesta Donovan d'un ton où se mêlaient inquiétude et reproche.

— Si je prends la voiture de Gloria et que je mets une des perruques de Brenda, je pourrai servir de leurre pour entraîner les journalistes à ma suite. Et vous aurez tout loisir de filer sans encombre en ville. Comme j'ai des recherches à faire sur Dorothea, j'en profiterai pour m'en occuper pendant que vous vous amusez tous les deux.

Donovan eut l'air de quelqu'un qu'on condamne à perpétuité, avec une peine de sûreté de vingt-cinq ans.

— Vous voulez dire que c'est moi qui dois faire le garde du corps ?

— Au moins ça, mon poulet, ronronna Gloria, ravie que j'aie cédé.

— J'irai la rechercher à l'hôtel après et je la raccompagnerai ici, dis-je d'un ton suave, savourant l'irritation que je vis dans les yeux de Gloria qui comprenait que je lui cassais sa baraque.

— Parfait, dit Donovan avec un sourire soulagé. Mais je crois pas que je pourrai venir demain, Kate : j'ai un exposé à préparer pour lundi.

C'est ça, et moi je suis Marie de Roumanie, songeai-je.

— Pas de problème, je me débrouillerai. Ça vous va ? demandai-je à Gloria.

— C'est vous la patronne, fit-elle avec une moue. Je vais aller vous chercher ma perruque de rechange.

Elle dégagea son bras de celui de Donovan, donna une petite tape sur ses fesses en béton et sortit en virevoltant du salon.

Donovan s'approcha de moi et se pencha.

— Je croyais que vous alliez m'obliger à passer une nuit de plus ici, me murmura-t-il à l'oreille.

Et moi qui croyais que seule la perspective de mettre sa mère en colère était capable de le terrifier à ce point.

— Tu as réussi à survivre à la nuit précédente, non ? demandai-je suavement.

— Tout juste, murmura-t-il. Comment on fait pour dire poliment à une dame qui a dix ans de plus que votre propre mère d'enlever sa main de votre cuisse ?

— Tu as manifestement trouvé la bonne repartie, dis-je, goguenarde.

— Je suis souvent allé aux toilettes, maugréa-t-il. Et comme il y a une énorme commode dans sa chambre d'amis, j'ai coincé la porte avec. Il m'a fallu un sacré bout de temps pour la pousser et je crois que j'ai bien fait, parce que je vous jure que j'ai été réveillé en entendant quelqu'un tourner la poignée.

J'étouffais un petit rire.

— Pardon, Don, gloussai-je. Je sais que c'est pas drôle. Et tu as fait quoi ?

— J'ai ronflé. Très fort. Finalement, elle est repartie. Elle a dû penser que j'étais un garde du corps sacrément nul pour pouvoir dormir comme ça.

— Je sais pas pourquoi, mais il me semble que c'est pas ce genre de capacités physiques qui l'intéressent chez toi. Ne t'inquiète pas, je viendrai te sauver juste à temps ce soir.

Je me tus et nous nous séparâmes en entendant Gloria qui revenait. Elle entra avec un chignon blond platine rigide qu'elle faisait tournoyer sur le bout de son index.

— Et voilà, ma poule. Les tifs de Brenda Barrowclough.

Elle me lança la perruque. Donovan tendit son long bras et l'attrapa, puis il me la tendit cérémonieusement.

— Voyons de quoi vous avez l'air, dit-il avec un sourire mauvais.

Je coiffai la perruque. Elle ne m'allait pas trop mal, et dans la faible clarté de l'éclairage public, elle devait être capable de leurrer tous les gens qui guettaient Gloria. Cinq minutes plus tard, je me rendis compte que j'avais vu juste, ce qui me fit toujours plaisir. Au bout de l'étroit chemin qui menait chez Gloria, je ralentis pour prendre la route principale. De chaque côté, des moteurs démarrèrent et des phares s'allumèrent.

— Je vous ai bien eus, dis-je à mi-voix en emmenant tout ce petit monde sur la route d'Oldham.

D'après ce que je voyais, ils étaient tous collés à mes basques. Heureusement qu'il n'y avait pas de tunnel entre Saddleworth et Manchester. Et qu'il faisait trop froid pour rouler à moto.

Je me rendis à mon bureau, assez peu désireuse d'inviter la horde de rats jusque chez moi. Je réussis à trouver une place qui n'était pas suffisamment illégale pour me valoir une contredanse un samedi soir, tandis que les quatre voitures de journalistes tournaient dans les parages, cherchant à se garer pour suivre « Gloria » à pied. Je descendis de voiture, arrachai ma perruque et me passai une main dans les cheveux. Puis je fis un petit signe de la main aux paparazzi et je me dirigeai vers mon bureau.

Personne ne me suivit. Tout comme les privés, les journaleux se rendent toujours compte quand ils se sont fait avoir par un expert. Et une humiliation suffisait pour la soirée.

Le bureau était éteint et désert. Gizmo avait finalement dû se souvenir qu'il avait une maison. Je me préparai un cappuccino et je m'étendis sur le canapé réservé aux clients pour feuilleter la biographie officielle de Dorothea. Les deux cent cinquante pages en caractères plutôt gros étaient assez vagues pour que le lecteur puisse imaginer ce qu'il voulait. Une enfance rose bonbon dans une famille pauvre mais honnête du Lancashire, suivie d'une adolescence troublée par la bouleversante découverte de ses pouvoirs psychiques et les difficultés à accepter un « don » qui la mettait à part de ses semblables.

Elle avait épousé à vingt ans un homme de huit ans son aîné, dont elle donnait simplement le prénom : Harry. Il lui était consacré moins d'un chapitre. S'il fallait en juger par la brièveté du passage, le mariage n'avait guère duré plus longtemps. Comme elle devait subvenir à ses besoins, elle avait commencé à donner des consultations d'astrologie payantes. Et quand Edna Mercer avait fait sa connaissance, elle était déjà passée de son salon à un petit cabinet bâti sur l'un des *piers* d'une station balnéaire.

Northerners avait tout changé. Après être devenue en quelques mois l'astrologue personnelle d'une poignée d'acteurs, elle avait accédé au rang de voyante la plus courue du pays. Un an après qu'Edna Mercer l'eut tirée d'une carrière relativement confidentielle, elle avait eu droit à une petite rubrique à la télé, à sa page publiée dans plusieurs journaux et à la diffusion de ses horoscopes sur les radios régionales. Ensuite, quelques années après la parution du livre, elle avait été délogée de son trône par la très médiatique Mystic Meg, mais pour les gens, elle demeurait quand même la Sibylle des Étoiles. Le détail le plus étonnant — celui qui lui permit de tenir durant les périodes de vaches maigres — c'était la certitude qu'une fois atteint un point particulier de son cycle astrologique, elle deviendrait elle-même une étoile. Oui... Et les poules auront des dents.

Fatiguée par la prose débordante de clichés et la superficialité du bouquin, j'abandonnai au bout d'une heure. Je savais qu'à côté de la police, mes chances de découvrir l'assassin de Dorothea étaient maigres. Ils disposaient de traces exploitables en laboratoire et d'une équipe expérimentée qui interrogerait tous ceux qui avaient un jour franchi le seuil de NPTV. Ma seule hypothèse, c'était la possibilité que mon réseau informel de relations me donne des renseignements auxquels la police n'aurait pas accès. Cassie m'avait un peu aidée, mais je devais en découvrir beaucoup plus.

Il existait une source qui, d'après moi, ne viendrait pas à l'esprit de Cliff Jackson, même s'il commençait à y penser dès maintenant jusqu'à l'année prochaine. Et quand bien même, une privée comme moi avait toujours plus de chances qu'un flic d'obtenir une réaction favorable de la communauté anarchique d'Internet. Même le plus conformiste devient un rebelle quand il s'aventure dans le cyberespace.

J'abandonnai à contrecœur le confort de mon canapé pour aller m'affaler devant mon ordinateur. J'entrai directement sur la page d'un des moteurs de recherche qui sont au monde virtuel ce qu'une carte routière est au monde réel. En quelques minutes, j'avais à ma disposition une liste d'adresses de sites web et de groupes de discussion qui seraient peut-être des sources riches en informations. J'envoyai un message dans une douzaine de sites — l'équivalent d'une petite annonce dans un magazine, mais avec de meilleurs résultats, bien plus rapides. Pendant que j'étais en ligne, j'en profitai pour envoyer d'autres recherches pour vérifier si quelque chose dont je me souvenais vaguement était en fait la vérité ou un simple effet de mon imagination. Enfin, je relevai mes e-mails et sortis sur l'imprimante quelques demandes d'information émanant d'enquêteurs étrangers. Ils avaient besoin de renseignements de fond qui leur prendraient des jours ou des semaines mais que je pouvais leur fournir en quelques heures grâce à mes connaissances de la région. Avant, c'était beaucoup plus facile pour les gens de disparaître en filant à l'étranger. Aujourd'hui, on peut toujours filer, mais plus se cacher.

J'éteignis l'ordinateur et je consultai ma montre. Encore trop tôt pour aller chercher Gloria. Richard ne risquait pas d'être à la maison un samedi soir, en tout cas, pas avant la diffusion des infos sportives. Mais j'en connaissais une qui serait chez elle.

Alors que je me garais devant la maison des O'Brien, les rideaux s'écartèrent subrepticement en projetant sur la pelouse givrée un trait de lumière qui la fit étinceler comme une carte de Noël. Comme le moindre crétin sait que la police n'engage pas des gens aussi petits que moi, les rideaux se refermèrent aussitôt. Debbie vint ouvrir avec un air méfiant et irrité qui donnait à son beau visage un air menaçant.

— Oh, c'est toi, dit-elle. Je croyais que les flics qui revenaient fouiller mon panier à linge. Sales connards. Entre.

L'invitation n'était guère chaleureuse, mais

je ne pense pas que j'aurais été capable de mieux, à sa place. Je la suivis dans la cuisine impeccable et sans caractère. Je ne m'étais pas trompée pour le service en porcelaine. La vitrine était vide. Et ce n'était sûrement pas parce que Debbie était en train de donner une réception en secret dans la salle à manger.

— Tu veux boire quelque chose ? demanda-t-elle.

Quand j'avais commencé à travailler à Manchester, la première fois qu'on m'avait proposé de « boire quelque chose », j'avais refusé en précisant que je conduisais. On m'avait regardée d'un air perplexe. Il m'avait fallu six mois et un tas de rencontres avec des gens assoiffés pour me rendre compte qu'ici, quand on vous offrait à boire, on voulait dire thé ou café.

— Du café, dis-je. Un peu de lait et sans sucre.

Dans le lourd silence qui s'installa entre nous pendant que Debbie le préparait, le sifflement de l'eau bouillante sur les granulés de café était parfaitement audible. Elle ne sait jamais très bien comment se comporter avec moi. Ayant un QI à peu près du même chiffre que sa pointure, elle a un mal de chien à comprendre qu'une femme puisse travailler pour gagner sa vie. Elle a aussi beaucoup de difficultés à se mettre dans le crâne qu'une hétérosexuelle puisse passer du temps avec Dennis sans pour autant fomenter des projets d'ordre horizontal. Régulièrement, son mari, leur fille Christie ou moi-même réussissons à la convaincre que notre relation est purement platonique. Puis elle oublie ce que signifie le mot « platonique » et nous sommes obligés de recommencer. Parfois, je me dis que ce serait plus simple si je me prétendais lesbienne.

Tout bien réfléchi, peut-être pas.

— Ruth m'a dit que tu allais essayer de l'aider aussi, dit-elle froidement en posant sans cérémonie la tasse devant moi.

— Je vais faire ce que je peux. Mais je ne sais pas très bien ce qui sera le plus utile. C'est pas aussi facile que de chercher quelqu'un qui pourrait confirmer un alibi, par exemple.

— S'il a pas d'alibi, c'est parce qu'il a passé toute la nuit ici avec moi, s'offusqua Debbie.

— Tu es sûre qu'il n'est pas sorti acheter des clopes ou quelque chose comme ça ?

— Tu es de quel côté ? demanda-t-elle en me lançant un regard furibard. On dirait un de ces foutus flics. Écoute, il est pas sorti chercher des clopes, parce que c'est moi qui les lui ramène du supermarché, OK ? (Elle fit volte-face et entrouvrit l'un des éléments de cuisine. Le placard contenait une cartouche intacte de la marque que fume Dennis et une autre entamée des siennes.) Même Dennis peut pas fumer deux cents clopes en une soirée.

— Je posais juste la question, Debbie, l'apaisai-je. Je suis du côté de Dennis. J'ai simplement demandé, parce que s'il était sorti ne serait-ce que dix minutes, tu peux être sûre que les flics le découvriraient et s'en serviraient pour dire que tu as fait un faux témoignage.

Elle alluma une cigarette, puis elle agrippa son coude droit de la main gauche dans un geste défensif classique.

— Écoute, je sais que je lui ai servi d'alibi une fois. Mais tu es bien obligée, quand il s'agit de ton homme. Seulement là, je mens pas. Il a vraiment passé toute la nuit ici. Lui, Keith et les gars qui avaient chargé la camionnette. Il était trop crevé pour sortir, même juste pour aller prendre une bière.

— Je te crois, dis-je en levant les mains d'un geste conciliant. Le problème, c'est que je ne suis plus de près haines et amitiés parmi les voyous de Cheetham Hill. Et tant que je n'aurai pas parlé à Dennis, je ne sais absolument pas à qui je dois m'adresser.

Debbie souffla un long ruban de fumée.

— Ça sert à rien de me le demander. Je suis toujours restée en dehors. Mais il y a un truc, quand même, ajouta-t-elle en plissant les sourcils pour réfléchir.

Comme elle n'avait habituellement pas la moindre ride sur le front, c'est dire à quel point un tel événement dénotait chez elle.

— Quoi donc ? demandai-je.

Je n'espérais pas grand-chose, mais ma mère m'a inculqué la politesse.

— Le chien. J'arrive pas à comprendre comment il se fait que le chien était dans le couloir et Kelly dans la boutique.

— Kelly a dû être agressé quand il est entré.

— Alors comment celui qui l'a tué a fait pour passer l'obstacle du chien ? C'est un tueur, ce cabot. Il aurait pas laissé partir l'assassin de Kelly. Il lui aurait sauté à la gorge.

Elle avait raison. Je sirotai mon café en y réfléchissant.

— C'est un peu bizarre, ça, dis-je.

— Et puis, ajouta-t-elle d'un air triomphal, si Kelly est allé à la boutique pour affronter Dennis, il aurait jamais quitté son chien. Si Dennis se trouvait dans la boutique, le chien serait rentré le premier, pas ce trouillard de Kelly. Et puis si Dennis avait encore utilisé la boutique, il y aurait laissé son veilleur de nuit.

— Évidemment, soufflai-je.

— Puisque le chien attendait dans le couloir, Dennis n'était pas là-bas.

Mais il me semblait qu'un jury demanderait quelque chose d'un petit peu plus convaincant qu'une histoire de chien qui n'avait pas sauté à la gorge de quelqu'un en pleine nuit. Mais au moins, ça me donnait un point de départ.

Traditionnellement, les acteurs sérieux de la guerre de la drogue à Manchester sont les gangs noirs de Moss Side et les bandes blanches de Cheetham Hill. Les mecs de Cheetham Hill sont là depuis plus longtemps et leurs racines criminelles plongent très profond dans les fissures, entre les pavés des rues étroites, au nord du quartier de Strangeways, dont les horizons sont divisés en deux par la tour centrale de la prison et la mince cheminée noire de la brasserie *Boddingtons*. La plupart d'entre eux descendent d'une longue lignée de gangsters et d'escrocs : c'est une marque de noblesse à Cheetham Hill que de dire que votre arrière-grand-père a fait de la taule pour marché noir durant la guerre.

Les Kelly étaient l'une des plus anciennes familles, et la plus grande partie respectait les traditions. Racket de magasins et dans le milieu des sports, fraude industrielle et petits larcins : voilà le style des Kelly. Le gang de frères avait toujours éprouvé du mépris pour les seigneurs de la drogue, et c'était la seule chose positive qu'on pouvait leur trouver.

Il fallut que je me tape trois bars, où je bus ma bière à la bouteille parce que je ne voulais pas me risquer à utiliser un verre, avant de trouver deux frères Kelly endeuillés. Le *Dog & Brewer* était le genre de rade où la moquette vous colle aux semelles et où la cendre forme un dépôt gluant au fond de cendriers que personne ne prend la peine d'essuyer après les avoir rincés sous le robinet. La plupart des clients avaient les bajoues affaissées et les yeux pisseux de ceux qui fument et boivent trop depuis trop longtemps pour qu'arrêter change quelque chose. Les femmes portaient des vêtements qui les flattaient peut-être quinze ans plus tôt, mais qui désormais les insultaient encore plus que les bonshommes flasques et mal fagotés qui leur payaient des verres. Tom Jones hululait à pleins poumons dans les haut-parleurs de la sono.

Je soutins effrontément les regards qui se posaient sur moi et je pris une bouteille de Carlsberg.

— Est-ce que les frangins Kelly sont là ? demandai-je au barman, un billet de cinq livres nonchalamment posé sur le bar.

Il regarda l'argent et me toisa rapidement. Je ne devais manifestement pas avoir l'air d'un flic, car il me désigna d'un signe de tête deux types hirsutes en chemises à carreaux à l'autre bout du bar. Avant que j'aie eu le temps de me retourner, le billet avait disparu. Ce qui est bien, avec ces rades de troisième zone, c'est que l'information ne coûte pas cher.

Je pris ma bouteille et je me faufilai dans la foule jusqu'aux deux types. Leurs yeux bleus étaient injectés de sang et leurs joues mal rasées couperosées par la bière et le whisky qu'ils engloutissaient.

— Toutes mes condoléances, messieurs, dis-je. Permettez-vous à l'*Evening Chronicle* de vous payer un verre ?

Le plus grand des deux parvint à articuler un compliment sans entrain.

— Vous, vous pouvez me payer tous les verres que vous voulez, chérie.

Je fis un signe au barman et je claquai dix livres de plus en verres.

— Sacrée affaire, dis-je en levant ma bouteille pour trinquer avec eux.

— Je lui avais dit qu'il était con de vouloir se frotter à Dennis O'Brien. Un foutu bestiau, celui-là, dit le plus petit d'une voix pâteuse.

— Je pensais que le chien l'aurait bien protégé, dis-je. Un beau morceau, à ce qu'il paraît. On m'a dit que les flics avaient eu du mal avec.

— Eh bien tant mieux, grimaça le plus

grand. Au fait, moi c'est Paul, et lui c'est le Petit Joe.

Je serrai la grosse paluche qu'on me tendait.

— Et moi Kate. Comment ça se fait que Patrick est allé voir O'Brien tout seul ? Surtout si ce mec est un coriace ?

— Parce qu'il avait les yeux plus gros que le ventre, ricana le Petit Joe. Fallait toujours qu'il essaie de jouer les durs, le Patrick, sauf qu'il était aussi dur qu'un marshmallow. Il était pas content parce qu'O'Brien s'était mis sur le même business et on en avait tellement marre de l'entendre râler qu'on lui a dit d'aller voir O'Brien, puisqu'il était si furax que ça.

— Et il avait assez picolé pour croire qu'il serait de taille à se faire ce salaud, dit Paul en secouant la tête. Un vrai flambeur, le Patrick.

— Surtout quand il avait pris un coup de trop, opina le Petit Joe.

— Et un joint, conclut Paul.

— Donc il avait bu et fumé de la dope avant d'aller à l'Arndale affronter O'Brien ? demandai-je.

— Exact, confirma le Petit Joe. Je veux dire, c'est quoi ce genre de salaud qui est obligé de rétamer un mec saoul et défoncé pour lui prouver qu'il a tort ? O'Brien aurait pu lui casser deux côtes et le foutre dehors. Il était pas obligé de le tuer. Ça se voyait bien, que Patrick était juste un flambeur.

— Et le chien, alors ? insistai-je.

Paul aboya d'un rire méprisant.

— Oui, bon, même un costaud comme O'Brien aurait pu y réfléchir à deux fois avant de faire quoi que ce soit devant ce cinglé de clebs. J'arrive pas à piger comment le cabot lui a pas bouffé la gueule.

Brusquement, le Petit Joe se mit à fondre en larmes.

— Il était pas obligé de le tuer, quand même,

non ? Ce salaud était pas obligé de tuer mon petit frangin. (Il tendit la main et m'empoigna par le revers de ma veste.) Faut le dire dans votre journal. Mon petit frangin était un bon gros petit gars. Même saoul et défoncé, il aurait pas fait à O'Brien ce que ce salaud lui a fait. Faut le dire, hein ? Faut le dire.

Je promis que je le dirais. Je promis plusieurs fois. J'écoutai les frères Kelly me répéter dix fois la même histoire, puis je m'excusai et partis. Je remontai dans ma voiture en empestant le tabac froid et les vapeurs d'alcool, et je regagnai le centre-ville.

À la fin, il fallut presque que j'arrache Donovan à Gloria. Elle avait profité du fait qu'elle avait un chauffeur pour attaquer le champagne, avec l'enthousiasme d'une soprano qui entonne son grand air. Et à mesure qu'elle passait de gaie à ivre puis à complètement pétée, elle s'était sentie de plus en plus entreprenante, selon Donovan que je trouvai avec une trace de rouge à lèvres écrabouillée dans le cou et un pan de chemise sorti de son pantalon. Il soutenait Gloria à bout de bras et m'attendait à côté de la porte tournante.

— Pourquoi tu ne l'as pas assise dans un coin tranquille au bar ? sifflai-je alors que nous l'emmenions dans la rue.

J'avais l'impression de manipuler ces pantins en bois articulés que les peintres utilisent comme modèles, sauf que celui-ci était de taille humaine et aussi lourd que de l'acajou gorgé de flotte.

— Chaque fois que je m'asseyais, elle s'affalait sur mes genoux, grommela-t-il alors que nous enfournions Gloria dans sa voiture.

— Je vois, dis-je en claquant la porte et en lui donnant les clés de la mienne. Merci, Don. Tu as fait du bon boulot, vu la situation.

— J'espère que ça se verra sur ma feuille de paie, dit-il en se grattant la tête.

Telle mère, tel fils.

— J'aimerais bien trouver ma voiture devant chez moi demain dans la matinée, avec les clés dans la boîte à lettres. Je t'appelle.

Je lui tapotai gentiment le bras. Un peu comme quand on fait ami-ami avec l'un des lions de bronze de Trafalgar Square.

Gloria ronflait doucement quand je m'assis au volant. Elle fut réveillée par le moteur qui démarrait. Elle roula vers moi en tâtonnant pour me glisser la main sur la cuisse.

— Laissez tomber, dis-je en la lui reposant sur la sienne.

Elle ouvrit brusquement les yeux et me regarda d'un air stupéfait.

— Salut, ma poule, dit-elle d'une voix pâteuse. Il est où, Donovan ?

— Parti se coucher.

Elle émit un gargouillis. J'espérai que c'était un gloussement avorté et non pas le prélude d'un bâillement en technicolor.

— J'en connais une qui a de la chance, bafouilla-t-elle. Pauvre vieille Glo'. Vous avez fait quoi, alors ? Un petit coup de tagada avec votre bonhomme ?

Nous prîmes Albert Square, où un immense Père Noël gonflable rouge et blanc juché sur le toit de l'hôtel de ville étreignait la flèche du clocher. La pose avait un air vaguement obscène dans les lumières criardes des guirlandes. Je le désignai du pouce.

— Lui, il a vu se passer plus de choses que moi ce soir. J'essayais de me renseigner sur le passé de Dorothea, dis-je, plus pour remplir le vide qu'en espérant obtenir une réponse sensée.

— Sacrée tragédie, ça, c'en est une, marmonna Gloria.

— Un meurtre est toujours une tragédie.
— Mais, non, idiote, pas le meurtre. Sa vie. C'est ça qu'a été tragique.
Elle me donna une bourrade à l'épaule, comme adorent le faire les ivrognes. La voiture fit une embardée et il s'en fallut d'un cheveu que je me paye un bus. Gloria gloussa pendant que j'essayais de reprendre le contrôle.
— Qu'est-ce qui était tragique ? demandai-je en serrant tellement les dents que j'en avais mal aux maxillaires.
— Elle s'est jamais remise de l'avoir perdu, dit-elle en fouillant dans son sac pour trouver une cigarette qu'elle alluma.
— Perdu qui ? Son mari ?
— Mais bon sang, Kate, depuis quand une bonne femme regrette d'avoir perdu une feignasse de mari bon à rien comme le sien ? Mais non, son fils, évidemment. Elle s'est jamais remise de l'avoir perdu.
— Je ne savais pas qu'elle avait eu un fils.
— Il y a pas des masses de gens qui le savent, déclama Gloria dans une tentative ratée d'imitation shakespearienne. Elle a eu un fils et puis ensuite une dépression postnatale.
— Et le bébé est mort ?
— Évidemment que non, dit-elle d'un ton méprisant. On lui a enlevé. Quand on l'a enfermée.
Cela commençait à prendre des allures de feuilleton misérabiliste en noir et blanc, au scénario écrit par des types aux prénoms impossibles.
— Quand vous dites « enfermée », vous voulez parler d'un asile psychiatrique, Gloria ? demandai-je le plus gentiment possible.
— C'est ça, dit-elle. Chez les dingues. Son bonhomme l'a décidé parce que la naissance du môme l'avait un peu fait débloquer. Mince, toutes les femmes disjonctent un peu quand

elles ont un gosse. S'il fallait qu'on nous enferme toutes quand on bat la campagne, il y aurait des tas de bonshommes qui changeraient les couches. Foutu salaud, celui-là.

— Donc le bébé de Dorothea a été adopté, c'est ce que vous voulez me dire ?

— Oui. On le lui a enlevé et on l'a confié à quelqu'un d'autre. Et puis elle a eu droit aux électrochocs, aux douches froides et à plus de médicaments qu'il y en a dans une pharmacie. Après ça, pas la peine de se demander pourquoi il lui a fallu si longtemps pour s'en remettre. Salauds ! cracha-t-elle avec véhémence, comme si elle le prenait personnellement, les yeux fixés sur les minuscules flocons qui virevoltaient dans les cônes orangés des réverbères.

— C'est Dorothea qui vous l'a raconté ?

— Qui vous voulez que ça soit d'autre ? C'était quand je lui ai demandé de faire l'horoscope de ma petite-fille. On était sorties bouffer au restaurant et on a fini chez moi, rondes comme des queues de pelle. Et elle a commencé à me dire qu'elle devait être plusieurs fois grand-mère depuis le temps, si ça se trouvait. Une fois dessaoulée, elle m'a fait jurer de jamais le répéter à personne. Et j'ai respecté ma promesse, jusqu'à aujourd'hui. Sacrée tragédie, ça, c'en est une.

Je reposai mes questions d'une dizaine de manières différentes avant que nous arrivions au chemin désert qui menait à sa forteresse. Chaque fois, j'eus droit à la même version. Aucun détail supplémentaire, aucune différence. Dorothea avait peut-être menti à Gloria, mais Gloria disait la vérité.

Je l'aidai à descendre de voiture et à traverser jusqu'à sa porte la cour pavée couverte d'une fine couche de neige. Je n'avais guère envie de l'accompagner plus loin. Je voulais rentrer retrouver mon lit et le sommeil qui m'aiderait à assembler les pièces d'un puzzle qui tourbillonnaient dans ma tête comme les flocons devant mon pare-brise. Et pas un chasse-neige en vue.

Bon Dieu, ce que je déteste la cambrousse.

13

SOLEIL EN CONJONCTION AVEC PLUTON

Le compromis ne fait pas partie du vocabulaire de la native. Elle n'a pas peur de susciter les affrontements et c'est une grande stratège. Elle aime le conflit avec l'autorité, elle ne supporte pas qu'on se mêle de sa vie personnelle ou professionnelle, mais elle est capable de changer sa vie et le monde qui l'entoure. Les gens s'inquiètent parfois pour elle, mais cette conjonction est excellente pour qui est détective.

D'après : *Écrit dans les Étoiles,*
Dorothea Dawson

Je me réveillai avec l'impression d'être étouffée. Elle ne se dissipa pas lorsque je pointai mon nez de sous la couette. Richard se contenta de grogner lorsque je me glissai hors du lit pour enfiler mon peignoir avant de mourir d'hypothermie. Le chauffage avait dû s'éteindre pendant que je dormais, c'est-à-dire quelque part vers 9 heures. Je soulevai un coin de rideau et je vis un monde recouvert de blanc.

— Putain, dis-je.

Richard murmura quelque chose qui ressemblait à « Qu'est-ce qu'il y a ? ».

— Il a neigé. Et pas qu'un peu.

Il se souleva sur un coude et tendit la main vers ses lunettes.

— Voyons voir, marmonna-t-il. (J'écartai le rideau.) Génial. On va pouvoir faire un bonhomme de neige.

— Et Gloria ? Je suis censée être son garde du corps.

— Même un forcené armé d'une hache ne serait pas assez bête pour aller commettre un meurtre à Saddleworth par un temps pareil, fit-il remarquer, non sans raison. Ça va être la pagaille sur les routes, là-haut. Et si Gloria a la gueule de bois qu'elle mérite, elle ne va avoir envie d'aller nulle part. Reviens te coucher, Brannigan. J'ai envie d'un câlin.

Pas besoin de me le demander deux fois.

— Je t'obéis, ô, mon maître, ironisai-je en abandonnant mon peignoir pour me glisser dans ses bras.

Le téléphone nous réveilla. Je regardai l'heure en décrochant, et n'arrivai pas à croire qu'il était déjà midi. Manifestement, j'avais du sommeil à rattraper. Ou autre chose.

— Oui ?

— C'est moi, ma poule.

C'était la voix d'un spectre. On aurait dit que Gloria était morte et qu'elle avait raté le train pour le Paradis.

— Bonjour, Gloria, dis-je aimablement, haussant la voix pour essayer de me venger de sa tentative de me peloter le genou. Comment allez-vous ?

— M'en parlez pas, dit-elle. Surtout pas. Je sais pas pourquoi, mais j'ai une migraine, ce matin. Je me suis dit que j'allais passer la journée au lit téléphone débranché, donc pas la peine de venir.

— Vous êtes sûre ? Je peux toujours vous envoyer Donovan, dis-je avec une pointe de sadisme.

Je sentis le frémissement.

— Ça ira comme ça, dit-elle. Je vous retrouve demain, à l'heure habituelle.

Clic. Je n'avais même pas eu le temps de dire au revoir.

Richard émergea en clignant des yeux dans la clarté de la neige.

— Gloria ? demanda-t-il.

— Je suis de congé aujourd'hui. On aurait dit une zombie.

— Je te l'avais bien dit ! triompha-t-il. On va faire un bonhomme de neige, alors ?

Le temps que nous ayons terminé le bonhomme, pris un bain pour rétablir notre circulation engourdie, puis pratiqué encore quelques vigoureux exercices horizontaux pour nous réchauffer, nous étions à la fin de l'après-midi et nous ne pouvions plus ni l'un ni l'autre remettre le travail à plus tard. Il devait écrire un article pour un magazine australien fasciné par la pop anglaise. Moi, je serais plutôt du genre à penser qu'Oasis, c'est tout juste bon à servir de marque à une boisson aux fruits. Je m'attablais donc à mon ordinateur et je surfai sur le Net pour trouver les réponses à mes demandes d'information de la veille.

Je téléchargeai le tout, puis j'entrepris de lire les textes. Je balançai immédiatement les messages de gens qui trouvaient que c'était cool d'être un privé et qui demandaient un stage. Je virai également ceux qui se contentaient de répéter ce qu'ils avaient trouvé dans la presse ou entendu à la radio. Ce qui m'en laissait une demi-douzaine révélant que Dorothea avait eu une dépression dans les années cinquante. Deux d'entre eux semblaient assez crédibles. Le premier venait de quelqu'un qui vivait dans la pittoresque petite ville du Lancashire où Dorothea avait vu le jour.

Chère Kate Brannigan,

Je suis une jeune fille de seize ans qui habite à Halton-on-Lune, ville d'où vient Dorothea Dawson. Ma grand-mère est allée à l'école avec elle et quand j'ai vu votre question dans le groupe de discussion sur l'astrologie, je lui ai demandé de me raconter ce qu'elle se rappelait.

Elle m'a dit que Dorothea était un peu une solitaire à l'école, qu'elle était fille unique, mais qu'elle avait rien d'étrange ou de surnaturel à l'époque : elle était comme tout le monde. Ma grand-mère dit aussi que Dorothea s'est mariée avec un mec, Harry Thompson, qui travaillait dans la banque. D'après elle, c'était un colin froid, ça doit vouloir dire qu'il était pas du genre qui sait s'amuser, sauf que je sais pas ce que faisaient les gens à l'époque pour s'amuser, vu qu'ils avaient pas de disco ou de musique intéressante.

Bref, Grand-Mère dit que Dorothea a eu un bébé et qu'elle est devenue folle, qu'il a fallu l'envoyer chez les dingues (elle veut parler d'asile psychiatrique). Enfin, son mari l'a quittée sans laisser de traces et quand Dorothea est sortie de l'asile deux ans après, elle a fait ses valises et a quitté la ville.

Je sais pas ce qu'est devenu le bébé. Grand-Mère pense qu'il a dû être mis dans un orphelinat, ce qui est pas l'idéal pour un gosse, même si votre mère est timbrée.

J'espère que ça vous aidera.

Sincèrement,
Megan Hall.

L'autre était mieux écrit. Mais je ne m'en

souciais guère : ce n'était pas de la littérature que je cherchais.

Chère Ms Brannigan,

Vous serez sans doute surprise qu'un homme de mon âge sache « surfer sur Internet », mais je suis de la même génération que Dorothea Dawson. Je suis son cadet d'un an, mais ma sœur était dans sa classe et très proche d'elle. Dorothea venait régulièrement chez nos parents goûter et les deux filles jouaient souvent ensemble.

Tout a changé lorsque Dorothea a rencontré Harry Thompson. C'était un employé de banque, séduisant bien qu'un peu sinistre, et attiré par des filles déraisonnablement jeunes. Quand ils se sont connus, Dorothea avait, je crois, à peine dix-sept ans et lui vingt-cinq ou vingt-six. Il était ce que nous appellerions aujourd'hui un dominateur et Dorothea marchait toujours sur des œufs de peur de l'agacer.

Comment elle a pu l'épouser, aucun d'entre nous ne l'a jamais su, bien que ce fût peut-être pour elle la seule possibilité d'échapper à la tyrannie de sa belle-mère. Toujours est-il qu'ils se sont mariés et que dix-huit mois après, Dorothea était internée dans l'austère univers victorien d'un hôpital psychiatrique à la suite d'un épisode malheureux que nous qualifions de nos jours de dépression postnatale.

Harry refusa de s'occuper en aucune manière de l'enfant, prétendant qu'il était affligé de la même folie que sa mère. En homme ignorant et cruel, il demanda — et obtint — sa mutation dans une agence de Londres et confia l'enfant à une agence d'adoption. Ce qu'il est devenu, je l'ignore. J'ai honte de le dire, mais ni ma sœur ni moi-même ne pouvons nous souvenir du sexe de l'enfant. À la décharge de ma sœur, je dois dire qu'à cause d'Harry, elle n'entretenait plus guère de relations avec Dorothea.

Lorsque celle-ci fut finalement autorisée à quitter l'asile, elle était très aigrie et souhaita couper avec son passé. Ma sœur en fut attristée, mais non surprise. Nous avons été heureux de la voir devenir célèbre, et la nouvelle de sa mort nous a horrifiés.

J'espère sincèrement que ceci vous sera d'une quelconque utilité. Si vous désiriez me contacter, vous me trouverez dans l'annuaire, à la paroisse de St Barnabas-next-the-Wall.

Sincères salutations
Révérend Tom Harvey.

Je n'étais guère surprise que Gloria ait qualifié toute cette affaire de tragédie. Je ne pus m'empêcher de me demander où était à présent Harry Thompson et ce qu'il faisait. Je n'arrêtais pas d'imaginer un orphelin emmailloté de linges, abandonné sur les marches de quelque église. Je crois que j'ai dû voir trop de dramatiques à la BBC quand j'étais gamine.

Il était temps de faire de sérieuses recherches, le genre qui se situe bien au-delà de mes pauvres capacités informatiques. Je copiai les deux messages pour Gizmo, avec une note lui expliquant que j'avais besoin de ses talents les plus confidentiels pour déterrer tout ce qu'il pourrait concernant Harry Thompson et l'énigme de l'enfant adopté. Puis je me mis en devoir de rechercher les sources d'information légales disponibles un dimanche soir afin de répondre aux demandes envoyées par deux agences étrangères.

Quand la sonnette retentit, je quittai ma base de données et coupai la connexion. Ces services *on-line* vous facturent à la minute et je n'avais guère envie de dépenser de l'argent pour rien si j'avais besoin d'un peu de temps pour éconduire un Témoin de Jéhovah ou quelque opportuniste du quartier me proposant d'extraire ma voiture d'une neige qui serait probablement fondue avant le lendemain matin. À ma grande surprise, c'était Gizmo.

— Je viens de t'envoyer un message, dis-je.

— Je sais, je l'ai reçu. (Il entra d'un pas décidé sans attendre l'invitation, en répandant de la neige fondue sur la moquette du couloir menant à mon bureau-chambre d'amis. En route, il laissa tomber une parka qui avait l'air d'avoir servi durant l'expédition de Scott en Antarctique et d'en être revenue seulement la veille. Le temps que je l'accroche au portemanteau, il était déjà planté devant mon ordinateur.) Je peux avoir de la bière ?

J'étais sous le choc. Il ne me semblait pas avoir jamais vu Gizmo poser du liquide à moins d'un mètre d'un clavier. Pareil pour la bouffe. Si ce n'était la soif, la faim ou les fonctions physiologiques, je l'aurais bien vu passer vingt-quatre heures devant un écran.

— Je vais t'en chercher une, dis-je faiblement.

Je fis une descente dans le frigo de Richard et revins avec une bière au sureau fabriquée « selon la recette traditionnelle anglaise » et une autre au seigle fumé. Non, mais je vous jure, ces buveurs de bières deviennent encore plus prétentieux que les amateurs de vin et les gourmets. Je veux dire, qu'est-ce qu'ils croient ? Qu'il y a des bières de grands crus ? C'est comme d'aller dans un McDonald et de demander un hamburger gastronomique.

Gizmo choisit la bière au sureau. D'après la tête qu'il fit lorsqu'elle glissa sur ses papilles, il aurait préféré une boîte de bière quelconque achetée dans un supermarché. Je m'assis sur le bord du lit et sirotai la *Stolichnaïa* au pamplemousse que je m'étais plus raisonnablement choisie.

— Tu allais me dire ce qui t'a fait venir en courant après avoir lu mon e-mail, mentis-je.

Gizmo se tortilla sur son siège et croisa les jambes plusieurs fois l'une sur l'autre. J'avais vu faire ça dans des dessins animés, mais j'avais toujours cru à une exagération, une sorte de licence poétique.

— J'avais besoin de prendre un peu l'air. (Mensonge numéro un. Je secouai la tête.) J'avais un peu peur de parler de piratage informatique dans un e-mail non crypté. (Mensonge numéro deux. Je secouai à nouveau la tête.) Je voulais savoir quel logiciel anti-virus vous avez sur votre machine, parce que ça fait longtemps que je l'ai pas inspectée et il y a des nouvelles saloperies qui traînent.

— Trois essais, Giz, dis-je en hochant tristement la tête. Écoute, tu es arrivé. Tu as fait l'effort de venir. Tu pourrais aussi bien me sortir ce que tu es venu me dire *réellement*, parce qu'on est tous les deux tellement occupés qu'on risque de ne pas avoir d'autre occasion avant des semaines.

Je me sentais dans la peau d'un inspecteur de police qui pousse aux aveux. J'espérais simplement que cette fois, ce ne serait pas encore un meurtre.

Gizmo caressa la bouteille du bout de l'index en suivant le mouvement des yeux.

— Il y a un... (Il s'interrompit. Il leva vers moi les yeux que font les chiens quand ils essaient de vous dire où ils ont mal.) J'ai rencontré... Enfin, pas vraiment rencontré...

La lumière se fit.

— Les fleurs, dis-je. (La rougeur monta depuis le haut de son col roulé noir, comme le niveau du champagne dans une flûte. Il hocha la tête.) « www devient réel ». La cyberpoupée, dis-je en essayant de prendre un air compatissant et compréhensif.

L'effort m'acheva.

— L'appelle pas comme ça, dit Gizmo d'un air suppliant. C'est pas une potiche. Et pas une pauvre fille qui passe sa vie sur le Net parce qu'elle en a pas ailleurs. Elle est vraiment intéressante. J'ai jamais rencontré une femme qui en sache autant sur la programmation, la politique, la sociologie, la musique et tout ça.

Toutes choses dont j'ignorais qu'elles intéressaient Gizmo. Sauf la programmation, bien sûr.

— Tu ne l'as jamais rencontrée, celle-là, alors, dis-je, narquoise.

— C'est un peu de ça que je voulais qu'on parle.

— D'un rendez-vous ? Une rencontre réelle ?

Mon air sceptique devait se voir, mais je me dis qu'après tout, il ne m'en voudrait pas.

— Qu'est-ce que tu en penses ?

Ce que j'en pensais ? Ce que j'en pensais vraiment, c'est que Gizmo avait sûrement le comportement typique des gens qui passent leurs nuits à tchatcher avec des inconnus de Sibérie, Saõ Paulo et Salinas, de pauvres cons pathétiques qui racontent n'importe quoi pour essayer d'avoir l'air intéressant. Un rendez-vous avec Gizmo m'aurait probablement fait adopter le célibat à seize ans. D'un autre côté, si j'avais été moi aussi une folle d'ordinateurs — et il y avait bien une ou deux femmes dans ce cas, sans aucun doute des employées de Microsoft — je serais peut-être tombée sous le charme, surtout depuis que mes efforts pour rendre Gizmo présentable l'avaient rendu presque impossible à distinguer des autres membres de l'espèce humaine.

— Elle travaille pour Microsoft ? demandai-je.

Il me jeta un regard noir.

— T'es nulle. C'est comme de demander si un membre du Comité pour le Désarmement Nucléaire travaille pour le ministère de la Défense.

— Elle a un nom ?

— Jan, dit-il avec un sourire étrangement tendre. Elle a une agence de conseil. Elle fait des formations pour l'industrie informatique.

— Alors comment vous vous êtes... rencontrés ?

— Vous vous rappelez quand Gianni Versace a été assassiné ? Eh bien, il y a eu des tas de discussions sur le Net à ce sujet, sur le fait que le FBI utilisait la communauté des internautes pour mettre en garde les gens contre le suspect, et jusqu'où les agences fédérales devaient aller question exploitation du Net pour attraper les criminels. J'ai consulté un groupe de discussion et j'ai trouvé un message intéressant de Jan, et on a commencé à s'envoyer des messages personnels. (Oh, génial, songeai-je. Un intérêt partagé pour les *serial-killers*. C'est toujours bien, comme point commun, pour commencer une relation.) Et puis on a découvert qu'on fréquentait les mêmes groupes de discussions, continua Gizmo. On s'était juste jamais encore croisés jusque-là.

Il se tut et prit une longue gorgée de bière. C'était sûrement la plus longue tirade à laquelle j'avais jamais eu droit de sa part.

— Et ?

— Et on s'est vachement bien entendus. Des tas de trucs en commun. Dernièrement, c'est devenu de plus en plus intense entre nous. Je... Je crois pas que j'aie jamais éprouvé ça, marmonna-t-il.

— Et maintenant, tu veux vérifier si la réalité correspond en la rencontrant en personne ?

— Pourquoi pas ? Ça se fait bien avec les correspondants, au lycée.

Ce n'était pas le moment de lui rappeler qu'avec les correspondants, on dispose de quelques garde-fous : on sait où ils habitent, par exemple. Ce n'était pas non plus le moment de lui rappeler que c'était en quelque sorte plus facile de mentir dans le cyber-espace que dans la réalité, étant donné que depuis le début, pirates et cybermaniaques se sont toujours cachés derrière des pseudonymes. La première fois que j'avais vu le vrai nom de Gizmo, c'était bien longtemps après l'avoir connu, lorsqu'il avait signé son contrat avec nous. Je pris une gorgée de vodka et haussai les sourcils.

— Et parfois, c'est très décevant. Pourquoi ça te tient autant à cœur de la rencontrer ? Si tout est aussi rose que ça entre vous, peut-être qu'il vaut mieux que ça reste virtuel.

Il se tortilla de plus belle sur son siège.

— Des fois, c'est trop lent, le Net. Même en faisant un *chat* privé sur un canal, on peut communiquer qu'à la vitesse à laquelle on tape, alors c'est jamais aussi spontané qu'une conversation.

— Je croyais que tout le charme venait de là.

— Oui, jusqu'à un certain point. Vous pouvez structurer le dialogue bien plus que dans la réalité, où on a tendance à faire des digressions. Mais on fait ça depuis un bon bout de temps. On a besoin de passer à un stade supérieur et c'est forcément un face-à-face. Pas vrai ?

Je n'étais pas formée pour répondre à ça. Si j'avais tenu une rubrique de courrier du cœur, ma réponse aurait invariablement été : « Bon sang, mais atterrissez ! » Seulement Gizmo était plus pour moi qu'un simple employé comme les autres. Moins qu'un ami, certes, mais quelqu'un à qui je tenais, autant que je tenais à Polly, le cocker de mon enfance. Je respirai donc un bon coup et demandai :

— Bon, elle habite où ?

— Londres. Mais elle vient à Manchester toutes les deux ou trois semaines pour affaires. Je pensais lui proposer de prendre une bière la prochaine fois.

Évidemment, il fallait que ce soit une bière. Je ne sais pas pourquoi, mais je ne voyais pas cette bonne femme comme une buveuse de vin blanc glacé.

— Tu crois pas que ça risque de gâcher ce qu'il y a entre vous ?

Il haussa les épaules, exploit difficile, étant donné qu'il avait toujours eu des allures de bretzel humain.

— Autant le savoir dès maintenant, vous croyez pas ?

— Franchement, non, je ne sais pas. Peut-être que l'avenir sera aux cyber-relations. À la communication avec les étrangers, tout le monde caché derrière une façade, faisant du sexe virtuel devant son écran. Pas pour remplacer les face-à-face, mais pour vivre une autre dimension. L'adultère sans la culpabilité ? hasardai-je.

— Non, dit Gizmo en se dépliant et en se redressant. Je crois que c'est juste une autre manière de draguer. Si vous passez pas du virtuel au réel, c'est stérile, en fin de compte, parce que vous pouvez pas mesurer la relation selon des critères objectifs.

Voilà qui était bien profond de la part d'un jeune homme que je n'avais jamais soupçonné capable d'amour pour quelque chose qui ne possède pas de puce électronique.

— On dirait que tu as déjà pris ta décision, dis-je gentiment.

Il prit une profonde inspiration. Ses épaules quittèrent la hauteur de ses oreilles et retombèrent.

— Oui, sûrement.

— Alors laisse-toi guider par ton instinct.

Je lui avais dit ce qu'il voulait entendre. Le soulagement l'illumina comme des radiations.

— Merci de m'avoir écouté, Kate. Ça me touche vraiment.

— Bon, alors montre-moi à quel point et trouve-moi des infos sur Harry Thompson et le mystérieux bébé.

14

TRIANGLE JUPITER-SATURNE

Le jovial Jupiter tempère l'austère et laborieuse nature de Saturne. La native est une visionnaire, mais de l'espèce qui reste fermement ancrée dans la réalité. C'est une bonne organisatrice, rarement dépassée par ses responsabilités. Elle est douée pour coordonner les gens qui collaborent avec elle. Elle possède la discipline qui permet d'atteindre ses objectifs sans s'énerver.

D'après : *Écrit dans les Étoiles,*
Dorothea Dawson

J'étais partie de bonne heure pour suivre le chasse-neige sur la route d'Oldham à Greenfield. Regagner le refuge de Gloria était hors de question, mais les journalistes s'étant rués sur autre chose d'encore plus croustillant, la seule menace pour le bien-être de l'actrice consistait à se mouiller les pieds. J'aurais dû me douter que ce n'était pas le genre.

Elle apparut vêtue de bottes de neige qui lui montaient jusqu'aux genoux, d'une combinaison de ski écarlate à chevrons bleu roi et des protège-oreilles assortis.

— Salut, ma poule ! fit-elle. J'ai jamais skié de ma vie, mais ils font des super-tenues, hein ? s'exclama-t-elle, ravie.

Comme d'habitude, à côté d'elle, j'avais l'impression de ne pas porter le costume qu'il fallait. Il faut dire que mon jean enfoncé dans des bottes en caoutchouc et un blouson en cuir, c'était peut-être parfait à Ardwick, mais je ne sais pas pourquoi, en pleine campagne, ça ne collait pas.

— Vous vous êtes remise de votre gueule de bois ?

— Je vous serai reconnaissante d'appeler ça une migraine, à l'avenir, jeune fille, me rappela-t-elle en ne plaisantant qu'à moitié. Au fait, poursuivit-elle en s'installant dans la voiture, il y a un changement d'emploi du temps. La réalisation s'est prise de folie pour la neige, alors on va tourner en extérieur au lieu du studio.

Gloria m'expliqua qu'à cause du temps, les acteurs prévus pour ce tournage devaient aller directement à Heaton Park en bordure de la ville et non pas dans les locaux de NPTV. Le parc était plus facile à rejoindre que les studios, étant donné qu'il était situé sur une grande artère non loin d'un embranchement d'autoroute. D'autres lieux allaient être utilisés pour le tournage au cours de la journée, mais le camp de base serait le parc, avec le camion-cantine, le maquillage et les costumes. Et la neige. Je me sentais regretter de plus en plus de ne pas être avocate, bien au chaud dans un tribunal avec rien de plus fatigant comme travail que de faire acquitter un client.

Le seul avantage à ne pas aller chez NPTV, c'était que nous avions apparemment échappé à la délicieuse compagnie de Cliff Jackson. D'après Rita, Jackson et son équipe avaient interrogé les acteurs chez eux au cours du week-end, mais aujourd'hui, ils s'occupaient du personnel administratif. Toujours selon Rita, qui endossait manifestement le rôle d'officier de liaison, la police n'était pas plus avancée que le vendredi soir. Elle avait réussi à faire avouer à Linda Shaw que ni Gloria ni moi n'étions considérées comme des suspects sérieux. Gloria parce qu'aucune tache de sang ne maculait ses vêtements, moi parce que Linda pensait que c'était l'une des idées les plus idiotes qu'elle avait jamais entendues. Je pensai qu'elle avait probablement dû dire la vérité sur mon compte, mais qu'elle avait peut-être croisé les doigts en déchargeant Gloria. À sa place, c'est ce que j'aurais fait, moi.

Gloria rejoignit Ted pour que Freddie Littlewood puisse opérer sa magie sur leurs visages. Je les laissai y aller tout seuls, car je pouvais voir l'étroit passage entre les deux véhicules depuis le siège du minibus des acteurs où j'étais assise avec Rita et Clive. Je m'apprêtai à absorber ce qu'ils voudraient bien me raconter.

— Alors, qui en voulait à Dorothea ? demandai-je.

Certaines personnes ne réagissent tout simplement pas aux approches subtiles. Celles qui appartiennent au Syndicat des Acteurs, par exemple.

Clive regarda Rita, qui haussa les épaules.

— Ça ne peut pas avoir de rapport avec sa vie professionnelle, c'est sûr, dit-il. Personne n'assassine son astrologue sous prétexte qu'elle prédit des choses qu'on n'apprécie pas.

— Mais personne ici ne connaissait grand-chose de sa vie privée, objecta Rita. De toute la distribution, c'est moi l'une de ses plus anciennes clientes, et je ne sais pratiquement rien sur son compte. Je suis allée la consulter chez elle, mais tout ce que j'ai pu en déduire, c'est qu'elle devait bien gagner sa vie. Un cottage à toit de chaume entre Alderly Edge et Wilmslow, s'il vous plaît.

— Elle vivait seule ? demandai-je.

— Qu'est-ce que j'en sais ? dit Rita. Elle n'a jamais pipé un mot concernant un mari ou un amant. Les journaux disaient tous qu'elle vivait seule, et ils en savent probablement plus que la majorité d'entre nous, étant donné qu'ils ont enquêté auprès des gens du coin.

— Mais elle en savait drôlement long sur nous, dit Clive en se grattant le menton. Je ne sais pas si elle était médium, ou juste sacrément bonne pour se rappeler la moindre bribe d'information qu'elle pouvait trouver, mais si elle avait écrit un livre sur *Northerners*, ça aurait été de la dynamite. Peut-être a-t-elle poussé le bouchon trop loin avec quelqu'un. Peut-être qu'elle a découvert quelque chose qu'elle avait l'intention de dévoiler.

Je concevais difficilement qu'un star de *Northerners* ait pu avoir un secret assez noir pour craindre qu'il soit révélé publiquement. Puis je me souvins de Cassie. Non seulement elle avait vécu ça, mais elle m'avait aussi confié que la perspective de perdre un rôle juteux était un mobile suffisant pour certains désespérés.

— Si c'est le cas, Dorothea aura emporté ce sombre secret dans sa tombe, dis-je, abattue.

— J'en ai bien peur, renchérit Clive. À moins qu'elle l'ait noté sur son ordinateur avec les horoscopes.

— Vous pensez que c'est possible ? demandai-je en dressant l'oreille.

Les yeux de Rita étincelèrent.

— C'est pour ça que la police a emporté son ordinateur, pour analyser ce qu'il y a dedans. Cette gentille Linda m'a dit que quelqu'un travaillait déjà dessus, mais il faut qu'ils recourent à un expert qui s'y connaît aussi en astrologie parce qu'il y a des tonnes de symboles et d'abréviations auxquels ils ne comprennent rien du tout.

Encore une piste qui se refermait pour moi. Du coin de l'œil, je vis Ted qui descendait de la caravane de maquillage. Il était temps de s'y mettre, me dis-je. Je ne voulais pas laisser Gloria seule avec quiconque de l'équipe de *Northerners*, même quelqu'un qui semblait aussi inoffensif que Freddie le maquilleur. Il venait de terminer de peindre les lèvres de Gloria du rouge vif caractéristique de Brenda Barrowclough.

— Pas un mot, dit-il à Gloria. J'en ai pour une minute, ajouta-t-il en se concentrant pour bien dessiner le contour de la bouche. (Je refermai la porte et m'adossai à la paroi.) Et voilà, dit-il avec un soupir satisfait. Terminé.

Gloria s'inspecta d'un œil critique dans le miroir.

— Bon Dieu de merde, Freddie, c'est la phrase la plus longue que tu auras prononcée ce matin.

— On est tous un peu sous le choc aujourd'hui, Gloria, dit-il d'un air épuisé. C'est dur de ne pas penser à ce qui est arrivé à Dorothea.

— Je vois ce que tu veux dire, ma poule, soupira Gloria en se penchant pour lui tapoter la main. Et ça t'honore.

— Mais ça fout la trouille, malgré tout, dit Freddie en se détournant avec un sourire las pour ranger sa trousse de maquillage. Je veux dire, il y a des chances qu'on connaisse l'assassin. Les personnes étrangères au studio ne rentrent pas comme ça dans les locaux de NPTV. C'est dur d'imaginer que l'un d'entre nous a tué quelqu'un qui faisait plus ou moins partie de la famille.

— Le problème, dit Gloria en se levant et en enfilant son blouson, c'est que la moitié d'entre nous sont des acteurs. Et qui sait ce qui se passe dans nos têtes ?

Ni Freddie ni moi ne trouvâmes quoi que ce soit à répondre. Je la rattrapai alors qu'elle rejoignait Ted près du parking. La réalisatrice expliquait qu'elle voulait qu'ils fassent le tour pour pouvoir marcher vers la caméra sur de la neige intacte. Apparemment, nous allions en avoir pour un bon bout de temps, mais je ne voulais pas retourner au car et laisser Gloria à découvert. Ce n'est pas que j'aurais pu empêcher toute agression contre elle, mais j'espérais que ma présence soit assez dissuasive.

Je me dirigeai vers le camion-cantine, où Ross travaillait avec un jeune type que je n'avais jamais vu.

— Un sandwich au bacon, ça ne va pas être possible ? demandai-je. Je suis partie trop tôt pour prendre mon petit déjeuner.

Ross empila des tranches de bacon dans un petit pain et me servit lui-même.

— Et voilà. Du café ? (Je hochai la tête et il me servit un gobelet.) Surveille la boutique une seconde, mon gars, dit-il en sortant par le côté et en me faisant signe de le rejoindre. Vous avez quelque chose pour moi ? demanda-t-il.

La bouche pleine, je fis non de la tête.

— Mais j'y travaille, parvins-je à articuler. J'ai gardé ça sur le feu.

— J'ai un peu réfléchi de mon côté. Vous savez, personne ne savait aussi bien que Dorothea ce qui se passe dans les coulisses de *Nor-*

therners. Elle savait tout sur tout le monde. Elle aurait été parfaite dans le rôle du mouchard, dit-il.

— Commode pour vous, dis-je cyniquement. Vous n'avez pas trouvé mieux pour vous tirer d'affaire que de tout coller sur le dos d'une morte ?

Les coins de sa bouche s'affaissèrent et ses vifs yeux bleus semblèrent stupéfaits.

— Vous êtes injuste. Vous savez que j'aimais bien Dorothea. Mais en la voyant aux nouvelles ce week-end, j'ai pas pu m'empêcher de me rappeler qu'elle connaissait la vie de tout le monde sur le bout des doigts. Et elle s'est jamais gênée pour utiliser la presse à son avantage. C'est tout ce que je voulais dire.

— Excusez-moi, dis-je. Vous avez peut-être vu juste. Le seul problème, selon moi, c'est que Dorothea n'avait pas accès aux scénarios, donc elle ne pouvait pas connaître la teneur des épisodes à venir, n'est-ce pas ?

Ross eut l'air effondré, ses cheveux roux tombant en désordre sur son front.

— C'est vrai, dit-il. J'y avais pas pensé. Ma femme dit toujours que je réfléchis pas assez.

Avant que j'aie eu le temps de répondre, le piaillement de mon mobile retentit sous mon aisselle. J'ouvris mon blouson et le sortis.

— Salut, KB, tu es où ?

C'était Alexis, bien plus en forme qu'il n'est permis un lundi matin lorsqu'on élève une gamine qui fait ses dents.

— Pourquoi ?

— Je suis par monts et par vaux et je me disais qu'on pouvait se retrouver quelque part. J'ai un truc juteux à te raconter et tu sais à quel point les ondes radio sont peu sûres de nos jours. On a probablement la moitié de la presse qui nous écoute de ton côté et le show-biz du mien. Tu es chez NPTV ? demanda-t-elle d'une voix très innocente.

— Arrête ton cirque, dis-je. Tu veux juste traîner autour du plateau de *Northerners* pour voir combien d'interviews exclusives tu peux dégoter sur Dorothea.

Son rire de gorge se termina en quinte de toux.

— Tu m'as eue. Disons que ce sera un prêté pour un rendu.

Je fis un petit signe à Ross qui comprit et remonta dans son camion.

— Je ne suis pas chez NPTV, dis-je avant de lui expliquer où me retrouver. Il y a des gens qui surveillent l'entrée principale, mais ça ne devrait pas poser de problème à une vieille peau sournoise dans ton genre.

— Tu vas voir, ils vont dérouler le tapis rouge pour moi, ma vieille. Je serai pas longue, je suis sur la route de Salford.

Je traversai le parking de biais en m'enfonçant dans la neige sale. C'était tout aussi amusant à trente et un ans qu'à cinq. J'atterris non loin de l'entrée principale, mais je pouvais toujours surveiller Gloria du coin de l'œil. J'étais pratiquement certaine à présent qu'elle ne risquait rien, mais on me payait pour être visible, donc j'étais visible.

Alexis tint parole. Dix minutes après son coup de fil, elle entrait triomphalement sur le parking. Les deux gardes firent vainement de grands gestes pour l'arrêter, mais il est difficile de discuter avec quelque chose d'aussi imposant que la Range Rover que Chris et elle ont achetée pour combattre les intempéries impitoyables des montagnes. Personne d'autre n'y prit garde. J'avais vite compris que dans une unité de production télé, tout le monde est trop occupé par son travail pour prêter attention à quoi que ce soit d'une importance inférieure à une explosion nucléaire. Ce qui allait rendre le boulot de Cliff Jackson encore plus dur. Je ne pus retenir un frisson de plaisir mauvais à cette idée.

Alexis sauta dans la neige et s'avança de quelques pas vers les gardes.

— Je suis avec elle, l'entendis-je dire en faisant un geste vague dans ma direction. Brannigan & Co, ajouta-t-elle avant de se retourner vers moi.

— Tu es vraiment une sacrée menteuse, dis-je quand elle fut assez proche pour que les autres n'entendent pas.

— Pas tout à fait, dit-elle. Après tout, je suis venue ici en mission pour ton compte.

— Non, sûrement pas, tu es uniquement là pour trouver matière à faire ta une de demain. Alors, c'est quoi, la fabuleuse nouvelle dont tu souhaites me faire part ? demandai-je en jetant un coup d'œil par-dessus mon épaule pour m'assurer que personne ne nous écoutait.

— F. Littlewood éveille-t-il quelque chose en toi ? F. Littlewood, 59, Hartley Grove, Chorlton ?

J'essayai de ne pas montrer que le nom faisait retentir et clignoter en moi plus de sonneries et de lampes qu'un flipper de base. L'adresse ne me disait rien, mais je n'avais eu aucun problème pour reconnaître le nom. Pourquoi Freddie Littlewood, le maquilleur, trahissait-il ses collègues sans vergogne ? Qu'est-ce qu'il pouvait bien avoir à y gagner ? Et comment obtenait-il les détails du passé intime des gens ? J'avais déjà entendu Gloria glisser deux trois confidences au charmant Freddie, mais je ne pouvais pas croire que ses collègues auraient révélé avec autant d'empressement tous les scandales de *Northerners*. Alexis m'avait rendu un service, mais en même temps, elle m'avait filé mal au crâne.

Je trouvai un calepin et un stylo dans mon sac et je lui fis écrire l'adresse de Freddie.

— Tu es sûre que c'est le mouchard ? demandai-je.

— C'est la personne qui a été payée pour avoir donné l'information selon laquelle tu étais le garde du corps de Gloria, dit-elle prudemment. Il est plus que probable que ce soit le mouchard. J'ai fini par pouvoir mettre la main sur les notes de frais ce matin et je n'ai pas pu aller très loin. Le problème, tu vois, c'est qu'on doit parfois faire des paiements irréguliers à nos sources régulières qui veulent être protégées. Donc on utilise des noms de code. Et le fait que cette personne ait un nom de code indique que ce n'est pas la première fois qu'on recourt à ses services.

— Alors comment es-tu remontée à l'identité depuis le nom de code ? demandai-je.

Ce n'était pas important, mais je suis avide de connaître les méthodes des autres. Je ne suis pas une guenon assez vieille pour qu'on ne puisse pas m'apprendre de nouvelles grimaces.

— Il y a une petite gouine mignonne comme tout à la compta. Elle est persuadée que le métier de journaliste, c'est impressionnant. Et elle trouve ma nouvelle coupe très cool.

Je grognai. Question nouvelles grimaces, c'était raté.

— Et elle sait que tu es mariée ?

— Laisse la pauvre gosse rêver. D'ailleurs, elle était ravie de me dire que le masque s'appelait F. Littlewood. Qui est-ce ?

— Ça je le sais, mais ce n'est pas à moi de te le dire.

— Oh, je le trouverai toute seule, tu peux me faire confiance. Terminé le fait divers, c'est du crime sérieux et ça, c'est mon domaine. Si les gars des infos ne me disent rien, je me servirai toute seule. (Elle mit les mains en coupe pour allumer une cigarette et poussa un soupir de satisfaction en expirant la fumée.) Dieu, que j'aime ma première cigarette de la journée ! Au fait, si tu as besoin de plus d'infos, on a payé F. Littlewood cinq fois l'an dernier. J'ai vérifié les numéros correspondants et à chaque fois il y avait un article sur *Northerners*. Je te parie que c'est lui aussi qui vend les infos aux journaux nationaux, parce que celles qu'il nous donne sont d'intérêt local seulement, ou périmées après une certaine date. Sauf celle concernant Gloria et toi, curieusement. (Elle parcourut des yeux les environs du parking et les buissons voisins. Elle avait fait son devoir et maintenant, elle flairait l'air pour trouver matière à écrire un article.) Tu vas me dire qui est Littlewood ? demanda-t-elle sans grand espoir de réponse.

— Estime-toi heureuse que je ne t'aie pas dénoncée. Merci, Alexis.

— De rien. (Elle était déjà en route.) Profites-en, KB. Jackson est tellement sens dessus dessous à cause de sa petite femme qu'il ne voit absolument pas qui il pourrait soupçonner. Tu as toute latitude pour accaparer la gloire.

Je la regardai s'éloigner dans la neige. Un vrai bouledogue, quand il était question de ses articles. Ce qui me rappelait que je devais voir une autre dame à propos d'un chien. Je consultai ma montre. Il y avait des chances que Ruth soit au tribunal. Je décidai d'appeler son portable et de laisser un message sur sa boîte vocale.

— Ruth, c'est Kate, dis-je. Est-ce que tu peux vérifier pour moi si Dennis porte des traces d'une lutte avec le pitbull de Kelly ? Ou si le chien lui-même présente des signes d'une échauffourée avec une ou plusieurs personnes inconnues ? J'ai honte de préciser que c'est

Debbie qui a eu l'idée et pas moi, mais elle vaut la peine d'être creusée.

Le deuxième coup de fil fut pour l'inspecteur-chef Della Prentice de la division financière de la Brigade Criminelle Régionale. Elle aurait dû être superintendant depuis le temps, mais un coup que j'avais monté avec elle s'était retourné contre nous[1] et elle en subissait encore les conséquences. Elle ne m'en voulait pas, mais cela rendait la situation encore plus pénible. Parfois je faisais un tour de table lors de nos soirées féminines et je me demandais comment Alexis, Ruth, Della et deux ou trois autres vivaient le fait que je les avais toutes exploitées d'une façon ou d'une autre et que je m'étais en plus arrangée pour leur faire tirer les marrons du feu. Ce doit être mon charme naturel.

Je la joignis dans les bureaux d'une entreprise de bâtiment de Blackpool. Elle semblait sincèrement heureuse de m'entendre, mais il faut dire qu'elle était en train d'éplucher des livres de comptes.

— Je doute que tu t'amuses plus que moi, dit-elle. J'ai vu dans les journaux que toi et Cliff Jackson vous vous fréquentez d'un peu trop près en ce moment pour être à l'aise.

— Être sur la même planète que Jackson, ça suffit à me mettre mal à l'aise. Surtout en ce moment. Tu as appris, pour sa femme ?

— C'est même arrivé jusqu'à Blackpool, dit-elle d'un ton narquois.

— Tu devrais tirer cette pauvre Linda Shaw de ses griffes. Elle a tout pour faire un bon flic, mais il lui colle toute la merde à faire et tôt ou tard, elle en aura marre.

— On verra. D'après mes sources, il semble-

1. Voir *Gènes toniques* (Masque n° 2307).

rait que ma promotion ne doive pas tarder, dit Della.

Cela faisait l'effet d'un coq à l'âne, mais je compris qu'elle me laissait entendre qu'elle allait obtenir un poste haut placé à Manchester et que Linda n'allait peut-être plus servir de larbin très longtemps à Jackson.

— Tu peux pas imaginer comme je suis contente pour toi. Je te paierai le champagne dès que ce sera confirmé.

— Je sais, dit Della sans aigreur. Alors, tu as besoin de quel service ?

— Pourquoi faudrait-il qu'il soit question de service quand je t'appelle ? demandai-je, vexée.

— Durant les heures de bureau, oui. Tu appelles jamais pour bavarder entre 9 et 17 heures.

— Tu es au courant pour Dennis ?

— Quoi, Dennis ? Je suis coincée à Blackpool depuis jeudi. Je prie pour que la neige cesse afin de rentrer ce soir. Qu'est-ce qu'il a encore fait, Dennis ?

— Pour une fois, c'est plutôt quelque chose qu'il n'a pas fait, dis-je. (Je lui résumai la situation.) J'ai une impression tellement insensée que je n'ose même pas t'en parler.

— De quoi tu as besoin ?

— De jeter un coup d'œil aux photos du lieu du crime. Je ne connais personne sur l'enquête, sinon je ne te demanderais pas. Le chef de l'équipe est l'inspecteur Tucker.

— Je connais son adjoint. Il a bossé avec moi sur une escroquerie avant de passer sergent. Je pense que je peux le convaincre qu'il me doit une faveur. Je vais essayer de m'en occuper ce soir, à condition que je revienne à Manchester, promit-elle.

Je me répandis en remerciements, elle se paya ma tête et nous raccrochâmes.

Je scrutai machinalement le parking et je

repérai Alexis près du camion-cantine. Elle était appuyée au comptoir, une tasse de café fumante dans la main, en grande conversation avec Ross et deux des plus jeunes acteurs qui avaient bravé le froid pour venir chercher un sandwich au bacon. Ils étaient bons pour faire la une de l'édition du lendemain du *Chronicle*.

Je retournai en glissant dans la neige fondue à l'endroit où Gloria et Ted contournaient des buissons pour se rendre sur le plateau. À leurs gestes, il était clair qu'ils se disputaient. Au même moment, j'entendis un chahut derrière moi. Je fis volte-face et je vis Cliff Jackson hurler sur l'une des assistantes qu'il était officier de police, que ce parking était public et qu'elle n'avait aucun droit de lui dicter ses actes.

La réalisatrice tourna brusquement la tête.

— Bon Dieu ! brailla-t-elle. Coupez ! Mais qui vous croyez être, bordel ? demanda-t-elle.

— L'inspecteur-chef Jackson de la Police de Manchester. Je suis venu interroger Ms Gloria Kendal.

— Vous êtes aveugle ? Elle travaille.

Il n'y avait rien de mieux pour mettre Jackson en fureur que quelqu'un qui prétendait que la loi ne s'appliquait pas à lui.

— Vous ne pensez quand même pas sérieusement que votre feuilleton a le pas sur une enquête pour meurtre ? Je dois parler à Ms Kendal, et si ça ne vous fait rien, vous allez revoir votre planning en conséquence.

Gloria et Ted nous avaient rejoints entretemps.

— En conséquence de quoi ? demanda-t-elle d'un ton furibond.

Elle n'était manifestement pas enthousiaste à l'idée de devoir refaire une prise dans la neige.

— Comme je viens de l'expliquer à votre réalisatrice, je vous serai obligé de m'accompagner au commissariat pour complément d'interrogatoire ! aboya Jackson, qui ne se laissait pas pétrifier d'adoration pour les stars comme Linda Shaw.

— Je ne veux pas, protesta-t-elle en me jetant un regard paniqué.

Il était temps de montrer qu'on ne me payait pas à ne rien faire.

— Vous n'êtes pas obligée. Sauf s'il vous arrête. Si vous voulez qu'il vous interroge sur place, ici, vous avez le droit.

— Vous êtes encore là ? dit Jackson en s'en prenant à moi. Je croyais que je vous avais dit de ne pas vous mêler de cette enquête ?

— Quand ce sera vous qui me paierez mes honoraires, vous pourrez me donner des ordres, répondis-je effrontément. Ma cliente ne souhaite pas vous accompagner au commissariat comme c'est son droit. Elle accepte de vous parler ici, en revanche. Cela vous pose un problème, inspecteur ?

Jackson jeta un regard circulaire.

— Il n'y a aucun endroit où mener un interrogatoire, dit-il d'un ton méprisant.

Surgissant apparemment de nulle part, Alexis apparut à son côté.

— Je ne dirais pas ça si j'étais vous, Mr Jackson. Je n'ai pas arrêté d'interviewer des gens, moi. Il y a un problème, là ? On arrête quelqu'un ?

— Mais que fout la presse ici ? explosa Jackson.

— La presse ? glapit la réalisatrice. Mais bon Dieu, ce plateau est censé être interdit à toute personne étrangère à la chaîne. Gardes ! beugla-t-elle. (Elle désigna Alexis.) Vous, déguerpissez. (Puis à Jackson :) Et c'est pareil pour vous. Écoutez, il y a un minibus là-bas. Avec plein de place. Alors vous tous, vous foutez le camp d'ici, vu ?

Gloria s'apprêta à rejoindre le minibus de huit places alors que deux gardes en uniforme faisaient leur apparition pour reconduire une docile Alexis à sa voiture.

— Venez, Kate, cria Gloria par-dessus son épaule. Je lui parle pas si vous m'accompagnez pas.

— Mais elle a pas le droit ! protesta Jackson. Vous êtes pas avocate, Brannigan.

— Apparemment, il faudra que vous parliez à Gloria en ma présence, dis-je d'un ton désinvolte. Sinon, vous ne lui parlerez pas du tout. C'est une femme têtue, permettez-moi de vous le dire.

Je vis Jackson près d'éclater. Puis il tourna les talons et dépassa Gloria pour aller vers le minibus. Elle le suivit mollement et je fermai la marche avec Linda Shaw.

— Je croyais que Gloria n'était pas suspecte, dis-je, l'air de rien.

Linda fit une petite moue. Puis, d'un ton si tranquille que j'aurais pu m'imaginer entendre des voix :

— Ça, c'était avant qu'on apprenne le mobile.

15

PLUTON EN VIERGE DANS LA MAISON V

La native est critique, à la fois vis-à-vis d'elle-même et des autres. Elle tient à trouver les réponses aux problèmes du monde et est douée d'un esprit analytique qu'elle utilise dans ses batailles rangées contre l'injustice. Elle a un grand appétit de vivre et est douée d'une grande vigueur dans ses relations sexuelles.

D'après : *Écrit dans les Étoiles,*
Dorothea Dawson

J'avais à peine digéré le choc de la bombe lâchée par Linda Shaw qu'elle lançait sa salve finale :

— Ni les empreintes sur l'arme du crime, ajouta-t-elle.

Je n'avais plus le temps d'en apprendre davantage : nous avions atteint le minibus. C'est drôle, je n'aurais jamais pensé qu'elle était du genre sadique.

Gloria était déjà montée et s'était assise au premier rang. Quant à Jackson, c'était prévisible, il avait choisi le siège du conducteur. J'allais m'asseoir auprès de Gloria lorsque Linda posa la main sur mon bras et m'entraîna dans le fond avant de retourner prendre place auprès de ma cliente.

— Je vous ai déjà dit tout ce que je savais, commença Gloria avant même que la porte soit refermée.

Tactique maladroite.

— Je ne crois pas, dit brutalement Jackson en se retournant vers nous.

J'éprouvai une satisfaction momentanée en voyant les douloureuses rougeurs du rasoir sur son cou. Ce genre de truc ne pouvait pas arriver à quelqu'un de bien.

— Je l'ai pas tuée. Elle était encore vivante quand je l'ai quittée.

— Seulement, vous aviez des raisons de vouloir sa mort.

Les paroles de Jackson semblèrent se matérialiser dans l'air froid et rester suspendues devant nous comme un spectre glacé.

— Je vous demande pardon ? Sûrement pas,

protesta Gloria en se redressant d'un air indigné.

Sur un signe de tête de Jackson, Linda sortit son calepin et l'ouvrit.

— Nous avons là la déposition d'un certain Mr Tony Satterthwaite...

— Ce sale tas de merde ? coupa Gloria. Me dites pas que vous perdez votre temps à écouter cette saloperie de bon à rien de menteur ?

— Votre ex-mari nous a été extrêmement utile, dit aimablement Jackson en faisant un autre signe de tête à Linda.

— Mr Satterthwaite était bouleversé par la mort de Ms Dawson. Selon lui, c'est sa liaison avec elle qui a précipité la fin de votre mariage.

Je songeai à la blague sur les députés sans portefeuille qui ressemblent à des champignons parce qu'ils sont toujours tapis dans l'obscurité du fond sauf quand quelqu'un ouvre la porte pour leur déverser du fumier dessus. Je comprenais ce qu'ils devaient éprouver. Je fixai Gloria. Elle restait bouche bée devant Linda. C'était la première fois que je la voyais incapable de trouver quoi répondre.

— Il a déclaré que vous n'aviez jamais vraiment pardonné à Ms Dawson pour cette liaison et que vous étiez, je cite, « le genre de salope mesquine capable d'attendre des années pour se venger ». Vos commentaires sur la question nous intéressent vivement, Ms Kendal, dit froidement Linda.

— Vous n'êtes pas obligée de répondre, Gloria, dis-je précipitamment.

— Quoi ? Et les laisser penser qu'il y a la moindre vérité dans ce que raconte ce taré assoiffé de fric ? Bon Dieu, dit-elle d'une voix où montait la colère, vous êtes vraiment des naïfs. J'ai plaqué Tony Satterthwaite parce que c'était une sangsue et une feignasse. Il a même pas été fichu de chercher plus loin que sa propre secrétaire quand il a décidé de me Et pourtant elle ressemblait à un mec. Il a jamais rencontré Dorothea de sa vie, et encore moins eu une liaison avec elle. Je l'avais foutu dehors six mois avant qu'elle vienne chez NPTV pour la première fois.

— Alors pourquoi nous raconterait-il tout ce tas de mensonges ? grinça Jackson.

— Parce qu'il laisserait pas passer une occasion de me causer du tort, dit aigrement Gloria. Surtout s'il y voit une possibilité de se faire du fric. Vous pouvez parier jusqu'à votre dernier sou qu'après vous avoir parlé, il a aussitôt téléphoné au *Sun* ou au *Daily Mirror*. Vous vous êtes fait avoir, tous les deux. Ce que vous comprenez pas, c'est que s'il avait eu une liaison avec Dorothea, j'aurais acheté un magnum de champagne pour remercier ce connard de m'avoir donné une raison en or de le plaquer. Demandez à ma fille. Demandez à tous les gens qui me connaissaient à l'époque. Ils vous diront la même chose. (Elle eut un ricanement méprisant.) Tony Satterthwaite et Dorothea ? Me faites pas rigoler. Sans compter que Dorothea avait sacrément trop de goût pour aller coucher avec un serpent comme Tony.

— Vous l'avez bien épousé, fit remarquer Jackson.

— Tout le monde a le droit de faire une connerie dans sa vie, rétorqua Gloria. Voilà la mienne. Je vais vous dire une chose : vous trouverez jamais une seule personne pour confirmer ce conte de fées et il y a une bonne raison pour ça.

Linda et Jackson échangèrent un regard qui disait qu'ils se rendaient compte de leur erreur. Je n'en étais pas aussi sûre. J'avais vu à quel point Gloria était douée pour jouer la comédie dans la vie. Mais même si cette histoire de liaison était vraie, je ne voyais pas Gloria nourrir pendant des années sa rancœur. Elle était beaucoup trop directe pour ça. Si elle avait voulu régler ses comptes avec Dorothea, elle l'aurait fait depuis belle lurette.

— N'oubliez pas que nous n'avons pas à administrer la preuve du mobile devant le tribunal, fit remarquer Jackson. La plupart des gens s'imaginent que nous autres policiers nous devons fournir la preuve des moyens, des mobiles et de l'occasion d'exécuter un meurtre. Pas du tout. Tout ce dont nous avons besoin, c'est d'une preuve contre le coupable. Et nous en avons contre vous. Il y a les circonstances — vous êtes la dernière personne connue à l'avoir vue en vie, et le plus souvent, la dernière personne à avoir vu une victime en vie est aussi la première à l'avoir vue morte. (J'ouvris la bouche pour intervenir et il me fit signe de me taire.) Vous aurez voix au chapitre dans une minute. Laissez-moi terminer. Mais nous n'avons pas que ça, Gloria. Nous avons des empreintes. Pour être précis, nous avons trouvé vos empreintes sur l'arme du crime.

Il y eut un long silence. Gloria fixa Jackson d'un air impassible, puis elle alluma une cigarette d'une main ferme.

— La boule de cristal ? demanda-t-elle.

Il sourit imperceptiblement.

— La boule de cristal, confirma-t-il.

Décidément, c'était la semaine des empreintes. Il ne restait plus à la joyeuse bande de l'inspecteur Tucker qu'à découvrir les empreintes de Gloria dans la boutique de Dennis et je pourrais échanger ma cliente contre mon copain emprisonné. C'est alors que quelque chose me traversa l'esprit.

— Excusez-moi, mais je ne me souviens pas vous avoir vus relever les empreintes de ma cliente. Comment avez-vous comparé celles que vous avez trouvées sur la boule ? demandai-je agressivement.

Linda ouvrit de grand yeux et je la vis se forcer à ne pas réagir. Jackson me lança un regard noir.

— Nous ne l'avons pas fait ici. Vous pouvez me croire sur parole : les empreintes trouvées sur la boule correspondent exactement à celles de Gloria.

— Il va falloir que vous trouviez mieux que ça pour me convaincre, dis-je en secouant la tête. (Je regardai ma montre.) Sinon, je vais appeler Ruth Hunter et la faire assister à cet entretien. Et je n'ai pas besoin de vous dire à quel point Ruth déteste qu'on interrompe son déjeuner. [Je savais que la dernière chose dont Jackson avait envie, c'était d'avoir une avocate sur le dos. Il comptait sur le fait que Gloria se sentirait assez assurée pour penser s'en tirer seule, et même si j'étais là pour lui mettre des bâtons dans les roues, il pensait encore être maître du jeu. On aurait pourtant pu penser qu'il avait tiré les leçons du passé.] Alors, quand avez-vous relevé officiellement les empreintes de ma cliente ? demandai-je à nouveau.

— Vous lui avez donné un verre d'eau vendredi dernier dans le foyer quand nous nous sommes parlé, dit Linda.

Jackson la fusilla du regard, mais il devait savoir qu'ils en étaient arrivés au moment où il fallait tout taire ou tout dire.

— Et vous vous en êtes servie une fois que nous étions parties, dis-je en secouant la tête d'un air faussement indigné devant tant de machiavélisme. Alors comment savez-vous que ce ne sont pas mes empreintes ?

Linda savoura son petit instant de triomphe.

— Parce que vous portiez vos gants quand vous avez saisi le verre.

OK, j'avais oublié. Je ne pensais pas que Gloria allait me faire un procès. En tout cas, la conversation avait suscité un répit suffisant pour qu'elle reprenne ses esprits.

— Évidemment que ce sont mes empreintes sur la boule, dit-elle.

Nous nous tournâmes tous les trois vers elle.

— Gloria, l'avertis-je, paniquée à l'idée qu'elle allait avouer.

— Vous affolez pas, ma poule, il y a une explication toute simple.

Tout ce que j'aime.

— Je venais de la consulter, non ? J'étais assise en face de Dorothea, le bout des doigts sur la boule de cristal. On faisait toujours ça. Elle devait le faire avec tout le monde, mais elle devait l'essuyer entre chaque client, parce qu'elle était toujours impeccable, sa boule. Elle posait le bout des doigts d'un côté et moi de l'autre. Pour le lien psychique, ajouta-t-elle, comme s'il s'agissait d'une évidence.

Je souris. Habituellement, quand j'assistais à la déconfiture de Jackson, c'était moi qui en étais la cause, ce qui impliquait que mon plaisir était toujours teinté d'un peu d'appréhension. Cette fois, c'était une joie sans mélange. Jackson avait l'air d'un type dont le précieux canari vient de se faire bouffer par un chat.

— Je vous parie que vous avez juste trouvé le bout de mes doigts sur la boule, hein ? Et pas la main entière, dit Gloria. (On aurait dit qu'elle s'adressait à un petit garnement qu'elle grondait et taquinait à la fois.) Vous avez essayé de me faire marcher, hein ? Vous avez un peu tordu le cou à la vérité pour essayer de me faire avouer. (Elle agita un index menaçant sous son nez.) J'aime pas les gens qui se croient assez malins pour jouer au plus fin avec moi. Brenda Barrowclough est peut-être une idiote, pas moi. Je ne vous reparlerai plus en dehors de la présence de mon avocate, Mr Jackson.

— J'arrive pas à croire que vous ayez essayé ce coup-là, Jackson, dis-je. Attendez que Ruth Hunter soit au courant. Vous pouvez remercier le Ciel de ne pas nous avoir fait déplacer jusqu'au commissariat pour entendre ce tas de conneries.

Jackson était devenu écarlate, les yeux plissés comme je l'avais déjà vu tant de fois. Avant que le geyser de sa fureur ne se déclenche, la porte derrière lui s'ouvrit brusquement et manqua le faire tomber à la renverse dans la neige fondue du parking.

John Turpin s'écarta prestement, n'ayant guère envie de servir de tampon à Jackson. Celui-ci se rattrapa *in extremis* au volant et se hissa dans le fauteuil.

— Seigneur ! s'exclama-t-il. Vous avez bien failli me faire tomber, Mr Turpin.

Le large visage de Turpin avait un air renfrogné qui s'accordait bien avec tout ce que j'avais entendu raconter sur son compte.

— Vous me décevez considérablement, dit-il d'une voix coupante. Je croyais que nous avions pris un accord. Nous nous sommes mis en quatre pour vous aider, vous et votre équipe. Nous vous avons donné la possibilité de vous installer dans nos locaux, le droit d'aller et venir sur notre site et de parler à qui vous voulez. La seule chose que j'avais exigée, c'était que vous n'interrompiez pas les tournages.

Il secoua la tête d'un air navré.

Jackson était dans une position peu enviable, coincé dans le siège du conducteur, écrasé par la haute taille de Turpin.

— Je mène une enquête sur un meurtre, rétorqua-t-il en se dégageant de sous le volant pour s'apprêter à descendre. (Même debout, Turpin le dominait d'une tête, mais cela ne semblait pas l'inquiéter.) Quand des preuves se présentent à nous, nous devons agir. Je vous ai dit que nous ferions de notre mieux pour ne pas déranger le planning de tournage, mais en ce qui me concerne, je préfère voir votre équipe inactive qu'un assassin passer entre les mailles du filet.

— C'est elle, votre suspect ? ricana Turpin en désignant Gloria du pouce. Mon Dieu, mon pauvre ami, vous êtes aux abois. C'est une femme qui est tellement timorée qu'elle a engagé un garde du corps parce qu'elle avait reçu quelques lettres hystériques. Même si elle avait le courage de commettre un meurtre, je ne crois pas qu'elle l'aurait fait avec un garde du corps sur ses talons. À moins, bien sûr, que vous pensiez que Gloria ait engagé Brannigan & Co pour commettre le crime à sa place ? [Je ne pus m'empêcher de sourire. Linda se réfugia dans une quinte de toux stratégique, mais Jackson ne voyait pas le comique de la situation. Il devait penser que la suggestion sarcastique de Turpin était une piste prometteuse.]

— Vous auriez très bien pu attendre la pause pour l'interroger. Vous voyez bien qu'elle ne risque pas de s'échapper, habillée comme elle est en Brenda Barrowclough, continua Turpin sur le même ton. Vous croyiez peut-être qu'elle allait prendre un cameraman en otage en le menaçant avec son sac à main ?

— C'est une enquête de police, s'obstina Jackson. C'est l'affaire elle-même qui dicte la marche à suivre et l'emploi du temps.

Turpin considéra pensivement Jackson.

— La presse s'intéresse toujours à tout ce qui concerne *Northerners*, et cette chaîne est une vraie passoire, question fuites, dit-il d'un ton aimable qui contrastait avec ses paroles. Vous pensez peut-être que votre enquête est la chose la plus importante du moment, mais il y a bien plus de gens qui s'intéressent à l'issue de l'épisode de *Northerners* de lundi soir qu'à l'identité de l'assassin de je ne sais quel charlatan. Vous devriez songer que n'importe quel journaliste pourrait écrire un article qui vous ridiculiserait totalement. (Et sans attendre de réponse, Turpin se pencha et monta dans le minibus, forçant Jackson à s'écarter, avec la désinvolture dont font souvent preuve les grands costauds.) Gloria, ma chère, dit-il d'un ton peu amène, il est temps de mériter votre salaire scandaleusement disproportionné. Ne faisons pas attendre Helen, voulez-vous ?

Gloria se redressa, se drapa dans son manteau et sortit prestement.

— Salut, Linda, ma poule, dit-elle en se retournant vers l'intérieur du minibus. Je vous reparlerai pas sans mon avocate, mais je vous en veux pas pour votre petit tour avec la boule. Vous faisiez jamais que votre boulot, et on sait toutes les deux ce qu'implique de travailler pour des grosses merdes, hein ?

Le regard que lui lança Turpin fut étonnamment malveillant.

— C'est incroyable les gens avec qui on est forcé de travailler, soupira-t-il en nous regardant tous d'un air méprisant.

— Ne vous inquiétez pas, dis-je suavement. Si NPTV est rachetée par le câble ou le satellite, vous pourrez vous retirer dans le sud de la France avec ce que vous empocherez.

En comparaison de son regard froid et calculateur, la neige était chaleureuse et accueillante.

— Vous ne devriez vraiment pas faire confiance à ce que racontent les acteurs, dit-il.

Il tourna les talons, frôla Jackson et se dirigea vers le camion-cantine. Je n'avais pas envie d'être à la place de Ross si le café était réchauffé.

Jackson se retourna et referma la porte, toujours cramoisi de fureur. Il était évident qu'il considérait ma présence sur cette planète, même hors de sa vue, comme de la pure provocation. Plutôt que d'attendre de me faire arrêter pour comportement troublant l'ordre public, je me glissai jusqu'à la porte du fond et descendis du minibus. Parfois, déguerpir est la meilleure chose à faire.

Je fis un grand détour pour éviter également le camion-cantine et je pataugeai dans la neige pour rejoindre le groupe qui entourait la réalisatrice. Gloria et Ted retournaient déjà à l'endroit où devait être filmé le plan. À ce train-là, toute la journée suffirait à peine à tourner une seule scène. Je n'avais pas besoin d'être comptable pour comprendre pourquoi Turpin était exaspéré, surtout s'il voulait présenter un bilan positif aux éventuels repreneurs.

Je mis mon portable en veille, ne désirant pas risquer la fureur de la réalisatrice s'il sonnait durant une prise. Quand la scène fut enfin en boîte, je raccompagnai Gloria jusqu'aux costumes. Pendant qu'elle se changeait, je consultai ma boîte vocale. À ma grande surprise, Della avait déjà rappelé. Je trouvai un coin tranquille et abrité derrière le camion du maquillage et composai son numéro.

— Bonnes nouvelles, dit-elle.

— Ça me fera pas de mal.

— Je suis sur le chemin de Manchester. J'ai réussi à contacter mon informateur et je le retrouve vers 3 heures à La Tasca. Si tu veux passer par là-bas vers 3 heures et demie, je devrais obtenir ce qu'il te faut.

— Et je pourrai aussi vous inviter à manger quelques tapas ? dis-je avec résignation.

— Moi seulement, dit-elle d'un ton ferme. Hors de question que tu corrompes d'autres policiers.

— C'est ça. À tout à l'heure.

Je raccrochai et consultai ma montre. Si les routes étaient aussi dégagées à Saddleworth que dans la matinée, je pouvais ramener Gloria chez elle et arriver à temps au bar à tapas pour retrouver Della.

Quarante minutes plus tard, devant chez moi, je donnais les clés de la voiture de Gloria à un Donovan inquiet.

— Il faut que je reste chez elle ? demanda-t-il en jetant un regard plein d'appréhension à Gloria qui lui faisait déjà de petits signes enamourés par la vitre.

— Elle n'a pas de show ce soir, mais elle veut aller dîner chez sa fille. Je voudrais que tu la conduises là-bas et que tu la ramènes chez elle après. Je lui ai dit qu'elle ne court aucun danger et qu'elle devrait arrêter de nous payer pour rien, mais elle tient à ce qu'on continue.

— C'est surtout qu'elle me court après, grommela-t-il.

— Tu parles. Faire semblant de vouloir te mettre la main aux fesses est un prétexte pour ne pas avouer qu'elle est morte de trouille. Donc, ce ne serait pas plus mal que tu restes chez elle. Et ça m'évite aussi de devoir remonter à Saddleworth dans la neige au moindre pet de travers. Si j'étais toi, je serais content de me faire bien voir de la patronne.

— Vous allez le dire à ma mère, alors ?

— Je lui dirai. Au moins, tu ne seras pas arrêté pour avoir protégé Gloria.

Il n'eut pas l'air de considérer cela comme une consolation. Je les laissai partir avec un petit signe de la main, puis me rendis à pied jusqu'à Upper Brook Street et pris un bus pour Deansgate. Même les transports en commun étaient plus simples à utiliser que de descendre en ville en voiture et d'essayer de se garer correctement sous la neige, trois semaines avant

Noël. Je m'engouffrai dans l'atmosphère chaleureuse de La Tasca avec cinq minutes d'avance. Je fus contente de l'idée de Della : avec ses lambris, ses peintures jaunies par le tabac et sa musique tropicale, l'endroit avait l'air assez authentique pour vous faire oublier l'hiver de Manchester.

Je repérai immédiatement Della, assise à une table ronde dans le fond. Elle parlait à un jeune asiatique qui devait être son ancien collègue et à présent secondait l'inspecteur Tucker. Je m'installai au bar et commandai une Corona. Elle arriva avec la tranche de citron obligatoire, ce qui me donne toujours l'impression d'être redevenue une gamine de quatorze ans à qui on sert un panaché citron. En ce moment, j'ai besoin d'être réconfortée.

Dix minutes plus tard, son compagnon s'en allait et je pris ma bière pour aller la rejoindre.

— Tu as l'air en pleine forme, dis-je, sincère.

Quelques fils d'argent commençaient à apparaître dans ses cheveux cuivrés, mais cela la faisait paraître finalement plus riche. Elle était encore bronzée du mois récemment passé en Australie : les cernes sombres sous ses yeux n'avaient pas encore eu le temps de réapparaître. Économiste diplômée de Cambridge, Della était l'un des esprits financiers les plus machiavéliques que j'aie jamais rencontrés. Beaucoup trop finaude pour la Brigade Financière, elle s'était fait sa place au soleil dans le Nord et elle ne connaissait pas de rivale quand il s'agissait de démêler les fils des magouilles sordides des requins en costume anthracite.

— Toi, tu as l'air crevée, dit-elle. Prends du chorizo. Je viens de commander des crevettes et des aubergines avec du fromage fondu.

J'en eus l'eau à la bouche en me rappelant que mon petit déjeuner était loin. Tout en me préparant un sandwich monstrueux avec du pain français et le saucisson épicé, je racontai ma journée à Della. Elle frémit à l'épisode de la rencontre entre Turpin et Jackson.

— J'aimerais pas être à la place de Linda cet après-midi, dit-elle. (Elle glissa devant moi une grande enveloppe kraft tandis que je finissais le reste de chorizo.) Les photos du lieu du crime. J'ai jeté un rapide coup d'œil et je n'ai rien trouvé de passionnant. Mais il faut dire que les meurtres ne m'ont jamais passionnée.

Je ne pris pas la peine d'ouvrir l'enveloppe. Ce n'était ni le lieu, ni le moment. En plus, les plats allaient arriver et je ne voulais pas perdre l'appétit.

— Merci.

— J'ai prétendu que ça avait peut-être un rapport avec une escroquerie sur laquelle j'enquêtais, sourit Della. Et pour justifier ma demande officieuse, j'ai ajouté que je ne voulais pas que ce soit rendu public pour l'instant. Je ne crois pas qu'il m'ait crue, mais je pense qu'il s'en fichait. Donc, rien d'extraordinaire.

— Tu es un amour, dis-je.

J'étais sincère, mais ce que je devais à Della n'était rien comparé à la dette de Dennis si mon intuition se révélait juste. J'étais impatiente de voir la tête qu'il ferait quand je lui dirais qu'il devait son salut à une flic.

16

SOLEIL EN CONJONCTION AVEC URANUS

La native est douée d'un esprit indépendant, progressiste et original, renforcé par une personnalité forte et volontaire. L'individualité est importante pour elle et elle aime briser les schémas préétablis. Elle peut être une bouffée d'air pur comme une tornade dévastatrice. Dans la Maison V, les amis sont importants, car ils l'aident à s'assurer du succès.

D'après : *Écrit dans les Étoiles*,
Dorothea Dawson

Les dieux avaient fini par me sourire, décidai-je en arrivant au bureau et en voyant que Shelley s'était momentanément absentée de son poste. Avant son retour des toilettes, je m'étais glissée dans mon ancien bureau, où je trouvai Gizmo courbé devant l'un des ordinateurs. Je reconnus le programme sur lequel il travaillait : il s'agissait du plan de base d'un système de sécurité assisté par ordinateur pour un bâtiment de taille moyenne divisé en plusieurs pièces de différentes dimensions. On aurait dit l'une de ces imposantes demeures particulières dont les propriétaires s'étaient adressés à nous depuis que nous avions connu un succès spectaculaire dans l'arrestation d'un réseau de voleurs d'objets d'art[1]. C'était une affaire à laquelle je n'aimais guère penser, pour toutes sortes de raisons, et je fus plus que ravie que ce soit Gizmo qui s'en occupe.

Il grogna quelque chose que j'interprétai comme un salut.

— J'ai réfléchi, Giz, dis-je. Je sais que tu vas penser que suis paranoïaque, mais si tu dois rencontrer ta cyberpoupée... (Je surpris son regard courroucé et je me hâtai de corriger :) Je voulais dire Jan, pardon. Si tu dois prendre rendez-vous avec elle, fais-toi accompagner pour assurer tes arrières. Juste au cas où ce serait une dingue. Ou un guet-apens.

1. Voir *Arrêts de jeu* (Masque n° 2287).

Il eut une grimace qui signifiait que je n'avais peut-être pas tort.

— Je crois qu'il faudrait que ce soit quelqu'un en qui j'ai confiance, dit-il. J'ai pas envie de me faire ridiculiser jusqu'à l'année prochaine si c'est du genre romantique larmoyant.

— Et moi ?

— Ça t'ennuierait pas ?

Je m'assis pour le regarder droit dans les yeux d'un air pénétré.

— Gizmo, tu as besoin de quelqu'un qui sache juger cette femme à cent mètres. Tes copains en anorak seraient à peu près aussi utiles qu'un barbecue en carton. Et puis j'y ai aussi un intérêt. Je n'ai surtout pas envie que l'équivalent humain d'un virus informatique me bouffe le cerveau de mon virtuose de l'ordinateur. Et je suis toute à toi.

— Logique, dit-il en retournant déjà à son écran.

— Évidemment, il y a un prix à payer, dis-je.

Il ferma les yeux et leva la tête.

— Je me suis encore fait avoir.

J'ouvris l'enveloppe que Della m'avait donnée et je lui expliquai ce que je voulais.

— C'est un boulot gratuit, dis-je. Pour Dennis. Tu peux ?

— Ça sera pas facile, dit-il en se grattant le menton. Il faut que j'emporte ça chez moi. J'ai pas le logiciel qu'il faut ici. Mais ouais, ça devrait être faisable. Tu en as besoin pour quand ?

— Le plus tôt possible. Plus tu prends de temps, plus Dennis devra rester derrière les barreaux.

Il feuilleta la liasse de photos avant de les remettre dans l'enveloppe.

— Je bosse toujours sur les renseignements concernant Dorothea, dit-il. J'ai déjà confié une partie à un mec qui est super-branché sur les archives d'adoption. Mais il y a d'autres pistes que je peux explorer moi-même. C'est quoi la priorité : ça ou Dorothea ?

Il fallait que je réfléchisse. Tous mes instincts me dictaient qu'il fallait que je me consacre avant tout à Dennis. Mais la personne qui avait tué Dorothea avait peut-être l'intention de faire d'autres victimes et plus vite je serais au fond du problème, mieux ce serait. En plus, on me payait pour trouver qui avait assassiné l'astrologue. Décider seule eut été simple. Mais être la patronne, ça ne consiste pas à parader sans rien faire, surtout quand le jour de la paie arrive.

— Dorothea, dis-je à contrecœur.

Gizmo fit la tête d'un gamin à qui on dit qu'il ne peut pas jouer avec sa nouvelle bicyclette avant le matin de Noël.

— OK, dit-il. Au fait, je crois que Shelley veut vous dire un mot.

Tu penses bien. Comme je ne pouvais pas sortir en rappel par la fenêtre, je ne voyais pas comment j'allais pouvoir l'empêcher de me dire un mot — et même plusieurs. Je respirai un bon coup et je passai à la réception. Shelley était à son bureau. Apparemment, elle était en train de contrôler les chèques, une opération que je trouve bien plus périlleuse que de marcher sur un fil.

— Salut, Shelley, dis-je d'un air désinvolte. Contente de vous revoir. Je voulais vous dire que Donovan est de service cette nuit et que vous n'avez pas à lui faire à dîner.

Si les regards noirs avaient pu exprimer des vœux, le bon génie n'aurait pas chômé.

— Je voulais vous parler de mon fils, m'informa Shelley.

Ces paroles n'étaient pas menaçantes en soi, mais le ton faisait plutôt dans le registre « le prisonnier souhaite-t-il exprimer une dernière volonté ? ». Depuis qu'elle s'était fait couper les cheveux en brosse à la Grace Jones, je m'attendais toujours à ce qu'elle me passe à tabac. Parfois, je m'entraîne à trouver des reparties aux horreurs que je sais qu'elle emmagasine, pour les utiliser plus tard contre moi. Et ça ne sert à rien.

— Don se fait bien à son travail, vous ne trouvez pas ? demandai-je gaiement. Vous devez être très fière de lui.

Ses yeux s'assombrirent. J'attendis la foudre.

— J'ai été fière de ses résultats scolaires. J'ai été fière quand il a été choisi par l'équipe de basket du Nord-Ouest. J'ai été fière quand il a été accepté à l'Université de Manchester. Mais « fière » n'est pas le mot que je choisirais quand mon fils se fait arrêter deux fois en une seule semaine.

— Ah, ça, fis-je en essayant de m'esquiver vers la porte et en m'arrêtant aussitôt en la voyant saisir un coupe-papier.

— Oui, ça. Kate, j'étais contre depuis le début, mais j'ai cédé parce que Donovan tenait à ne pas dépendre financièrement de moi et à ne pas s'endetter comme la plupart de ses copains étudiants. Et parce que vous m'aviez promis de ne pas l'exposer au danger. Et qu'est-ce qui arrive ? Mon fils, qui a réussi à éviter la moindre confrontation avec la police bien qu'étant noir et du genre armoire à glace, *mon* fils se fait arrêter deux fois.

Elle frappa trois fois du poing sur la table pour ponctuer les trois derniers mots. J'ai assez vu de documentaires animaliers pour savoir ce qu'est la passion d'une mère pour ses petits. Je me demandai si je pourrais atteindre la porte sans me faire égorger.

— Vous ne pouvez pas me tenir responsable du racisme des policiers, hasardai-je.

— Ah, parce que maintenant, c'est nouveau,

que la police soit raciste ? ironisa-t-elle. Ce dont je vous tiens responsable, c'est de l'avoir envoyé dans des endroits où il s'exposait à ce racisme.

— Nous sommes en train de chercher une manière de gérer cette question, dis-je en essayant de me montrer conciliante. Et le travail qu'il fait ce soir ne pourrait pas être moins risqué. Il protège Gloria Kendal contre un maniaque qui n'existe pas.

— Et vous croyez que ce n'est pas dangereux ? ricana Shelley. J'ai déjà vu Gloria Kendal, vous savez !

Il était temps de changer de tactique.

— Arrêtez un peu, là, Shelley. Il y a des gens qui paient des fortunes dans des groupes de rencontre pour connaître ce que Don est en train de vivre. Il ne s'en plaint pas et il gagne de l'argent. Vous l'avez élevé de la meilleure manière qui soit. Il est solide comme un roc. Il sait se débrouiller tout seul et prendre ses responsabilités, grâce à son éducation. Vous devriez avoir confiance en lui. Et il est temps que vous arrêtiez de le couver. C'est un homme, à présent. Un tas de mecs de son âge sont déjà pères. Il n'a pas fait cette bêtise et c'est grâce à l'éducation que vous lui avez donnée.

Shelley eut l'air stupéfaite. Moi non plus je ne me rappelais pas lui avoir jamais tenu tête comme ça. Nous nous regardâmes sans rien dire pendant trente bonnes secondes qui nous parurent une éternité.

— Il s'appelle Donovan, dit-elle enfin. Pas Don.

Je hochai la tête d'un air d'excuse.

— Je rentre chez moi, maintenant, dis-je. Il faut que je prenne un bain et que je réfléchisse. J'ai fait quelques recherches pour Toronto et San Juan. Je vous enverrai par e-mail les informations pour la facturation. (Je m'apprêtais à sortir lorsque je me retournai :) Et puis... merci, Shelley.

Elle secoua la tête et retourna à son chéquier. Nous n'avions pas vraiment réussi à construire un pont entre nous, mais les travaux étaient bien commencés de chaque côté.

En rentrant, je trouvai deux messages sur le répondeur. Richard avait appelé pour me dire qu'il revenait vers 9 heures avec des plats chinois, prévenance dont il n'était guère coutumier. J'avais songé aller chez Freddie Littlewood, lui demander pourquoi il donnait des informations aussi destructrices à la presse, mais pour une fois, j'avais envie de laisser le plaisir prendre le pas sur le travail. Richard et moi n'avions pas eu beaucoup de temps à nous dernièrement et le fait qu'il ait pris la peine d'appeler pour annoncer ses projets indiquait que cela lui manquait autant qu'à moi. Je décidai de reporter Littlewood au lendemain.

Le second message était de Cassie, qui me demandait de la rappeler dès que possible. Comme elle semblait inquiète, mais pas paniquée, je me préparai un verre et me fis couler un bain brûlant qui remplit l'air du parfum d'huiles essentielles d'ilang-ilang et de néroli. J'étais bien décidée à profiter de ma soirée avec Richard. Je me glissai dans le bain relaxant et pris mon téléphone. Cassie décrocha à la deuxième sonnerie.

— Merci de me rappeler, Kate, dit-elle.

Je sentais déjà l'eau qui me détendait.

— Pas de problème. Qu'est-ce que je peux faire ?

— Eh bien... (Elle marqua une pause.) Ce n'est peut-être rien du tout, juste une coïncidence. Mais je me suis dit que ça t'intéresserait.

— Vas-y. Les coïncidences m'intéressent toujours.

— Une journaliste est passée me voir. Une indépendante qui travaille surtout pour les tabloïds nationaux. Elle m'a fait miroiter de l'argent pour me soutirer des saloperies sur Dorothea et les acteurs de *Northerners*. Je me suis dit qu'elle raclait les fonds de tiroirs, mais j'ai pensé que tous les gens qui travaillaient encore sur le feuilleton resserraient les rangs. On avait dû les avertir et leur rappeler que leurs contrats leur interdisaient de parler à la presse sans l'accord de NPTV. C'est pour ça que les journalistes sont obligés de chercher dans leurs agendas quelqu'un qui accepterait de parler.

— Et comme tu as vendu tes déclarations à l'époque, ils pensent que tu pourrais être tentée d'en dire un peu plus ?

— Exactement. Mais j'ai déjà dit tout ce que j'avais à dire à l'époque. Et c'est donc ce que j'ai expliqué à la journaliste. Seulement, j'ai reconnu son nom. Tina Marshall. C'est elle qui a écrit les plus gros articles sur les grands scandales de *Northerners*. C'est manifestement quelqu'un qui est en relation directe avec le mouchard.

— C'est effectivement intéressant à savoir, dis-je en m'efforçant d'avoir l'air intéressée.

Je ne voyais pas pourquoi Cassie éprouvait le besoin de m'appeler pour me raconter quelque chose que j'aurais très bien pu déduire par moi-même. Apprendre à qui le mouchard faisait ses confidences n'allait pas me faire avancer. Aucun journaliste, et surtout pas une indépendante, ne dénoncerait le principal fournisseur de son compte en banque.

— Mais ce n'est pas tout ce que j'ai reconnu,

continua Cassie. J'ai aussi reconnu son visage. Il y a deux mois, un ami m'a emmenée dîner au *Normandie*. Tu connais ?

Je connaissais, oui, de nom. Alexis et Chris y allaient toujours pour fêter l'anniversaire de leur rencontre. Alexis prétendait que c'était l'un des meilleurs restaurants de la région, mais je ne risquais pas d'aller le vérifier par moi-même tant que je vivrais avec un homme pour qui tout ce qui ne sort pas d'un wok n'est pas de la nourriture.

— Pas personnellement, soupirai-je.

— Oui, c'est un peu cher, c'est vrai. Quoi qu'il en soit, quand je suis allée aux toilettes, j'ai remarqué cette femme. Je ne savais pas à l'époque qu'elle s'appelait Tina Marshall, évidemment.

J'étais sceptique. Apercevoir quelqu'un en coup de vent dans un restaurant deux mois plus tôt n'était pas le genre d'identification sur quoi j'avais envie de me fonder.

— Tu en es sûre ? demandai-je, la douce chaleur parfumée ayant manifestement activé mes circuits de politesse.

— Oh, oui. Tu vois, si je l'ai remarquée, c'est à cause de la personne qui l'accompagnait. Elle dînait avec John Turpin. (Cassie prit mon silence plus pour de l'incrédulité que pour de la stupéfaction.) Je ne risquais pas de confondre Turpin avec un autre, ajouta-t-elle. Après tout, c'est quand même lui qui m'a virée. Alors le voir dîner avec une femme dans le genre de restaurant chic où il ne risquait pas de tomber sur des collègues, c'était un petit peu comme agiter la cape rouge devant le taureau. Du coup, j'ai prêté attention à la femme qui était avec lui et quand elle est arrivée chez moi cet après-midi, je l'ai tout de suite reconnue.

— Turpin ? répétai-je, intriguée.

Ce type n'avait aucune raison de confier des anecdotes sur *Northerners* à la presse, encore moins à la femme qui était l'auteur de tous les articles à scandale sur le feuilleton. Je me redressai pour m'asseoir en m'efforçant de ne pas lâcher le téléphone.

—Turpin. Et Tina Marshall, confirma Cassie.

— À moins... que ça ait été pour essayer de lui faire révéler sa source ? me demandai-je.

— Ça n'avait pas l'air d'une confrontation, dit Cassie. L'atmosphère était bien trop détendue pour ça. Et ça n'avait pas des allures de flirt non plus. Plutôt un dîner d'affaires. Mais amical, familier.

— Tu as vu tout ça d'un seul coup d'œil en allant aux toilettes ? demandai-je, sceptique.

— Oh, non, s'empressa d'expliquer Cassie. Turpin me tournait le dos, mais une fois que je me suis rendu compte que c'était lui, j'ai continué à regarder leur table du coin de l'œil. (Elle eut un petit rire contrit.) Ce qui a beaucoup agacé mon hôte. Il n'était pas très content que je m'intéresse à un autre homme, même après que je lui eus expliqué qui était Turpin.

— Est-ce que Turpin t'a vue ? demandai-je.

— Je ne crois pas. Il était trop absorbé par sa conversation.

— Je suis surprise que Tina Marshall ne t'ait pas reconnue. Les femmes regardent toujours les autres femmes et tu devais lui être familière, fis-je remarquer.

— J'ai beaucoup changé depuis l'époque où je jouais Maggie Grimshaw, dit Cassie. Plus personne ne m'arrête dans la rue, Dieu merci. Et puis, je te l'ai dit, le *Normandie* n'est pas le genre d'endroit où on s'attend à voir des acteurs de *Northerners*. Ce n'est pas tenu par un footballeur ou une rock-star, ajouta-t-elle cyniquement. Alors, tu penses qu'il y a quelque chose entre eux ?

— Je ne sais pas, Cassie, grognai-je. Rien ne me semble logique.

— Mais c'est très étrange.

J'allais lui dire à quel point je trouvais cela étrange lorsqu'on sonna. Pas le coup de sonnette timide et bien élevé d'un démarcheur, mais la longue sonnerie insistante et pressée que seul un ami ou quelqu'un qui ne m'a jamais rencontrée oserait.

— J'y crois pas, grommelai-je. Cassie, il faut que je te laisse.

Je me levai. À l'autre bout du fil, cela avait dû donner l'impression d'une baleine qui fait surface.

— Ça va ? demanda-t-elle, inquiète.

— Quelqu'un qui sonne. Excuse-moi. Je te rappelle dès que j'aurai pigé cette histoire. Merci de m'avoir informée.

Tout en parlant, le téléphone maladroitement coincé entre la joue et une épaule ruisselante, je m'enroulais dans un drap de bain. J'éteignis le téléphone et fonçai en glissant vers l'entrée.

J'entrouvris la porte et j'aperçus Gizmo sur le seuil.

— Salut, fit-il apparemment sans remarquer que j'étais enveloppée d'une serviette et que j'avais les cheveux collés sur la figure.

— Ton téléphone ne marche pas, Gizmo ? demandai-je.

Je me trouvai bien calme, malgré les circonstances.

Il haussa les épaules.

— Je sortais du bureau et je rentrais chez moi. Vous savez, pour m'occuper du petit problème de Dennis. Et je me suis dit que ça vous intéresserait de savoir ce que j'avais découvert sur le mystérieux passé de Dorothea.

Je frissonnai sous le courant d'air. Adieu la tranquillité, songeai-je.

— Entre, dis-je en m'effaçant pour le laisser passer. Ça a intérêt à être croustillant, Giz, dis-je en lui emboîtant le pas jusqu'au salon. Je venais d'entrer dans mon bain.

— Ça sent bon, dit-il, comme s'il s'étonnait d'avoir remarqué.

— Ça *sentait* bon, grondai-je.

— Je pourrais avoir une bière ? demanda-t-il du ton de celui qui ne s'embarrasse pas de manières.

— Pourquoi pas ? murmurai-je.

En chemin, je pris mon verre et le remplis d'une rasade de vodka polonaise au citron et au poivre. Je raflai la première bouteille de bière venue et je fus ravie de la grimace dégoûtée que je vis sur le visage de Gizmo quand il but sa première goulée de bière au piment — un liquide glacé avec le goût à réveiller les morts du curry vengeur que les restaurants indiens servent aux ivrognes du samedi soir.

— Tu disais ? demandai-je suavement, en me délectant de la brusque rougeur qui gagnait ses joues et de la sueur qui perlait sur son front.

— Jésus, Marie Joseph, hoqueta-t-il. Mais qu'est-ce que c'est que ce machin ?

— Je ne savais pas que tu étais catholique, dis-je. (Cela devrait le décourager de ses visites envahissantes qui menaçaient de devenir une habitude.) C'est une bière, comme tu as demandé. Bon, alors, qu'est-ce que tu voulais me raconter ?

Il plongea la main dans son immense parka et en sortit un étui en plastique transparent qu'il me tendit sans un mot. J'en sortis quelques feuilles de papier que j'entrepris de lire. Avant d'être arrivée au bout, je savais quand Dorothea était née, qui étaient ses parents, quand elle avait épousé, puis divorcé d'Harry Thompson. Je connaissais la date de la mort d'Harry, et celle de la sortie de l'asile de Dorothea.

Mais plus que tout, je savais désormais qui était le mystérieux bébé. Et j'avais plus que l'ombre d'une idée de la raison pour laquelle leur relation avait pu se terminer par un meurtre.

J'ouvris la bouche pour m'apprêter à en parler à Gizmo. Et bien entendu, le téléphone sonna.

— Mais j'y crois pas ! explosai-je en empoignant l'engin et en appuyant rageusement sur le bouton. Allô ! aboyai-je.

— C'est moi, dit la voix familière. Je suis au commissariat d'Oldham. J'ai été arrêté.

17

TRIANGLE LUNE-MERCURE

La native se concentre principalement sur ses affaires de cœur. Elle s'exprime clairement et sans difficultés et elle saisit rapidement ce qui se dit, y puise des faits et tire des conclusions adéquates. Rusée et intuitive, elle manque parfois d'organisation et tire dans plusieurs directions en même temps. Elle a une bonne mémoire et est d'une nature curieuse.

D'après : *Écrit dans les Étoiles,*
Dorothea Dawson

Le sergent de permanence à l'accueil du commissariat d'Oldham passait manifestement une soirée aussi plaisante que la mienne.

La salle d'attente était bourrée de journalistes qui avaient appris une arrestation impliquant Gloria Kendal. Quelque part dans les locaux, les trois photographes et les deux reporters étaient traités comme des témoins. Dans une autre partie, mon huissier et garde du corps à mi-temps était en état d'arrestation pour trouble de l'ordre public et agression. « Un étudiant forcené tabasse une équipe de journalistes. » C'est ça.

Je me frayai un chemin entre la foule des représentants de la presse à scandale de Sa Majesté en agitant vainement la main pour dissiper la fumée de cigarettes et en me demandant si c'était leur nombre qui les autorisait à ne pas tenir compte du panneau « interdiction de fumer » que tout le monde était forcé de respecter.

— Vous détenez un de mes employés, dis-je au sergent en essayant de ne pas hausser le ton. Son avocate est en route. Je voulais savoir si je pouvais parler au policier qui l'a arrêté.

— Et vous êtes ?

— Kate Brannigan, dis-je en faisant glisser une carte de visite sur le comptoir. Donovan Carmichael travaille pour moi. Je crois que nous pouvons arranger tout cela si vous me laisser parler à l'officier qui l'a arrêté.

Il ramassa la carte comme si elle était contaminée par un dangereux virus.

— Je ne crois pas, dit-il d'un ton dégagé. Nous sommes très occupés, ce soir.

— J'espérais justement réduire votre charge de travail, dis-je sans me départir de mon calme. Je suis sûre que c'est un malentendu. Je ne sais pas ce que vous en pensez, sergent, mais moi, je déteste les paperasses administratives. Et rien que de penser à tous les formulaires que va engendrer un procès à la Police de Manchester pour racisme me donne déjà la migraine. Tout ce que je veux, c'est parler à l'officier qui l'a arrêté, expliquer deux trois détails qui pourront éclaircir les événements de ce soir. Je n'ai vraiment pas envie de passer les deux prochaines années à faire un procès dont votre commissaire finira par payer les frais.

Je souriais tellement que j'en avais mal aux commissures des lèvres. Je ne sais pas pourquoi, mais le sergent ne souriait pas, lui.

— Je vais voir ce que je peux faire, dit-il.

C'était manifestement une façon de me congédier et de me dire d'aller m'asseoir. Je continuai à sourire et je m'appuyai au comptoir.

— Je vais attendre.

Il poussa un long soupir excédé et disparut dans la pièce derrière l'accueil. L'un des journalistes s'approcha, l'air de rien, et m'offrit une cigarette.

— Aucun suicide, répondis-je. Ni rapide ni lent.

— Très fin, dit-il en s'appuyant à côté de moi avec un mouvement destiné à exhiber ses hanches étroites et son costume de prix. Qu'est-ce qu'une jeune fille branchée comme vous fait dans un endroit pareil ?

— Juste une petite question à régler, dis-je. Et vous ? Vous n'avez pas vraiment l'air du coin.

— Je suis journaliste, ne put-il s'empêcher de se vanter.

— Ooh, fis-je. C'est fascinant. Vous travaillez pour qui ?

J'eus droit à son CV complet, lequel se terminait par le nom du pire tabloïd du pays. Il se rengorgea, redressant les épaules pour que je remarque bien à quel point il était séduisant. Mais oui...

— Oh là là, dis-je. C'est impressionnant. Alors, c'est quoi, le scoop, ce soir ?

— Vous êtes une fan de *Northerners* ? (J'acquiesçai.) Vous avez dû apprendre le meurtre de Dorothea Dawson chez NPTV, alors ? (J'acquiesçai de plus belle.) Eh bien quelques collègues et moi on a eu un tuyau des flics qui mènent l'enquête, comme quoi on aurait retrouvé les empreintes de Gloria Kendal partout sur l'arme du crime.

Je n'arrivais pas en croire mes oreilles. Je me doutais bien de l'origine du tuyau en question. Ce salopard de Jackson se vengeait d'avoir été ridiculisé par moi et Gloria, puis par John Turpin.

— Non ! hoquetai-je en faisant tout mon possible pour faire passer ma colère pour de la stupéfaction.

— Je vous le dis comme on me l'a dit. Alors on envoie un photographe et un journaliste chez Gloria, là-haut, vers Greenfield. Elle sort en voiture, et nos gars sont embusqués à l'entrée de la route, ils font leur boulot, ils essaient d'avoir une photo et de quoi faire un article. Et tout d'un coup, voilà que ce grand noir costaud bondit de la bagnole et tombe sur nos gars. L'un des reporters appelle la police, Gloria file Dieu sait où en voiture et voilà.

— C'est le garde du corps qui a frappé le premier ? demandai-je sans pouvoir balayer le scepticisme de ma voix.

— La parole de cinq types contre un seul, mon nouvel ami avec un clin d'œil. À votre avis, ils préféreront croire qui, les flics ?

Si je m'en mêlais, rien n'était moins sûr. Mais avant de lui dire ce que je pensais de la crédibilité de la presse, la porte du commissariat s'ouvrit brusquement et Ruth entra majestueusement comme une Walkyrie sur patins à glace, ses cheveux blonds pour une fois en pagaille, tombant en cascade sur son manteau en fausse fourrure argentée.

— Ruth ! entonna un concert de voix. Dites-nous ce qui se passe !

Elle les écarta en s'ébrouant comme un léopard des neiges qui secoue les puces de sa fourrure.

— Plus tard, les enfants, plus tard. Laissez-moi au moins parler à mon client. Kate ! lança-t-elle en passant un bras sur mes épaules et en me retournant pour que nous n'offrions plus qu'une muraille de dos impénétrables tandis qu'elle appuyait sur la sonnette pour appeler le sergent. Tu sais que je ne peux pas te faire entrer avec moi ? dit-elle à voix basse dans le brouhaha général.

— Je sais, mais je veux d'abord parler à l'officier, avant que vous vous embarquiez dans l'interrogatoire. Je veux qu'il sache que s'il inculpe Don, je lui colle un procès pour harcèlement racial dès demain matin. Je t'ai déjà raconté leurs délires de la semaine dernière, non ?

— Oh, oui. Je suis sûre que nous n'aurons aucun problème.

— C'est Jackson qui est derrière tout ça.

Je lui racontai brièvement ce que j'avais appris. Je ne pus poursuivre bien longtemps : le sergent venait de faire son apparition.

— Je m'appelle Ruth Hunter, dit-elle. Je dois voir mon client, Donovan Carmichael. Son employeur souhaite également communiquer des informations importantes à l'officier responsable de l'arrestation. Seriez-vous assez aimable pour l'appeler ?

— Il arrive tout de suite, dit le sergent en désignant la porte du menton.

Les journalistes continuaient de nous harceler de questions lorsque la porte s'ouvrit quelques instants plus tard. Le sergent en tenue qui fit son apparition avait l'air harassé et hagard, avec ses cheveux roux hérissés dans tous les sens. Sur sa peau blême, ses taches de rousseur avaient l'air d'une allergie.

— Ms Brannigan ? demanda-t-il à Ruth.

— Je suis Ruth Hunter, l'avocate de Donovan, dit-elle. (Une petite tape dans les reins, et elle me propulsa vers la porte.) Voici son employeur. (Ruth continua sur sa lancée et nous poussa tous les trois dans l'autre pièce avant de refermer la porte sur nous.) Pouvez-vous m'accorder un instant avant que j'aille voir mon client, sergent ?

Il acquiesça et nous mena dans une salle d'interrogatoire qui avait l'air fraîchement repeinte, mais qui empestait inévitablement le tabac froid, la sueur et les frites. À croire qu'ils achètent des vaporisateurs de ce parfum-là exprès.

— Je suis le sergent Mumby, dit-il en se laissant tomber sur un siège d'un côté de la table. On m'a dit que Ms Brannigan souhaitait me parler.

— C'est exact, dis-je, heureuse d'avoir pu entendre en premier la version du journaleux. Je ne veux pas que vous considériez cela comme une menace, mais si vous inculpez Donovan ce soir, le cabinet de Ms Hunter portera plainte pour harcèlement racial contre la Police de Manchester. Mon employé a déjà été arrêté à deux reprises la semaine dernière pour le simple fait qu'il est noir et qu'il ne se trouvait pas au bon endroit. Cinq personnes ont porté contre lui de graves accusations alors qu'elles bloquaient la route privée de ma cliente et qu'elles n'ont pas apprécié qu'un jeune Noir leur demande de dégager le chemin. C'est bien de cela qu'il s'agit, n'est-ce pas ?

— J'ai cinq témoins qui déclarent qu'il les a agressés comme un dément, soupira-t-il. Il les a poussés, bousculés et il en a frappé un dans le dos. Croyez bien que je partage votre point de vue. Quand nous sommes arrivés, tout était terminé, sauf les cris. Mais Mr Carmichael n'avait pas essayé de quitter les lieux. Et c'est d'ailleurs la seule personne qui ait une blessure visible.

— Qu'est-ce qu'il a eu ? demandai-je, retenant mon souffle.

— Juste une lèvre fendue. Il dit que l'un des photographes l'a frappé avec son appareil. Le photographe dit que Mr Carmichael a essayé de lui donner un coup de tête et qu'il s'est protégé avec son appareil.

— Mais c'est grotesque, sergent. Un merdeux de paparazzo frappe Donovan en pleine figure avec son appareil, puis il prétend que c'est lui qui a commencé ? Et c'est Don qu'on accuse ? Qu'est-ce que Gloria a déclaré sur la question ?

— Nous n'avons pas encore pu la joindre, dit le sergent en serrant les lèvres.

— Je parie qu'elle aura des tas de choses à dire. Dont la moindre sera sans doute que tout est arrivé parce que l'un de vos collègues a éprouvé le besoin de livrer à la presse des informations confidentielles concernant une enquête pour meurtre. Informations qui sont d'ailleurs totalement sans fondement, dis-je d'un ton acerbe.

— Il y a, bien entendu, une manière de régler tout cela, dit Ruth en se penchant en avant. Vous pouvez libérer mon client sans l'inculper. Demandez qu'il se tienne à votre disposition, si vous y tenez. Il n'a aucune raison de s'enfuir. C'est un étudiant à l'Université de Manchester, il habite chez sa mère avec sa sœur, il n'a aucun casier judiciaire et il travaille à mi-temps pour Ms Brannigan. Je suis certaine qu'une fois que Ms Kendal aura donné la véritable version des événements, vous vous rendrez compte que la seule accusation pertinente devrait être portée contre ces journalistes pour avoir fait perdre son temps à la police. Qu'en dites-vous, sergent ? Et si nous allions tous nous coucher de bonne heure ?

Il se caressa le menton et inclina la tête.

— Et si je fais ce que vous proposez, tous les journaux prétendront que nous avons libéré un Noir qui a agressé des journalistes.

— Probablement, convint Ruth. Mais l'histoire sera oubliée avant la fin de la semaine, alors que le harcèlement racial risque de faire des vagues pendant un bon bout de temps. Surtout si Gloria Kendal en est le principal témoin.

— Et si le *Manchester Evening Chronicle* s'en mêle, ajoutai-je. La mère de Donovan est une excellente amie de la correspondante criminelle du *Chronicle*, Alexis Lee. Le journal serait ravi de mener campagne.

Il sourit, l'air visiblement soulagé.

— Vous m'avez convaincu, mesdames. Entre nous, je n'ai jamais cru à la version des journalistes. Pour commencer, un gars bâti comme votre client aurait fait nettement plus de dégâts s'il s'y était vraiment mis. Mais que voulez-vous ? Des témoins déclarent une chose et pas grand-chose pour prouver le contraire. Au moins, à présent, je peux vous laisser emmener Mr Carmichael dans un endroit sûr en sachant que j'ai de quoi me justifier auprès de mes supérieurs, conclut-il en se levant. Si vous voulez bien attendre un instant, je règle tout ça.

Il nous laissa littéralement sur le cul.

— J'avais toujours entendu dire que la police d'ici était un peu spéciale, dis-je faiblement, mais je n'aurais jamais cru que ça pourrait œuvrer à mon avantage.

— Je sais, dit Ruth qui avait l'air estomaqué.

Il faut que je dise à mes clients de faire en sorte d'être arrêtés à Oldham.

— J'arrive pas à croire ce salaud de Jackson, dis-je.

— Tu ne pourras jamais le coincer là-dessus. Il aura fait faire le sale boulot à l'un de ses sbires. Si tu t'en prends à Jackson, tu te retrouveras avec la tête de Linda Shaw au bout d'une pique, dit Ruth en s'adossant et en allumant l'une de ses minces cigarettes. Au fait, j'ai enquêté à propos du chien de Kelly le Pitbull. Dennis ne porte aucune marque sur le corps qui corresponde à une morsure. Et le chien lui-même ne semble pas s'être battu. Tu pourrais me dire où ça nous mène ?

— J'ai demandé à Gizmo de bosser sur un truc. Une idée que j'ai eue. Ça m'est venu après la lecture d'une affaire sur Internet il y a un moment. Une affaire aux États-Unis. Je préfère attendre d'avoir quelque chose de concret à te montrer, parce que c'est vraiment complètement dément.

Ruth me lança un regard noir, mais elle savait que je changerais pas d'avis.

— Combien de temps ?

— Disons jusqu'à demain ? J'aurai besoin de toi pour arranger un rendez-vous avec l'inspecteur Tucker. À mon bureau, de préférence. Je te dirai quand je serai au point. Ça te va ?

— Le plus tôt sera le mieux, dit Ruth. Normalement, Dennis supporte bien la garde à vue, mais cette fois, il a du mal. Probablement parce qu'il est vraiment innocent, ajouta-t-elle, goguenarde.

La porte s'ouvrit et le sergent Mumby passa la tête dans la pièce.

— Votre client est prêt à partir. Je crois que vous devriez sortir par-derrière, vu la situation.

Je laissai Donovan monter avec respect dans la Bentley, Ruth ayant promis de le déposer chez sa copine pour qu'il évite de faire part à sa mère de ses dernières échauffourées avec les forces de l'ordre. D'un coup d'œil à la pendule du tableau de bord, je me rendis compte que ce n'était plus la peine de rentrer. Richard aurait mangé tous les plats chinois : il faut autrement plus qu'un lapin pour lui couper l'appétit. Et puis, s'il n'avait rien changé à ses habitudes, il avait probablement dû me montrer à quel point il n'avait pas besoin de moi en sautant dans un taxi pour sortir toute la nuit. Et franchement, je ne pouvais pas lui en vouloir.

Je m'assis dans ma voiture et j'appelai la fille de Gloria. La voix qui répondit me parut avoir des inflexions familières, mais avec vingt ans de moins.

— Je cherche Gloria, dis-je. Vous pouvez lui dire que c'est Kate ?

— Une seconde, cocotte, je vais la chercher.

Quelques instants plus tard, j'avais droit à la vraie de vraie :

— Ça va, ma poule ?

— Maintenant, oui, dis-je d'un ton sévère. Maintenant que j'ai pu sortir Donovan de prison.

— Le pauvre garçon a vraiment droit à une excellente éducation, avec vous, gloussa-t-elle. Je savais que vous régleriez ça en un rien de temps. Alors que si j'avais été là, ça aurait été de pire en pire.

— Il a pris un coup d'appareil-photo dans la lèvre, dis-je d'un ton glacial.

Il y eut un petit silence, puis elle reprit, sérieuse :

— Je suis vraiment désolée. Il va bien ?

— Il survivra. Mais les flics ont besoin de votre déposition, sinon ils vont être obligés de croire la version que ces salauds de journalistes leur ont racontée en prétendant que c'est Donovan qui les a agressés.

— C'est ça qu'ils disent ? demanda-t-elle, indignée.

— Qu'est-ce que vous croyez que des paparazzi puissent dire, Gloria ? La vérité ? ironisai-je. Ils ont des chefs qui ne vont pas se laisser impressionner s'ils reviennent sans photo ni article parce qu'un grand gamin leur a dit d'aller se faire foutre. S'ils n'ont pas de quoi écrire un bon article, ils inventeront.

— Oui. Enfin, au moins vous avez réglé le problème, dit-elle d'un ton penaud, pour une fois.

— Ce sera réglé quand vous aurez fait votre déposition au sergent Mumby et donné des autographes à la moitié de ses collègues. Bon, maintenant, est-ce que vous restez chez votre fille cette nuit ?

— Il vaut mieux, je pense. Et comme je tourne pas demain, j'irai faire du shopping avec elle.

— Pas en ville, dis-je fermement.

— Chez Harvey Nichols, ma poule. À Leeds. Je vous passe un coup de bigo demain matin dès que j'ai décidé ce que je fais. Merci d'avoir tout réglé, Kate.

Et elle raccrocha. Rien ne vaut un client reconnaissant. Étant donné que j'avais clairement ma soirée à moi toute seule, je me dis que je ferais tout aussi bien d'aller voir ce que l'enfant de Dorothea Dawson avait à dire à propos du meurtre. Après tout, c'est pour ça qu'on me payait. Je traversai les rues pratiquement désertes d'Oldham, pris au sud par Ashton, Audenshaw et Denton, longeai des rangées de boutiques à la peinture écaillée, avec des guirlandes de Noël qui pendouillaient et des vitrines déprimantes, dont les panneaux essayaient désespérément d'attirer le client. Puis ce furent les ruelles étroites de cités pavillonnaires où des gens blottis devant des radiateurs essayaient d'oublier l'hiver en regardant des feuilletons filmés sous le soleil de Californie, des pubs qui annonçaient des soirées karaoké et des jeux-concours, des arbres de Noël artificiels aux fenêtres des maisons des retraités, des églises qui promettaient quelque chose de bien mieux que tout cela dans un autre monde, pourvu que vous renonciez à toute logique.

C'est avec soulagement que j'arrivai à l'autoroute et que je pus oublier les pauvres existences que j'avais frôlées. Tony Blair avait répété que le New Labour apporterait à une nouvelle Angleterre un regain d'espoir s'il était élu. Mais rien n'a changé depuis qu'il est au pouvoir. C'est toujours le même refrain : pas d'aide aux mères célibataires, pas d'aide aux chômeurs de longue durée, fermeture des mines et que les étudiants paient leurs études eux-mêmes.

Je passai Stockport, admirant l'énorme pyramide de verre de la Co-op Bank, dont les néons verts et bleus se détachaient sur les briques rouges des anciennes usines et filatures. Elle était vide depuis des années, ayant été construite durant le boom économique des années Thatcher, avant que la Co-op ne la récupère. Je parie qu'ils ont fait une affaire : j'aurais dû y penser et la louer.

Je pris la sortie de Princess Parkway. J'étais presque la seule voiture sur la route, à présent. N'importe qui de sensé serait resté calfeutré chez lui à écrire ses cartes de vœux ou bien au chaud à danser dans une boîte jusqu'à ne plus se rendre compte du froid en sortant prendre un taxi. Moi, j'étais assise dans ma voiture en face des pauvres macchabées qui dormaient dans l'immense Cimetière Sud. Sauf qu'il n'y avait que moi qui avais besoin d'un plan de la ville.

La rue que je cherchais était évidemment

dans le coin le moins sordide de Chorlton, l'une de ses agréables rues où se dressaient des maisons 1930 près d'une école primaire qui se vante d'accueillir le plus grand nombre d'enfants de couples lesbiens. Pour être à l'aise à Chorlton, il faut avoir une conscience sociale, voter centre-gauche et former un couple anticonformiste. Ici, il y a autant de courtiers d'assurances mariés à des employées de bureau avec deux enfants que de beurre en broche.

La maison en question était splendidement entretenue. Même au cœur de l'hiver, le jardin était impeccable, avec ses rosiers taillés symétriquement, et la pelouse parfaitement tondue. Les stucs de l'étage et le pignon luisaient dans la lumière des lampadaires et les vitraux du haut des fenêtres étaient assortis à ceux de la porte. Même les rideaux étaient symétriques. Je remontai l'allée avec réticence, très consciente de la pagaille que j'allais semer dans un endroit aussi calme et ordonné.

Parfois, j'aimerais pouvoir rebrousser chemin, ne pas être mue par le désir irrépressible de démasquer les subterfuges et de fouailler comme un augure dans les entrailles de l'existence des gens. C'est là que je me rends compte que presque tous les gens que je fréquente souffrent de la même maladie : Richard et Alexis sont journalistes, Della est inspectrice de police, Ruth est avocate, Gizmo est pirate informatique, Shelley n'a jamais gobé quoi que ce soit sans preuves depuis que je travaille avec elle. Et même Dennis soumet ceux qui l'entourent à un examen minutieux avant de décider de les escroquer.

Le besoin de savoir était manifestement trop profondément ancré en moi pour que je puisse l'ignorer. Parfois, il semblait même plus puissant que l'instinct de conservation. Poussée comme je l'étais par la perspective de découvrir ce que cachait la série d'étranges événements récents, je fus obligée de me rappeler que je frappais peut-être à la porte d'un assassin. Et ce n'était pas une pensée très réconfortante.

Il fallut que je respire un bon coup avant d'appuyer sur la sonnette. Une lumière s'alluma dans le couloir, projetant sur moi les motifs verts et rouges du vitrail. Je vis une silhouette descendre les escaliers et se diriger vers moi. La porte s'ouvrit et l'héritage génétique de Dorothea Dawson se dressa devant moi. J'aurais dû m'en apercevoir, vraiment. Il lui ressemblait énormément.

— Salut, dis-je. Je suis venue vous causer de votre mère.

18

OPPOSITION SATURNE-URANUS

Lorsque la native semble choisir un destin ou même une simple destination, Uranus intervient pour la forcer à bousculer l'ordre établi et exprimer son individualité. Quelque chose dérange toujours ses projets, même les mieux planifiés. Elle doit chaque fois introduire de nouveaux éléments dans ce qu'elle a prévu. Le reste de son horoscope indique une personnalité capable : elle réussit dans un monde conformiste avec des moyens anticonformistes.

D'après : *Écrit dans les Étoiles*,
Dorothea Dawson

Freddie Littlewood cligna rapidement de ses petits yeux noirs. Ses lèvres minces se tordirent. C'était difficile de dire s'il était furieux ou sur le point de fondre en larmes. Il devait hésiter entre fanfaronner ou nier effrontément. Après tout, il était possible que je me sois trompée.

— Ma vie privée n'est pas votre affaire, dit-il finalement, ménageant la chèvre et le chou.

— C'est là que vous vous trompez, Freddie, soupirai-je. La relation entre vous et Dorothea est tout à fait mon affaire. Surtout si vous l'avez tuée. Si c'est le cas, cela innocente ma cliente et signifie que Gloria n'est pas la prochaine cible d'un assassin. Si ce n'est pas le cas, vous allez probablement pouvoir me dire des choses qui vont m'aider à la protéger. Soit d'un meurtre, soit de la fausse accusation d'assassinat. C'est donc légitimement mon affaire.

— Je n'ai rien à vous dire, répondit-il en me fermant la porte au nez.

Je déteste les mauvaises manières. Surtout quand il est tard et qu'il y a des choses sûrement plus intéressantes à faire. Je sortis mon mobile et je poussai le clapet de la boîte à lettres.

— La police ignore que Dorothea était votre mère, dis-je en commençant à appuyer sur les touches du téléphone, en espérant qu'il entendrait distinctement les petits bips de l'autre côté de la porte. Vous voulez que je le leur apprenne ?

Avant que j'aie pu appuyer sur le dernier chiffre si j'en avais vraiment eu l'intention, la porte se rouvrit.

— Ce n'est pas la peine ! aboya Freddie. Je n'ai pas tué Dorothea. C'est tout ce que vous avez besoin de savoir. Et c'est tout ce que vous tirerez de moi. Je me fiche que vous racontiez à la police que c'est ma vraie mère. Ça n'est pas nouveau pour moi, je le sais depuis des années, et je peux le prouver. Même les policiers ne sont pas assez idiots pour prendre ça comme le mobile d'un meurtre.

Il avait probablement raison. L'aigreur de sa voix me faisait penser tout le contraire, mais on n'a jamais arrêté quelqu'un sous prétexte qu'il parle d'un ton acerbe.

Je m'appuyai au chambranle et je souris.

— C'est possible. Mais si on tient compte des informations que vous avez vendues aux journaux, la situation est entièrement différente. Des détails intimes que les gens avaient révélés à Dorothea, épicés des bouts de conversations que vous aviez surpris, c'est ce qui s'est étalé dans la presse à scandales. Peut-être que Dorothea avait décidé de ne plus être votre associée ?

Il écarquilla les yeux et jeta un regard paniqué derrière moi, comme pour vérifier si j'étais seule.

— Vous dites n'importe quoi, dit-il d'un ton venimeux.

— Comme vous voudrez, souris-je. Mais vous n'avez pas été payé en liquide. Quelque part, il en reste une trace écrite. Et s'il y a une chose que ces crétins de flics savent faire, c'est bien retrouver des traces écrites. Freddie, si ce que vous dites est vrai et que vous n'avez pas tué Dorothea, je n'ai aucune raison de croiser le fer avec vous. John Turpin ne me paie pas pour découvrir qui est le mouchard de *Northerners*. (Je m'abstins de préciser que Ross Grant, en revanche, risquait de le faire. Ce n'était pas la peine de compliquer une situation déjà difficile.) Tout ce qui m'intéresse, c'est de protéger Gloria. Vous *l'aimez bien*, Gloria, enfin, je le sais. J'ai vu comment vous vous comportez avec elle. Est-ce qu'on ne peut pas en discuter un peu tranquillement ? Ou est-ce qu'il faut que je raconte tout à NPTV et aux flics ?

Il eut une grimace méprisante.

— Gloria avait bien dit que vous étiez futée, dit-il en ouvrant la porte pour me laisser entrer.

Il me précéda jusqu'à une petite salle à manger. Y trônait une table en chêne avec quatre chaises assorties, poncées, huilées et cirées à un tel point qu'elles luisaient sous la lumière opalescente des appliques. Une desserte en chêne plus sombre se dressait le long du mur. La seule touche de couleur provenait des poteries Clarice Cliff rangées sur une étagère qui courait tout autour de la pièce à hauteur d'homme. Si elles étaient authentiques, en les vendant, il avait de quoi vivre pendant un an. Freddie me désigna un siège et s'assit en face de moi, le dos à la porte.

— Comment avez-vous découvert que c'était ma mère ? demanda-t-il.

Je haussai les épaules, désinvolte.

— Pour un pirate informatique, il n'y a pas grand-chose d'impossible, de nos jours, dis-je. Et vous, comment vous avez appris ?

Il passa un pouce le long de sa mâchoire carrée comme s'il l'affûtait.

— Un mélange de chance et de volonté, dit-il. la première fois que j'ai eu une relation sérieuse, quand j'avais la vingtaine, j'ai tenu à savoir d'où je venais. Avant, ça ne me semblait pas important, mais l'idée d'être avec quelqu'un pendant longtemps, d'avoir des enfants, peut-être, tout ça m'a rendu curieux. J'ai fouillé les archives et j'ai découvert que mon père était déjà décédé. D'une crise cardiaque. Pas mal, pour une ordure sans cœur, dit-il avec un rire désabusé. J'ai continué de chercher et j'ai découvert que ma mère était Dorothea Thompson, née Dawson. Mais ça n'est pas allé plus loin.

Il continuait de me fixer avec attention. Sans

doute cherchait-il à voir s'il m'annonçait des choses que je ne savais pas encore.

— J'étais au courant de la dépression, dis-je. Est-ce que c'est là que vos recherches ont abouti à une impasse ?

— Oui. Elle a conservé son nom d'épouse en sortant de l'hôpital, puis elle a disparu sans laisser de traces. J'ai trouvé un cousin, le seul membre de la famille encore en vie, mais il n'avait pas la moindre idée de ce qu'elle était devenue. Le seul indice utile qu'il m'ait fournie, c'est une photo du mariage. J'ai même engagé quelqu'un dans votre genre, mais il ne l'a jamais retrouvée. Et puis un jour, j'étais assis dans la cafétéria du personnel chez NPTV et Edna Mercer est arrivée avec sa dernière toquade. Ça a été comme si je prenais un coup de poing dans l'estomac. Je n'ai pas eu besoin d'entendre son nom pour savoir qui elle était. Même des années après, elle ressemblait à la photo de mariage.

— Mais vous ne vous êtes pas précipité pour lui dire que vous étiez son fils perdu ?

— Quand j'ai commencé à fouiller mon passé, je ne crois pas que j'avais dû bien réfléchir à ce qui se passerait, dit-il avec un faible sourire. D'une certaine manière, c'était presque un soulagement de ne pas l'avoir trouvée. Voyez-vous, je lui en voulais. Mon enfance a été un cauchemar. Je n'ai jamais connu l'amour. On s'en prenait toujours à moi à l'école parce que j'étais petit. Je me faisais tabasser constamment par une salope sadique de mère adoptive parce que je mouillais toujours mon lit à sept ans. J'ai été violé dans un orphelinat à onze ans par trois autres gamins plus âgés et par un soi-disant éducateur. Je n'ai jamais pu choisir mes jouets ou mes vêtements. J'étais censé être content de ce qu'on me donnait. Je n'ai même pas pu garder mon vrai prénom. Mon père l'avait changé légalement avant de m'abandonner.

Il se tut, apparemment suffoqué par ces souvenirs. Je ne réussis pas à trouver quoi que ce soit à dire qui ne soit horriblement ordinaire. Mon enfance a été d'une normalité et d'une douceur à toute épreuve. Si je tombais, il y avait toujours quelqu'un pour me relever et me mettre un pansement sur le genou. Je m'endormais en écoutant des contes de fées, pas en faisant des cauchemars. Il y avait toujours des bras pour me prendre et des visages pour exprimer de la fierté devant mes succès. J'imaginais à grand-peine l'abîme qu'avait dû représenter pour lui une telle absence, sans parler des horreurs qui l'avaient comblée.

— Vous avez dû la détester, dis-je, surprise de ma voix rauque.

Il changea de position et son visage disparut dans le contre-jour, ses cheveux hérissés entourés d'un halo de lumière. Avec son col roulé et son jean noir, on aurait dit un fantôme satanique.

— Je voulais faire de sa vie un enfer, dit-il. Je voulais qu'elle comprenne les souffrances et le malheur qu'elle m'avait fait connaître.

— Je ne crois pas qu'elle ait beaucoup eu le choix.

— Bien plus que moi ! explosa-t-il. Elle aurait pu me chercher. Ce n'était pas si difficile de retrouver un enfant placé. Mais elle a décidé de me laisser où j'étais, sans se poser de questions.

Dans le silence qui suivit cet éclat, je me demandai comment Dorothea avait pu ressentir la situation. Souillée par l'opprobre du désordre mental, abandonnée par son mari, séparée de son fils, sans ressources. Elle ne pouvait rentrer chez elle, puisqu'elle n'en avait plus. Le village où elle avait grandi était le seul endroit qu'elle ne pourrait jamais oublier ni fuir. Elle n'avait aucune formation, aucune profession, et pourtant elle avait dû trouver un moyen de s'en sortir, dans une ville où elle n'avait pas le moindre ami pour la soutenir. Elle avait sûrement eu besoin de toute son énergie pour survivre. Elle avait probablement dû penser qu'il valait mieux ne pas le faire partager à son enfant.

— Peut-être qu'elle a essayé, hasardai-je. Peut-être qu'on n'a pas voulu qu'elle vous reprenne.

— C'est ce qu'elle a essayé de me faire croire, dit-il avec mépris. Sûrement pas. Elle ne m'a jamais cherché. Elle m'a laissé où j'étais. Et le problème, c'est que je ne suis pas un imbécile. Je sais que je suis bousillé. Et je sais exactement comment et pourquoi. Je suis mentalement bousillé parce qu'elle m'a laissé croupir dans mon coin, elle m'a laissé me faire maltraiter et violer. Et c'est pour ça que je ne l'ai pas tuée. Je la haïssais beaucoup trop pour lui offrir une échappatoire aussi facile. Je voulais qu'elle continue à souffrir pendant bien plus longtemps. Elle avait encore des années à payer.

Curieusement, je le croyais. Le vitriol qui transparaissait dans sa voix était sincère, si puissant que l'air en tremblait.

— Donc vous n'avez rien dit quand vous avez compris que la dernière découverte d'Edna Mercer était votre mère ?

— Pas un mot. Je l'ai juste observée, chaque fois que je pouvais. J'ai écouté ce que disaient les acteurs sur son compte quand je les maquillais. Au début, je ne savais pas quoi faire. D'un côté, je voulais désespérément l'aimer et qu'elle m'aime en retour. Et de l'autre, je voulais me venger. Alors j'ai attendu de voir quel côté l'emporterait. (Freddie changea à nouveau de position, croisa les bras et se pencha en avant. Sous la lumière qui tombait à la verticale, ses yeux étaient des abîmes impénétrables entourés d'ombre.) C'était gagné d'avance, en fait. Plus ils radotaient et disaient qu'elle était charmante, plus je lui en voulais de ce dont elle m'avait privé. J'ai voulu me venger.

— Mais vous avez fini par vous associer à elle. Pour gagner de l'argent, dis-je, essayant de ne pas montrer à quel point j'étais stupéfaite.

J'avais l'impression qu'il était encore bien décidé à ne pas m'en dire plus que je n'en savais déjà.

Il leva le nez et me regarda droit dans les yeux. Puis il aboya d'un étrange petit rire rauque.

— Vous ne comprenez pas ? C'était ça, ma vengeance. Un soir, j'ai attendu que son dernier client soit parti et je suis monté dans le camping-car. Je lui ai dit mes date et lieu de naissance et je l'ai vue perdre ses couleurs. Je n'ai pas eu besoin de lui dire qui j'étais. Bien sûr, elle m'avait vu dans les parages, mais là, c'était comme si elle me remarquait pour la première fois. Mais même dans un moment pareil, elle s'est très bien contrôlée. La première chose qu'elle m'a demandée, c'était si j'en avais parlé à quelqu'un d'autre.

« Voyez-vous, si elle révélait que j'étais son fils, ça n'aurait pas été simplement un beau conte de fées pour les tabloïds. Il aurait fallu qu'elle explique d'abord comment elle m'avait perdu de vue. Elle aurait dû avouer à tout le monde qu'elle avait été enfermée chez les fous. Elle était convaincue qu'elle perdrait ses clients chez *Northerners* et qu'elle se retrouverait au même point que des années plus tôt, en sortant de l'asile. Pour moi, elle se trompait, mais cela m'arrangeait bien qu'elle le croie. Grâce à ça, j'avais un moyen de pression. Je l'ai obligée à me raconter les secrets des gens et moi je les vendais. Elle faisait semblant de croire à ses prétendus dons de médium. Elle se prenait pour une sorte de prêtre ou de docteur, liée par une espèce de secret professionnel.

Son imitation méprisante était horriblement bien faite. Si j'avais été du genre superstitieux, j'aurais juré que je voyais le spectre de Dorothea se dresser devant moi.

— Alors pourquoi elle vous les disait ?

— J'étais son fils, dit-il simplement. Elle voulait me faire plaisir. À mon avantage, comme elle tenait absolument à ce que notre parenté reste secrète, il fallait qu'elle me passe mes quatre volontés.

— Et donc vous faisiez le lien entre ce qu'elle soutirait à ses clients et ce que les gens laissaient échapper au maquillage. Et grâce aux rapprochements entre les deux sources, vous pouviez trahir des gens qui vous considéraient probablement comme un ami, dis-je.

— Me faites pas rigoler, dit-il aigrement. Je ne suis pas leur ami. Je suis un larbin, un outil. Oh, bien sûr, ils me traitent comme si j'étais leur meilleur copain, mais si je mourais ce soir, je ne pense pas qu'il y en aurait plus de trois qui viendraient à l'enterrement, et encore, à condition qu'il y ait des photographes sur place. Le dernier attaché de presse de l'émission a commis l'erreur de croire qu'ils étaient ses amis. Il a fait une dépression nerveuse — à cause du stress. L'un des acteurs lui a envoyé une carte. Un autre un bouquet de fleurs. Et c'est tout. Il se crevait à les protéger depuis cinq ans et le jour où il est tombé malade, ils ont fait comme s'il n'avait jamais existé. Alors ne me faites pas le coup de la trahison. La seule personne que j'ai trahie délibérément, c'est ma mère. Et elle le savait.

— Est-ce que ça n'était pas risqué, de révéler

des secrets qu'ils savaient avoir confiés à Dorothea ? Personne n'a été capable de faire le rapprochement ?

Il secoua la tête avec un petit sourire mauvais.

— J'ai toujours attendu quelques mois. J'en profitais pour creuser un peu plus, voir si je pouvais dénicher des informations supplémentaires, des trucs que ma mère ne m'aurait pas dits. Une fois qu'on sait où chercher, c'est fantastique ce qu'on peut découvrir.

M'en parle pas, me dis-je en éprouvant une étrange pitié pour ce type blessé, qui avait subverti les astuces de mon métier pour semer le malheur.

— J'imagine que divulguer les scénarios vous permettait aussi de brouiller les pistes ?

— Les scénarios ? fit-il en fronçant les sourcils. Ce n'était pas moi. Je n'ai jamais vraiment été informé des scénarios à l'avance. Juste des bribes au hasard des conversations. J'ai entendu dire que c'était quelqu'un de la société de restauration qui était coupable. Que Turpin les faisait suer et qu'ils se vengeaient. C'est ce qu'on raconte.

Je ne pus m'empêcher de le croire. Il s'était montré tellement franc pour le reste, alors que cela le peignait sous un jour bien pire. En plus, il n'avait pas l'air de s'y intéresser. Je commençais à comprendre que Freddie Littlewood ne se passionnait qu'à ce qui le touchait de près. Tout le reste n'avait aucune importance.

— Vous lui avez offert de partager l'argent ? demandai-je ?

— J'ai essayé. Mais elle a refusé d'encaisser les chèques. Une fois, j'ai même fait un versement en liquide sur son compte. Et la semaine d'après, elle m'a donné un reçu d'une association pour la protection de l'enfance, pour un montant identique.

Cela aurait été tellement plus simple si j'avais pu me persuader que Freddie avait tué sa mère. Toutes les pièces du puzzle étaient rassemblées : deux personnes qui vendaient des secrets à la presse et dont l'association fonctionnait parce qu'elle devait rester secrète. Une brouille entre les deux complices, aggravée par la charge affective de leur relation. Un acte de violence né du feu de l'action. Le seul problème, c'est que ce n'était pas ça. Et si je donnais ces pièces à Cliff Jackson, il les forcerait à ressembler à l'image qu'il avait formée dans son esprit étroit.

Mais si ce n'était pas Freddie, qui était-ce ? Qui d'autre pouvait tirer avantage de la mort de Dorothea ? De qui servait-elle les objectifs ?

— J'imagine que vous ignorez le contenu de son testament ? demandai-je.

— Je sais que je n'hérite pas, dit-il sans hésiter. Quand je lui ai dit que j'allais vendre les confidences aux journaux, elle m'a répondu que si je voulais de l'argent, je n'avais qu'à demander. Elle a précisé que dès qu'elle avait su que j'étais son fils, elle avait modifié son testament en ma faveur, que je pouvais avoir l'argent dès maintenant, de son vivant, et que nous pourrions en profiter ensemble. Je lui ai répondu que je ne voulais pas de son argent, que ce n'était pas la question. Que je ne vendais pas les secrets pour gagner un peu d'argent, mais pour la faire souffrir. L'argent, c'était juste un bonus. Elle m'a répondu que si je persistais, elle modifierait à nouveau son testament et laisserait sa fortune à des associations caritatives au profit des asiles d'aliénés.

— Je parie qu'elle ne l'a pas fait, dis-je.

Il inclina imperceptiblement la tête et passa de nouveau son pouce sur sa mâchoire.

— Vous ne connaissiez pas Dorothea. La semaine qui a suivi la première publication, elle m'a envoyé une photocopie de son testament. Daté, signé, contresigné par des témoins. En dehors de legs à quelques amis, tous ses biens allaient à des œuvres.

— Ça pouvait très bien être du bluff. Elle avait peut-être fait un second testament qui vous laissait tout.

— Je ne crois pas. Si tel était le cas, je crois que la police serait déjà venue me voir. Ou bien son avocat m'aurait appelé. Non, elle était sérieuse. Mais je m'en fiche, vous savez. Je n'ai jamais rien espéré de bien de la vie. Ça vous évite d'être déçu.

Freddie recula sa chaise qui grinça sur le parquet. Il baissa les yeux d'un air inquiet pour vérifier qu'il n'avait pas laissé de marques.

— Je suis désolée, dis-je en me levant.

Il avait repris son regard méfiant.

— Pourquoi ? Je ne faisais pas partie de sa vie. Je ne connaissais pas ses amis en dehors de *Northerners*. Je ne savais même pas si elle avait eu des amants. (Il soupira.) À tous égards, nous étions des étrangers l'un pour l'autre, Kate.

C'était la première fois qu'il prononçait mon nom.

Je le suivis jusqu'à la porte. Alors que nous arrivions dans l'entrée, une femme descendit l'escalier, drapée dans un peignoir vaporeux. Je ne sais pas laquelle eut l'air le plus surprise, d'elle ou de moi. Je n'avais pas entendu le moindre bruit indiquant que nous n'étions pas seuls. Son regard passa en hésitant de l'un à l'autre, l'air plus soucieux que soupçonneux.

— C'est Kate, dit Freddie. Elle travaille avec nous. Elle est juste passée me dire qu'il y avait un changement d'emploi du temps dans le tournage de demain. Kate, je vous présente Stacey, ma fiancée.

Je me conformai à la version de Freddie et

souris d'un air idiot à la jeune femme qui continuait de descendre. Elle avait une troublante ressemblance avec Bugs Bunny, l'air intelligent en moins.

— Eh bien, bonjour et au revoir, Stacey, dis-je, tout en remarquant qu'elle avait largement dix ans de moins que Freddie.

— À une autre fois, peut-être, hein ? dit-elle en reculant pour me laisser me diriger vers la porte.

— Peut-être, mentis-je. (Je me sentais brusquement claustrophobe. Je tournai la poignée et j'ouvris la porte.) À demain, Freddie.

— Merci, Kate.

Je ne me retournai qu'une fois en arrivant à la grille. Sa mince silhouette s'encadrait en ombre chinoise dans le rectangle lumineux de l'entrée, avec Stacey dans un halo blanchâtre à côté de lui. Je ne l'enviais pas du tout.

J'avais mal au ventre. Pas à cause de cette déplaisante impression d'échec, mais parce que mon dernier repas remontait à bien longtemps. Je m'arrêtai au premier *fish & chips* venu et je restai dans la voiture, à manger de la morue et des frites molles en regardant les flocons de neige balbutiants essayer de se transformer en tempête. Ils n'arrivaient pas à grand-chose, un peu comme moi. Pour le moment, je ne voyais absolument pas qui avait pu envoyer des lettres de menaces à Gloria Kendal, ni pourquoi. Je ne savais pas plus qui avait tué Dorothea Dawson ni pourquoi et j'ignorais si cela constituait un danger pour Gloria ou quiconque. Je ne pouvais même pas innocenter mon autre client, Ross Grant, parce que le seul mouchard que je pouvais livrer à Turpin était quelqu'un qui avait encore plus à y perdre. Mon assistant avait été arrêté plus de fois que je n'avais convenablement dîné de la semaine, mon expert informatique était amoureux de quelqu'un qui n'existait peut-être même pas et l'un de mes meilleurs amis était en prison.

Encore heureux qu'aucun des magazines féminins n'envisageait de me prendre comme exemple des nouvelles femmes d'affaires anglaises qui réussissent.

Je froissai l'emballage de mon poisson et le balançai par terre côté passager, en espérant que je n'oublierais pas de le jeter à la poubelle une fois rentrée : sinon la voiture risquait de sentir la morue et le vinaigre jusqu'au premier jour du printemps, où je pourrais décapoter. Rentrer ne me disait pas grand-chose non plus. L'idée de retrouver une maison et un lit vides était un peu trop film noir à mon goût.

Je me doutais plus ou moins de l'endroit où avait dû aller Richard. Comme il avait prévu une soirée romantique, il n'avait pas décidé d'aller à un concert. Il aurait donc choisi un endroit où il pourrait rester assis dans un coin avec un joint et une bière, pour écouter de la techno tellement fort que ses vertèbres pourraient danser le cha-cha. Avec toute cette neige et personne pour le reconduire, il n'avait sûrement pas dépassé le centre-ville. Deux endroits seulement correspondaient à ce profil.

Je réfléchis soigneusement à la question. *Frash* était le plus probable. Il ne tarissait plus d'éloges sur le nouveau DJ. Avec la chance que j'avais en ce moment, il ne devait sûrement pas être là-bas. Mais forcément au *O-Pit*, un hangar restauré près du canal, qui sentait encore la ferraille et la graisse. Pour couronner le tout, il y avait la queue et je n'avais plus la force de resquiller. Je m'appuyai donc contre les moellons de la paroi, épaules rentrées, les mains enfoncées dans les poches. Je n'étais peut-être pas habillée pour sortir en boîte, mais j'étais la seule de toute la queue qui avait des chances de résister à l'hypothermie. Je finis par entrer.

C'était une marée de gosses, tous sous amphétamines et extasy, leurs visages livides luisants de sueur et leurs fringues tellement collées au corps qu'on aurait cru à de la peinture. Les dealers étaient faciles à repérer avec leurs regards tendus scrutant la salle, toujours entourés d'un petit groupe de clients. Personne ne faisait attention à eux, et surtout pas le personnel qui n'arrivait pas à répondre aux commandes incessantes de boissons gazeuses.

Je trouvai Richard là où je m'y attendais, au centre acoustique de la salle, à l'endroit où la musique était au volume maximum. Contrairement aux danseurs, il préférait les drogues qui vous ralentissent au lieu de vous speeder. Il avait le regard vague du gentil défoncé, une bouteille de Bud dans la main droite et un joint dans l'autre. Une gamine aux cheveux cuivrés, moulée dans du lycra et assez jeune pour être sa fille, lui lançait des regards énamourés. J'aurais pu lui dire qu'elle perdait son temps : il ne s'intéressait qu'à la musique.

J'entrai dans son champ de vision en esquissant un sourire navré. Au lieu de faire la tête, il m'adressa le lent et irrésistible sourire qui m'avait fait chavirer lors de notre première rencontre, puis il m'attira dans ses bras et m'embrassa doucement sur le front.

— Je t'aime, Brannigan, hurla-t-il. (Je fus la seule à entendre.) Rentrons, me cria-t-il à l'oreille.

Je secouai la tête et pris une gorgée de bière avant de l'emmener sur la piste. Parfois, le sexe, ça ne suffit pas.

19

NEPTUNE EN SCORPION DANS LA MAISON VI

La native aime recherches et enquêtes, en particulier si elles sont faites en secret. Elle use de ses découvertes pour affirmer son pouvoir sur le lieu de travail. Elle est subtile, fascinée par les secrets et leur révélation, et elle aime à exposer les mesquineries cachées, surtout si cela étanche sa soif de justice sociale.

D'après : *Écrit dans les Étoiles,*
Dorothea Dawson

Je me souviens d'un sketch des Monty Python où un personnage se plaint : « J'ai mal à la tête. J'ai la tête coincée dans un placard. » J'éprouvai exactement la même chose lorsque les premiers accords du *All Right Now* de Free explosèrent dans mon crâne. J'avais l'impression qu'on était encore au milieu de la nuit. Il faisait encore sombre. Notez, à Manchester en plein décembre, ça peut tout aussi bien être le milieu de la matinée. Je donnai un coup de coude dans les côtes de Richard. Après tout, c'était chez lui. Il émit un grondement de tricératops assoupi, se retourna et se mit à ronfler.

Je sortis en titubant du lit, frissonnai en touchant le sol de mes pieds endoloris et suffoquai en sentant mes hanches rouillées protester lorsque je m'ébranlai. La sonnette de Richard recommença son concert hurlant tandis que je descendais, jambes molles, en m'enveloppant dans mon peignoir et en réussissant à nouer la ceinture à la troisième tentative. Je savais bien que je n'aurais pas dû prendre une triple vodka sur glace. J'entrouvris la porte et Gizmo s'affala pratiquement sur moi, accompagné d'une rafale de neige.

— J'ai réussi, dit-il sans préambule.

J'essayai de me décrisper la mâchoire pour pouvoir parler.

— Oh, bon Dieu, finis-je par grogner, la bouche pâteuse, tout en m'appuyant contre le mur et en fermant les yeux, le temps que le plancher et le plafond reprennent une disposition normale.

— Vous êtes pas belle à voir, dit Gizmo depuis l'entrée du salon.

— Andouille, dis-je en m'arrachant péniblement du mur pour voir si je pouvais tenir debout. (Comme rien ne semblait s'effondrer, je posai un pied devant l'autre jusqu'au salon.) Chez moi, dis-je d'une voix de fausset en le précédant par la véranda jusqu'à mon système de survie dans la cuisine.

— Il est pas si tôt que ça, se défendit Gizmo. Vous aviez dit que c'était important.

La pendule du micro-ondes indiquait 7 h 49.

— Tôt, c'est très relatif, dis-je en ouvrant le frigo et en prenant le lait. De même qu'important.

Je me servis un verre d'une main tremblante et sortis mes vitamines. Quatre grammes de vitamine C, deux cachets de complexe vitamines B et deux de paracétamol. J'avais comme l'impression que l'ibuprofène et le paracétamol allaient constituer la plus grande part de mon alimentation de la journée. Je fis descendre les cachets avec une goulée de lait, frissonnai comme un paysan du Moyen Âge saisi des fièvres et je regrettai de ne pas avoir bu un litre d'eau lorsque nous étions finalement rentrés à 4 heures du matin.

— Tu es venu en bus ? demandai-je.

Gizmo éprouve pour les transports en commun l'affection des esprits obsessionnels.

C'est le genre à écrire aux producteurs de dramatiques télé pour se plaindre que le héros a pris la mauvaise ligne de bus pour se rendre à son rendez-vous avec l'assassin.

— Le 192, dit-il. Celui qui a pas d'impériale.

— Tu veux bien me rendre un service ? j'ai laissé ma voiture au *O-Pit*. Si tu peux prendre un taxi et aller me la chercher, le temps que tu reviennes, je serai en état d'écouter ce que tu as à me dire.

— Faut vraiment que je le fasse ? demanda-t-il avec la grimace mécontente d'un gosse de dix ans.

— Oui, dis-je en désignant la porte. Appelle un tacot, Giz.

Une demi-heure plus tard, j'avais remis la machine en route à l'aide d'une série de douches chaudes et froides alternées, suivies de quatre toasts au beurre de cacahuètes, taillés dans un pain qui se morfondait dans le congélateur depuis une éternité. Je parvins même à sourire à Gizmo lorsqu'il revint en faisant tourner mes clés autour de son index.

— Merci, dis-je en m'installant avec lui et une cafetière dans mon bureau. Désolée d'avoir été un peu brusque. J'ai eu une nuit un peu dure, tu vois.

— Je vois, dit-il. On aurait dit que vous aviez besoin d'une nouvelle carte-mère et de quelques barrettes de mémoire supplémentaire.

— Pas le cerveau, la carrosserie aussi, gémis-je. Cette année, j'ai commencé à me dire qu'il arrive quelque chose d'épouvantable à votre corps quand on dépasse la trentaine. Je suis sûre que je n'avais pas mal comme ça avant, quand je sortais en boîte.

— Ça peut qu'empirer, maintenant, me réconforta-t-il. La prochaine fois, ça sera de l'arthrite. Et puis ensuite, vous oublierez les noms.

— Les noms ?

— Ouais. Les noms des choses. Faites attention. Un de ces jours, vous commencerez à tout appeler « truc », « machin-chouette » ou « bidule ».

Il avait l'air sérieux. Il me fallut quelques secondes pour me rendre compte que j'entendais ce qui passe pour une blague sur sa planète. Je secouai la tête, mais pas trop vite pour éviter de me rétamer quelques neurones de plus, et je grommelai. Gizmo alluma mon ordinateur.

— Vous avez VideoTranslator sur votre machine, hein ?

— Sur le disque externe, lui dis-je.

Il hocha la tête et se lança dans des manipulations avec le clavier et les périphériques trop rapides pour que mes synapses embrumées puissent suivre. Au bout de quelques minutes passées à tripoter et grommeler, il se radossa.

— Voilà. C'est un peu biscornu, il y avait pas assez de polygones pour lisser l'image. Avec ce genre de rendu, je ne risque pas d'obtenir un prix. Mais c'est ce que vous vouliez, je crois.

Je réussis à me concentrer sur l'écran. Je ne sais pas pourquoi, mais les couleurs semblaient plus vives que sur les photos du lieu du crime. Si j'avais été seule, je serais allée chercher mes lunettes de soleil, mais mon personnel ne me respecte déjà pas beaucoup. Je me penchai et j'examinai attentivement ce que Gizmo avait réalisé.

Nous restâmes assis en silence tandis que son œuvre se déroulait devant nous. À la fin, je lui donnai une tape sur l'épaule.

— Fabuleux ! m'enthousiasmai-je. Ça a dû te prendre des heures.

Il haussa une épaule dans un mouvement qui le fit régresser au stade d'adolescent timide.

— Je m'y suis mis dès que je suis rentré. J'ai fini vers 2 heures. Mais j'ai fait une petite pause pour parler à Jan. Alors c'est pas comme si ça m'avait pris toute la nuit ni rien. (Il se dandina sur son siège.) Enfin, Dennis est ton copain.

— Il te doit une fière chandelle, dis-je. Rappelle-le-lui. Il doit bien y avoir quelqu'un à qui tu as envie de faire peur.

Gizmo prit un air indigné.

— Sûrement pas. Sauf s'il trouve le salaud qui m'a envoyé un virus qui a bousillé tous mes fichiers.

Je ne répondis rien. Ce n'était pas le moment de lui faire remarquer que si la charmante Jan était un coup monté, il aurait peut-être besoin des talents de Dennis plus vite que prévu.

— Je vais devoir passer une demi-heure au téléphone. Tu peux m'attendre ou aller directement au bureau.

— J'ai mis mes Docs. Je vais y aller à pied, j'aime bien la neige. Pas la peine de me raccompagner.

Je me précipitai sur le téléphone pour appeler Ruth. Dix minutes plus tard, elle me rappelait pour me dire qu'elle avait arrangé un rendez-vous avec l'inspecteur Tucker à notre bureau, plus tard dans la matinée.

— Il n'est pas très chaud, m'avertit-elle. Je crois que ta réputation t'a précédée. Il m'a demandé si tu étais la détective privée impliquée dans l'affaire Dorothea Dawson.

— Tu as menti ?

— Non, je lui ai dit de se renseigner sur toi auprès de Della. Apparemment, son assistant travaillait pour elle, donc c'est un nom qui lui disait quelque chose.

— Ah.

— C'est un problème ?

— Pas pour moi, mais peut-être pour l'assistant, dis-je. (Tucker n'aurait pas besoin de trop réfléchir pour comprendre comment je m'étais procuré les photos du lieu du crime.) C'est ma faute. J'aurais dû te prévenir.

— Je n'aime pas trop ça, dit Ruth, inquiète.

— Ne t'inquiète pas. À tout à l'heure.

Il me fallut encore vingt minutes pour m'occuper de Donovan et de Gloria. Nous finîmes par convenir qu'il irait la chercher chez sa fille pour la conduire au commissariat et qu'il attendrait qu'elle ait fait la déposition qui l'innocentait. Ensuite, il l'emmènerait en courses. J'espérai qu'elles avaient toujours l'intention de faire leur shopping le plus loin possible du territoire de la Police de Manchester. S'il devait y avoir une arrestation pour vol à l'étalage, je ne voulais pas m'en mêler.

J'emportai une nouvelle cafetière dans la véranda. Le soleil était revenu de ses congés d'hiver. Son reflet sur la neige était épouvantable. Je dégotai une paire de lunettes de soleil dans le porte-journaux et contemplai le blanc aveuglant du jardin. Il y a des jours où je me verrais bien en maître zen. Le moindre bruit m'écorchait les nerfs, mais j'avais encore un meurtre à résoudre et personne en vue pour jouer le rôle de l'assassin. Quelqu'un avait forcément voulu tuer Dorothea, car il n'y avait aucune ambiguïté quant à ce qui lui était arrivé : ce n'était pas du tout un suicide. Seulement je ne voyais ni qui ni pourquoi.

Je n'avais toujours pas progressé lorsque je dus partir pour mon rendez-vous avec Tucker et Ruth. Richard dormait encore, à plat sur le dos, les bras en croix. Je songeai à le clouer au matelas, mais je me contentai de coller un Post-it sur sa poitrine, lui proposant de me retrouver au déjeuner. Quand je ne sais plus quoi faire, ça peut toujours servir d'engager un deuxième cerveau. Et faute de cerveau, je pouvais toujours me contenter d'un Richard avec une gueule de bois.

Si Shelley avait appris la débâcle de la veille, l'atmosphère du bureau risquait d'être encore plus glaciale que dehors. Je m'arrêtai en chemin chez un fleuriste et j'achetai le plus gros poinsettia qu'il avait en magasin. Cela servirait à la fois de calumet de la paix et de décoration pour le bureau. Il restait trois semaines jusqu'à Noël, et même avec mes mains allergiques au vert, la plante avait des chances de tenir jusqu'au Nouvel-An.

Je posai le pot sur son bureau, un sourire hésitant sur les lèvres. Elle leva le nez brièvement, examina la plante et me sabra d'un coup de dicton populaire.

— Il n'y a que les fous pour porter du rouge et du vert. Gizmo avait raison. Vous êtes pas belle à voir.

— Joyeux Noël aussi, murmurai-je.

— Je ne suis pas obligée de travailler ici, renifla-t-elle.

— Personne d'autre ne serait fichu de vous supporter, maintenant que la guerre est finie, répondis-je suavement en filant dans mon bureau.

Gizmo avait déjà tout mis en place. Si on pouvait faire des miracles sur la Trente-quatrième Rue, je ne voyais pas pourquoi on ne pouvait pas en faire autant sur Oxford Road.

Ruth fut la première à arriver.

— Je déteste les surprises, gronda-t-elle en laissant tomber sa fausse fourrure en tas dans un coin.

Peut-être que Tucker prendrait cela pour un loup assoupi et se ferait doux comme un agneau.

— Joli costume, dis-je pour changer de sujet.

— Mmm, fit-elle en balayant d'une pichenette une poussière sur la veste bleu roi et l'austère pantalon noir qui enveloppait un physique aux proportions parfaites, mais immenses. Tu ne trouves pas que ça fait un peu hôtesse du Cheshire ?

— Mais ma chérie, tu es une hôtesse du Cheshire.

Elle retroussa les babines. Si elle avait encore eu son manteau sur le dos, je crois que j'aurais sauté par la fenêtre.

— Géographiquement parlant seulement, dit-elle. Je croyais que tu avais besoin d'être dans mes bonnes grâces, ce matin ?

Avant que j'aie pu poursuivre ce badinage, l'interphone grésilla.

— Il y a un inspecteur Tucker qui vient vous voir, dit le glaçon humain.

Je croisai ostensiblement les doigts à l'adresse de Ruth et j'ouvris la porte.

Si le type qui se tenait devant le bureau de Shelley avait été un peu plus grand, on aurait pu lui tremper le crâne dans de la peinture blanche et lui faire repeindre le plafond. Il était tellement maigre qu'il devait éviter de marcher sur des grilles d'aération. Il avait une épaisse touffe de cheveux poivre et sel, une peau grêlée par des traces d'acné juvénile et un sourire cent mille volts qui illuminait ses doux yeux du gris qui évoque le granit ou la fourrure de lapin.

— Kate Brannigan, dis-je. Merci d'être venu. Voulez-vous vous donner la peine d'entrer ?

Près de lui, j'avais les yeux à la hauteur de sa poche de poitrine. Je lançai à Ruth un regard sur le mode « pourquoi-tu-ne-m'as-rien-dit ? » et le fis entrer. Il échangea les salutations rituelles avec Ruth et se plia dans le fauteuil que je lui désignais. Je fis pivoter le moniteur pour que nous puissions tous le voir.

— Désolée d'avoir fait autant de mystères, dis-je. Mais si je vous avais annoncé ce que j'avais en tête, vous m'auriez ri au nez. Vous ne m'auriez certainement pas prise au sérieux.

— Je suis là, alors venons-en au fait. Nous avons tous un emploi du temps chargé, dit-il sans hostilité.

Manifestement, il ne devait pas fréquenter les mêmes dîners maçonniques que Cliff Jackson.

— Je ferai court, je vous le promets. La semaine dernière, vous avez découvert le corps de Kelly le Pitbull dans une boutique squattée par Dennis O'Brien. Kelly avait dit à ses frères qu'il allait à la boutique pour virer Dennis et prendre les locaux pour lui. Le lendemain matin, il était découvert mort d'une hémorragie sub-arachnoïde, une blessure inhabituelle et difficile à infliger. Vous avez décidé, non sans raison, étant donné ce que vous savez de Dennis, qu'il avait tué Kelly d'un coup de karaté. Mais ou ce que je connais, moi, de Dennis, je sais que ça ne s'est pas passé comme ça. (Je levai les mains pour contenir l'objection que je voyais Tucker prêt à formuler.) Mais si on laisse de côté un tel préjugé, il reste une preuve clé qui indique que Dennis n'a pas tué Kelly. Je le connais depuis longtemps et je sais que la seule chose qu'il refuse d'affronter, c'est un chien de garde. Lorsqu'il était encore cambrioleur, il ne touchait jamais une maison gardée par un chien. Si Kelly était venu avec son pitbull, Dennis n'aurait même pas ouvert la porte. Mais supposons qu'il l'ait fait quand même. Ce chien est un tueur. Si Dennis avait levé le petit doigt, le chien lui aurait sauté à la gorge. Dennis n'aurait jamais pu, ne serait-ce que poser la main sur le maître — il aurait été égorgé avant.

Tucker hocha la tête d'un air compréhensif.

— J'ai déjà entendu cet argument dans la bouche de Ms Hunter. Et si ce crime avait eu lieu en terrain dégagé, j'aurais peut-être été conduit à l'admettre. Mais vous avez beau me dire qu'O'Brien déteste les chiens de combat, cela ne signifie pas pour autant qu'il n'ait pas tué Patrick Kelly. Je pourrais arguer pour ma part que le fait que le chien ait été séparé de son maître par la porte de derrière laisse à penser qu'O'Brien était en fait dans la boutique, et avait accepté de parler à Kelly à l'unique condition que le chien reste dans le couloir de service.

— Et dans ce cas, comment est-il sorti ensuite ? Il est impossible de filer par devant sans être filmé par les caméras de sécurité et franchir une grille de métal, fis-je remarquer.

— O'Brien est un cambrioleur aguerri, dit Tucker en haussant les épaules. S'il s'est donné la peine de réfléchir, je suis sûr qu'il a trouvé un moyen de s'enfuir que ni vous ni moi n'imaginerions, même en y pensant pendant un mois.

— Ce n'est pas le genre d'argument qui aura beaucoup de poids devant un jury en l'absence de toute preuve du contraire, intervint Ruth.

Tucker fronça les sourcils et ses yeux s'assombrirent.

— Ce que je veux vous montrer, coupai-je avant qu'il perde ses bonnes dispositions, c'est une hypothèse qui répond à tous les problèmes que présente cette affaire. Il devrait être relativement simple aux gars du labo de démontrer si j'ai raison ou tort. Mais pour le moment, tout ce que je vous demande, c'est de regarder.

Je tapai sur quelques touches et l'économiseur d'écran disparut, remplacé par le couloir de service de la boutique de Dennis. Quelques secondes passèrent, puis une silhouette tressautante avec le visage et les vêtements de Kelly apparut. Malgré le peu de temps et de ressources dont il disposait, Gizmo avait réussi à donner l'impression que Kelly était comme l'avaient déclaré ses frères, sous l'influence de l'alcool et de l'herbe qu'il avait pris pour se donner le courage d'aller affronter Dennis. À côté de lui apparut un pitbull chahuteur, tout aussi tressautant et pas très bien coordonné. Tous les trois pas, il sautait vers son maître qui lui faisait signe de se calmer. Gizmo avait même ajouté des aboiements dans la piste sonore.

— Deux de ses frères ont confirmé que le chien sautait toujours sur son maître. C'est encore un chiot. Il est plein d'énergie, ajoutai-je, devançant les protestations de Tucker qui voyait où je voulais en venir.

— C'est impressionnant, se contenta-t-il de dire.

Nous regardâmes Kelly et son chien arriver à la porte de la boutique. Il tendit une main vers le bouton et le tourna maladroitement. Comme il s'attendait à la trouver fermée, il trébucha lorsqu'elle s'ouvrit. Alors qu'il penchait en avant, le chien tira brusquement sur sa laisse, déséquilibrant Kelly et lui faisant faire un demi-tour sur lui-même, si bien que l'angle vulnérable sous sa mâchoire cogna le chambranle, accompagné d'un bruit sourd rajouté par Gizmo.

L'écran devint momentanément noir. Puis le point de vue changea. Nous étions dans la boutique, derrière la porte. À nouveau, nous vîmes Kelly cogner le chambranle et le chien reculer. La laisse échappa à Kelly et le chien fila dans le couloir alors que Kelly s'effondrait de biais, refermant la porte sous son poids. La scène finale se figea dans la photo du lieu du crime qui avait servi de point de départ à ce montage.

J'entendis Tucker pousser un petit sifflement indiquant qu'il prenait enfin ce qu'il voyait au sérieux.

— J'imagine que je vais perdre mon temps si je vous demande d'où vous sortez ces photos ?

— J'en ai bien peur, oui. Tout ce que je peux vous dire, c'est que c'est par un moyen détourné, ajoutai-je pour tenter de protéger le contact de Della.

— J'imagine que nous pouvons espérer une remise en liberté de mon client à la lumière de cette démonstration ? dit Ruth en s'enfonçant majestueusement dans son siège et en allumant une cigarette.

Noël Coward l'aurait adorée.

— C'est très convaincant, Ms Brannigan, mais vous savez comme moi que cela ne change rien, dit Tucker.

— Ça devrait, parce que cela explique tout, sacrément mieux que les hypothèses échafaudées jusqu'ici, dis-je. La porte n'était pas verrouillée, parce que Dennis ne voulait pas que le propriétaire le tienne responsable s'il devait la défoncer pour rentrer dans les locaux. L'alibi de Dennis tient debout. Cela explique également pourquoi le chien ne s'est pas battu avec l'assassin, puisqu'il n'y avait pas d'assassin. Je sais que ça n'arrange pas vos statistiques de police, mais ce n'était pas un meurtre. C'était le plus simple des accidents.

Tucker se mordit la lèvre.

— Vous argumentez bien. Mais ce n'est pas la première fois que la femme d'O'Brien lui donne de faux alibis et il avait vraiment une bonne raison de se fâcher avec le mort.

— Vous allez procéder à un examen minutieux du chambranle, n'est-ce pas, inspecteur ? demanda Ruth d'un ton de mauvais augure.

— Je ne suis pas certain que ce soit justifié, répondit prudemment Tucker. Par ailleurs, nous avons dégagé l'accès au lieu du crime.

— Parce que si vous ne le faites pas, continua Ruth comme s'il n'avait rien dit, moi je vais le faire. Je mettrai là-dessus mon propre expert dès cet après-midi. Et s'il trouve de minuscules fragments de peau et peut-être même un peu de sang avec le même ADN que Patrick Kelly à la hauteur exacte que sa mâchoire aurait pu heurter, Mr O'Brien vous intentera un procès pour abus de pouvoir. Ce sera follement amusant, n'est-ce pas ?

— Un délicieux cadeau de Noël pour vos chefs, ajoutai-je.

Je commençais à comprendre à quel point c'est agréable de menacer la police. Et je voyais pourquoi Ruth adorait à ce point son travail.

Tucker soupira et se mordit la lèvre de plus belle.

— Je vais faire examiner la porte, dit-il finalement. Et j'irai causer au pathologiste. (Il se leva en dépliant son grand corps de toute sa hauteur.) L'expérience a été très intéressante, Ms Brannigan. Je suis sûr que nous aurons l'occasion de nous revoir.

Ruth lui arracha la promesse de l'appeler dès qu'il aurait la moindre information nouvelle et je le raccompagnai.

— Dis-moi, qu'est-ce qui t'a amenée à penser à tout ça ? demanda Ruth à peine la porte fermée.

— J'aimerais pouvoir te dire que c'est une brillante intuition. Mais ce ne serait pas vrai. Je suis sur la liste de diffusion d'un groupe de discussion du Net sur la médecine légale, dis-je, un peu penaude. En général, je suis trop occupée pour faire plus que lire les messages en diagonale, mais de temps en temps, certains détails bizarres me restent en tête. J'avais lu quelque chose sur une affaire du même genre et je m'en suis souvenue parce que le pathologiste qui en était l'auteur l'avait intitulé « le meilleur ami de l'homme et son pire ennemi ».

Si Ruth avait eu quatre pattes et une queue, elle aurait dressé les oreilles. Elle se contenta de se pencher en avant avec un air très intéressé.

— Tu en as une copie ?

— Non, je ne les sauvegarde pas. Mais je peux lancer une demande pour qu'on me le renvoie. J'ai gardé quelques références et ça devrait suffire pour chercher dans la bonne direction.

Ruth se leva et écrasa sa cigarette dans le pot du cactus qui agonisait sur mon rebord de fenêtre.

— Fais-le, dit-elle d'un ton décidé en prenant son manteau. Bon boulot, ajouta-t-elle. Je dirai à Dennis qu'il te doit entièrement sa libération. Tu m'envoies ta note, n'est-ce pas ?

— Je croyais que les honoraires d'avocat de Dennis étaient payés par l'État ?

— C'est le cas.

— Mais l'État refusera de me payer pour ça, protestai-je.

Le sourire carnassier de Ruth fut parfaitement assorti à son manteau en faux loup.

— Non, mais Dennis oui. Tu diriges une entreprise, pas une association caritative. Il y a les services qu'on rend à ses amis et les honoraires pour frais professionnels. Ceux-là, il est censé les payer.

— Mais...

— Il n'y a pas de mais. Tu ne sers à rien pour personne si tu ne tires pas profit de ton travail. Envoie ta note.

J'aurais bien discuté. Mais elle est plus grande que moi. Et puis discuter avec une avocate, c'est interminable. Et j'avais un rendez-vous à déjeuner.

20

TRIANGLE JUPITER-NEPTUNE

La native est idéaliste, elle apprécie les discussions théoriques et philosophiques. Elle est parfois généreuse à l'excès et est capable de se mettre en quatre pour aider les autres. Il lui arrive parfois de ne pas être à la hauteur de ses propres attentes.

D'après : *Écrit dans les Étoiles,*
Dorothea Dawson

Le *Yang Sing* était le restaurant chinois le plus connu de Manchester avant d'être détruit par un incendie, et il en souffrait en conséquence. Tenter d'y obtenir une table à l'heure de pointe, au déjeuner comme au dîner, surtout aux environs de Noël, était à peu près aussi gratifiant que d'attendre le bus de nuit. Ce que les touristes ignoraient, c'est qu'au coin de la rue se trouvait une annexe, le *Petit Yang Sing*, où la cuisine était au moins aussi bonne et dont la décoration tendait davantage vers les lignes claires du rétro années soixante que vers les inévitables aquariums géants et le papier peint floqué de la plupart des restaurants chinois.

Richard y était déjà lorsque j'arrivai. Attendaient également deux bouteilles de Tsing Tao, une assiette de travers de porc et un petit plat de beignets wonton aux crevettes. Si ma matinée m'avait appris quelque chose, c'était bien que la seule manière de tenir durant la journée, ce serait d'alimenter régulièrement mon flux sanguin en alcool. Je n'avais pas le temps de souffrir, aujourd'hui j'aurais ma gueule de bois une fois que je serais au lit et pas avant.

Tout en buvant une rasade de bière, je scrutai Richard. Même en tenant compte de ses quatre heures de sommeil en plus, il n'avait absolument pas le droit d'avoir l'air aussi peu ébranlé par nos excès de la veille. Ses yeux noisette semblaient ensommeillés derrière ses nouvelles lunettes sans monture, mais il faut dire qu'il a toujours l'air de quelqu'un qui sort à peine du lit. Sa barbe qu'il n'avait pas rasée faisait plus sexy que négligé et sa peau était fraîche et bien tendue sur ses larges pommettes. Je jure qu'il n'a pas l'air plus vieux que le soir où nous sommes tombés l'un sur l'autre, il y a six ans. J'aurais bien aimé pouvoir dire la même chose sur mon compte, mais il me suffit d'un simple regard aux miroirs qui couvraient le mur du fond du restaurant pour savoir que c'était un mensonge. Un éclairage particulièrement impitoyable faisait ressortir les quelques fils d'argent dans mes cheveux auburn. Teindre ou ne pas teindre ? La question était plus d'actualité que je ne l'aurais souhaité.

— Comment s'est passée ta matinée ? demanda-t-il au moment où je portais un travers de porc à mes lèvres.

Classique : il pose toujours des questions quand il y a un plat pour lequel il faut se battre.

Je secouai la tête en nettoyant l'os d'un coup de dents.

— Durement, dis-je. Mais on dirait que Dennis va pouvoir sortir avant Noël.

— C'est une chose de moins dont tu auras à t'inquiéter, alors. Et Gloria ? Elle a reçu d'autres lettres ?

— Rien. J'ai envoyé Donovan l'accompagner pour faire du shopping avec sa fille. J'attends son coup de fil.

— Éteins ton portable, sourit Richard. Tu as besoin de tes deux mains, avec ce que j'ai commandé.

Il n'avait pas tort. Nous engloutîmes sans problème une demi-douzaine de dim-sums et d'amuse-gueules, deux bols de soupe épicée et quatre plats. Ma capacité à absorber de grandes quantités après une nuit harassante ne laissera jamais de m'étonner. J'aurai sûrement besoin d'une greffe d'estomac à quarante ans. D'ici là, ce sera probablement du domaine du possible.

Je pris la dernière crevette du bout de mes baguettes, que je reposai avec regret sur mon assiette.

— Je ne peux plus, dis-je.

— Moi non plus, admit Richard. Alors, tu en es où, avec ton meurtre ?

Je lui racontai mon entrevue avec Freddie Littlewood. J'avais l'impression que cela remontait à une éternité, alors qu'il avait eu lieu la veille.

— Donc, je crois que j'ai trouvé la source de la plupart des scandales dans les journaux, conclus-je. En tout cas, ceux qui concernaient les personnes plutôt que les fuites de scénarios. Mais je ne sais pas comment utiliser cette information pour innocenter Ross Grant sans mettre Freddie dans la merde. Je préfère éviter de le faire parce que, franchement, il a vraiment l'air de ne pas avoir été gâté par la vie.

— Et tu es sûre que ce n'est pas lui qui a tué sa mère ? Il en aurait eu facilement l'occasion et il admet qu'il la détestait.

— Je crois tout bonnement qu'il n'est pas coupable. Pourquoi la tuer ? Il mettait du beurre dans ses épinards en vendant les infos et en plus, il la faisait souffrir. Une vengeance qui rapporte : il n'y a pas beaucoup de gens qui y arrivent.

Richard se servit une tasse de thé et la fixa pensivement.

— Peut-être qu'elle en a eu assez, dit-il enfin. Peut-être qu'elle allait tout révéler et compter sur l'indulgence de ses clients.

— Elle n'aurait sûrement pas eu droit à beaucoup de pitié de leur part, ricanai-je. Et même en supposant que tout ce petit monde était prêt à pardonner et oublier, John Turpin ne l'aurait pas autorisée à remettre les pieds chez NPTV. Ce qui me rappelle justement...

Je laissai ma phrase en suspens en repensant à ce que m'avait confié Cassie.

— Je t'ai demandé, dit Richard du ton de quelqu'un qui en a assez de répéter, qui est John Turpin ?

— C'est le Coordinateur Administration et Production de NPTV, dis-je d'un air absent. Le cadre de la télé typique. Tu vois le genre. À peu près aussi créatif qu'une limace de mer. Ils sont parfaits pour compter les sous et réduire les coûts. Il doit y en avoir des comme ça dans la presse.

— Les conseillers d'édition, approuva-t-il d'un ton lugubre.

— Et son obsession, c'est de découvrir le mouchard qui divulgue les scénarios de *Northerners* à l'avance. Il a même menacé le traiteur qui approvisionne les tournages en extérieurs de ne pas renouveler son contrat parce qu'il le soupçonne.

— Sympa. Alors, c'est quoi, ce truc à propos de Turpin qui t'a fait penser à autre chose, il y a cinq minutes ?

— Je me souvenais juste d'une conversation que j'ai eue hier avec Cassie Cliff.

— L'ex Maggie Grimshaw ?

— Celle-là même.

Richard sourit pensivement.

— J'adorais Maggie Grimshaw. La femme dans toute sa splendeur. La déesse de *Northerners*. (Son sourire disparut.) Jusqu'au moment où la vérité a éclaté. Alors, qu'est-ce qu'elle avait à raconter sur John Turpin ?

Je lui racontai l'anecdote sur Turpin et Tina Marshall au *Normandie*.

— Je ne pige vraiment pas ce que ça veut dire, fis-je.

— Peut-être qu'il l'avait invitée à dîner en espérant qu'elle lui confierait quelque chose sur sa source.

— Je ne crois pas qu'il soit si bête, dis-je avec une grimace.

— Peut-être pas bête, mais présomptueux, oui, fit remarquer Richard. Il ne faut jamais sous-estimer l'opinion qu'un cadre quadragénaire peut avoir de lui-même.

— Eh bien, soupirai-je, si c'est ce qu'il cherchait, il n'a manifestement pas réussi, puisqu'il continue à faire tout un cirque pour découvrir son mouchard.

— Il a des actions dans NPTV ? demanda Richard.

— Je crois. Le contrat de *Northerners* est en passe d'être renégocié. L'autre jour, l'un des acteurs disait que Turpin s'en mettrait plein les poches si NPTV devenait l'enjeu d'une surenchère entre les chaînes hertziennes et le câble. Donc je pense qu'il doit y avoir un intérêt financier.

Richard se radossa d'un air satisfait.

— La voilà, ta réponse. C'est pour ça que Turpin chouchoute Tina Marshall. C'est lui, le mouchard de *Northerners*, conclut-il, en faisant signe au serveur d'apporter l'addition.

Parfois, je me demande comment quelqu'un

qui n'écoute jamais arrive à gagner sa vie comme journaliste.

— Richard, fais un peu attention. Je viens de te dire qui est le mouchard. Freddie Littlewood utilisait Dorothea pour récupérer les petits secrets qu'il vendait à la presse.

— Je *faisais* attention, dit-il d'un ton patient. Freddie sortait les squelettes des placards, grâce aux informations exclusives de Dorothea. Ce que tu ne m'as pas dit, c'est qui vendait les scénarios. D'après ce que tu dis, Turpin doit y avoir accès.

— Mais pourquoi ? Qu'est-ce qu'il peut y gagner ?

Richard secoua la tête, abasourdi.

— Je n'arrive pas à croire que tu sois aussi lente, Brannigan. D'habitude, tu es beaucoup plus rapide quand il est question de fric. C'est une histoire d'audimat, non ? Plus *Northerners* a mauvaise réputation, plus les gens regardent. Plus les gens regardent, plus le feuilleton a de valeur quand il s'agit de négocier les droits de diffusion entre le satellite et le câble, parce que les gens vont claquer des centaines de livres pour acheter une parabole, ou un décodeur et des abonnements, plutôt que d'être privés de leur dose régulière de *Northerners*.

— Mais je le sais, protestai-je. La différence, avec les scénarios, c'est qu'ils sont divulgués avant leur diffusion. Et ça fait baisser l'audience.

Le serveur déposa l'addition sur la table entre nous. Machinalement, nous sortîmes nos portefeuilles.

— Qui dit ça ? demanda Richard en posant sa carte de crédit sur la soucoupe avec la mienne.

— Les acteurs. Quand les téléspectateurs savent ce qui va se passer, ça leur est égal de ne pas regarder. Du coup, ils s'intéressent à autre chose et finissent par ne plus suivre du tout le feuilleton.

Le serveur emporta addition et cartes.

— Deux factures, s'il vous plaît, demandâmes-nous en chœur.

Il hocha la tête. Il nous avait servis suffisamment souvent pour connaître les habitudes de deux indépendants qui déjeunent ensemble.

— C'est des conneries, tu sais, dit Richard. C'est peut-être ce que leur raconte Turpin, mais c'est des conneries. Si tu laisses filtrer les scénarios, ce qui se passe, c'est que tu fais monter la mayonnaise. D'abord, tu as un journal qui dévoile la nouvelle, ensuite tous les autres s'y mettent, et puis, les magazines télé suivent et avant que tu aies le temps de te retourner, c'est sur toutes les lèvres. Tu ne te rappelles pas le grand sujet de conversation des années quatre-vingt ? « Qui a tué JR ? » Ou du tapage fait autour de la liaison entre Deirdre Barlow et Mike Baldwin dans *Coronation Street* ? Tout le pays y était suspendu. Je te parie que Turpin a eu l'idée quand les révélations de Freddie Littlewood ont commencé à paraître dans les journaux et que les chiffres d'audience ont monté.

— Il n'oserait pas, soufflai-je.

— Où est le risque ? C'est lui qui est chargé de trouver la source des articles sur *Northerners*. Turpin sait qu'il y a un vrai mouchard en plus de lui, donc s'il découvre quoi que ce soit, il peut tout mettre sur le dos de l'autre. Et jamais Tina Marshall ne va le trahir, étant donné qu'il est sa poule aux œufs d'or. Et il est même probable qu'elle ne le paie pas des masses.

Je me penchai en avant et passai une main dans ses épais cheveux châtain pour lui faire baisser la tête vers moi. Je déposai un baiser sur ses lèvres qui s'entrouvrirent. Je sentis sur ma langue le goût du citron, du gingembre et de l'ail. Puis je reculai pour reprendre mon souffle.

— Maintenant, je me rappelle pourquoi je te supporte.

Le serveur toussota. Je lâchai la tête de Richard et nous signâmes nos reçus d'un air penaud. Richard posa sa main sur la mienne.

— Nous n'avons pas eu le temps de terminer, hier soir, dit-il d'une voix rauque.

Je caressai sa main de l'ongle de mon pouce et savourai le frisson qui le parcourut.

— Chez toi ou chez moi ?

Juste avant que nous ne nous glissions sous ma couette, je passai un rapide coup de fil à Gizmo pour lui demander de faire des recherches sur la teneur exacte des intérêts financiers de John Turpin dans NPTV. Puis je débranchai le téléphone.

Un peu plus tard, j'étais plus ou moins en train de m'endormir dans la chaleur musquée de la poitrine de Richard, lorsque sa voix s'insinua dans mon esprit comme une bourrasque de neige.

— Je vais te dire un truc, Brannigan. Si quelques petits scandales peuvent faire monter l'audience, imagine ce qu'un meurtre a pu provoquer.

Brusquement, je fus complètement réveillée.

Sandra McGovern, née Sattherthwaite, avait hérité des tendances ostentatoires de sa mère. La maison où elle habitait avec son mari Keith et leur fille Joanna montrait clairement des idées de grandeur. Elle se dressait non loin de Bury New Road, du côté chic de Prestwich, et on aurait dit un invité à qui on a fait croire que la soirée était déguisée. Toute la rue se composait de maisons en briques rouges, simples, bien qu'imposantes, bâties dans les années soixante. Le Château McGovern avait opté pour le look temple grec. Le portique soutenu par une demi-douzaine de colonnes ioniques était surmonté de statues de déesses plus ou moins dévêtues. Des bas-reliefs avaient été plaqués à intervalles réguliers sur la brique et une frise en stuc à motif hellénisant courait sur la façade juste au-dessous des fenêtres du premier.

Par une journée d'été ensoleillée, cela aurait pu être supportable. Mais les McGovern prenaient manifestement Noël au sérieux. Toute la maison était festonnée de guirlandes animées, d'un clignotement propre à vous flanquer la migraine. Et parmi les déesses grecques, un Père Noël trônait dans un traîneau tiré par quatre rennes bondissants, le tout en plastique gonflable. Les deux moitiés d'un sapin scié dans le sens de la hauteur avaient été plaquées sur le mur de chaque côté de l'entrée, surchargées de guirlandes clignotantes et de décorations scintillantes. Une énorme couronne de houx ornait la porte. J'appuyai sur la sonnette et le vacarme d'un chant de Noël me terrassa. Parfois, je me dis que Scrooge avait raison.

Il y eut un long silence. Je m'armai de courage pour sonner à nouveau lorsque je vis une silhouette bouger derrière la vitre dépolie. Puis Donovan ouvrit la porte. Mais c'était un Donovan comme je n'en avais jamais vu, drapé dans un kimono en soie prune qui lui descendait jusqu'aux mollets. Il avait le visage couvert de sueur et l'air extrêmement gêné.

— Quelle frime ! murmurai-je.

Il sembla stupéfait, mais à quoi pouvais-je m'attendre de la part d'un étudiant ingénieur ?

— Salut, Kate, dit-il.

— J'espère que ça n'est pas ce dont ça a l'air, dis-je en désignant le costume.

Il leva les yeux au ciel.

— Vous êtes pire que ma mère. Vous me connaissez, non ? Entrez, que je ferme cette porte. On est au fond, dit-il en me précédant dans le couloir. Si vous trouvez que la façade est un peu chargée, attendez de voir la suite.

Je le suivis comme je pus sur une moquette à poils longs assez épaisse pour dissimuler plusieurs patrouilles de boy-scouts. J'essayai de ne pas regarder de trop près les fresques impressionnistes fleuries qui couvraient les murs. Au bout du couloir se dressait une porte en bois massif. Donovan l'ouvrit et s'effaça pour me laisser passer.

Je quittai l'hiver pour entrer dans un été tropical. Chaude, verte et suffocante comme une jungle hollywoodienne, la véranda en verre armé triple épaisseur devait occuper une surface équivalant à la maison elle-même. Des fougères et des palmiers se bousculaient le long des parois et se répandaient en cascades sur l'allée en briques. Des lampes infrarouges chauffaient le tout. L'air sentait un curieux mélange d'humus et d'eau de Javel. Des gouttes de sueur commençaient déjà à perler sur mon front lorsque je suivis l'allée entre les épais buissons, tournai et me retrouvai devant une vaste piscine de la forme irrégulière d'une vraie mare.

— Salut, ma poule, piailla Gloria d'une voix rauque de perruche d'Amazonie.

Elle était étalée sur les coussins d'une chaise longue en bois, vêtue d'un simple maillot de bain. À ses côtés, une version plus jeune était couchée, dressée sur un coude comme une convive dans une orgie romaine, tenant mollement du bout des doigts une flûte de champagne embuée. Gloria me fit signe d'approcher en tapotant le siège voisin du sien.

— Défaites-vous de tout ça, me conseillat-elle. (Je m'assis et ôtai mon blouson de cuir et mon pull. Même en jean et en t-shirt, je crevais encore de chaleur.) Don, mon chou, va nous chercher un autre transat, tu seras un amour, cria Gloria. Voilà ma Sandra, continua-t-elle. Sandra, je te présente Kate Brannigan, la fine fleur des détectives privés de Manchester.

Nous nous saluâmes d'un signe de tête et je fis quelques compliments hypocrites sur la maison et la piscine. Sandra eut l'air ravie et Gloria se rengorgea, ce qui était le but recherché. Donovan réapparut avec une quatrième chaise longue qu'il plaça un peu à l'écart. Pudiquement, il ôta le kimono, révélant un maillot bleu trop grand, et posa sur le rebord du siège son corps luisant comme un bronze de Rodin.

— Pas de problème, aujourd'hui ? demandai-je.

Gloria s'étira voluptueusement. Pour une femme qui avait passé la soixantaine, elle avait un physique exceptionnel. D'autant plus étonnant si on tenait compte de la vie qu'elle menait.

— Pas un, ma poule. Rien que du plaisir du début à la fin. On est allés au commissariat d'Oldham et j'ai parlé à un charmant jeune inspecteur qui comprenait pas pourquoi on avait fait tant d'histoires la veille. Enfin, bref, le petit Donovan est lavé de tout soupçon et on n'a plus à se faire de souci pour ça. Ensuite, on est allées acheter nos cadeaux de Noël. Il a fallu offrir un peignoir et un maillot pour Don et tout, parce que Keith est une crevette, à côté de lui. On n'a pas vu un journaliste de toute la journée et rien ne pouvait me faire plus plaisir. Et vous ? Du nouveau ?

— Je voulais vous demander quelque chose, dis-je en éludant sa question. Vous vous souvenez, quand je suis venue vous chercher au camping-car de Dorothea, le soir où elle a été assassinée ? Bon, j'étais trop occupée à me bagarrer avec le parapluie et à regarder si personne ne nous épiait, donc je n'ai pas fait très attention aux visages. En plus, comme je ne connais pas vraiment bien les gens chez NPTV, si j'avais remarqué quelqu'un, je n'aurais pas su l'identifier. Mais vous...

— Vous voulez que je réfléchisse aux gens que j'ai vus sur le parking ?

— Ça pourrait se révéler important.

Gloria se radossa et ferma les yeux en se massant les tempes.

— Voyons voir... dit-elle lentement. Il y avait deux femmes qui montaient dans une voiture un peu plus loin. Je ne connais pas leurs noms, mais je les ai vues dans le bureau de la compta... Valerie Brown est sortie du bâtiment administratif et a couru jusqu'à la production... J'ai vu un rouquin qui est monteur passer avec Maurice Warner et sa secrétaire. Ils allaient à la voiture de Maurice... John Turpin était sur le seuil du bâtiment administratif, il avait l'air de se demander s'il devait traverser en courant... Freddie, Diane et Sharon, du maquillage... Ils montaient dans la voiture de Sharon. Tous les trois, ils vont toujours au pub le vendredi soir... Tamsin, du bureau de presse, est sortie de l'administration pour aller jusqu'au poste de sécurité, mais elle ne courait pas, avec les chaussures idiotes qu'elle porte. (Elle ouvrit les yeux et se redressa.) Il y avait aussi une ou deux autres personnes, mais soit elles étaient trop emmitouflées pour les reconnaître, soit je les connaissais pas. Est-ce que ça vous est utile ?

— Plus que vous ne pensez, Gloria, dis-je en m'emparant de mon pull. Bien plus que vous ne pensez.

— Alors c'est quoi ? demanda-t-elle. Vous savez qui a tué Dorothea ?

— J'ai ma petite idée, dis-je. Je ne veux pas en dire trop pour l'instant. Il faut que je vérifie quelques trucs. Mais si Donovan peut vous conduire au bureau demain à la première heure, je pense que je vais pouvoir vous en donner pour votre argent.

Donovan me lança un regard résigné.

— Il faut que je reste avec Gloria ?

— Oh, je pense bien, oui, dis-je. Vous faites un si beau couple...

21

SATURNE EN POISSONS DANS LA MAISON XI

La native est à l'aise lorsqu'elle est seule et c'est en solitaire qu'elle travaille le mieux. Elle estime ses amis autant pour leur expérience que pour leurs qualités personnelles. Elle a tendance à se concentrer exclusivement sur ses objectifs, mais elle est douée d'un esprit souple et compréhensif. Elle est intuitive et imaginative, mais il lui arrive d'avoir des sautes d'humeur.

D'après : *Écrit dans les Étoiles,*
Dorothea Dawson

Lorsque Freddie Littlewood rentra chez lui, je l'attendais. Stacey, la bonne pâte aux grands yeux, était arrivée un quart d'heure avant lui et m'avait fait entrer sans l'ombre d'une hésitation. Elle m'avait laissée dans la salle à manger, sans doute parce que c'était là qu'avait eu lieu ma première entrevue avec Freddie, et elle était revenue cinq minutes plus tard avec un plateau chargé d'une théière, d'un pot à lait, d'un sucrier et d'une tasse décorée de chatons.

— Ça n'a pas dû être facile, ces derniers jours, pour Freddie, dis-je d'un ton compatissant.

— Pas plus que d'habitude, dit-elle en me regardant d'un air surpris. Pourquoi ça aurait dû l'être ?

Jusqu'à cet instant, l'idée que Freddie ait pu ne rien dire à Stacey du meurtre de sa mère ne m'était pas venue à l'esprit. Certains me trouvent froide, mais moi, je n'aurais pas pu passer le reste de ma vie avec quelqu'un en qui j'avais si peu confiance.

— Je voulais dire à cause de la police qui grouille partout, improvisai-je précipitamment, me souvenant que j'étais censée travailler moi aussi pour NPTV. Ça nous a beaucoup dérangés. Ils se trimballent partout comme s'ils étaient chez eux et ils posent des tas de questions. Alors que Dorothea Dawson ne travaillait même pas pour NPTV.

Apparemment satisfaite, Stacey s'en alla en s'excusant parce qu'elle devait se changer et préparer le dîner. Je n'aurais pas pu non plus imaginer de me marier avec quelqu'un d'aussi peu curieux vis-à-vis d'une étrange bonne femme qui venait voir son fiancé à deux reprises en si peu de temps. Je bus mon thé en regrettant que ce ne soit pas une grande vodka au citron. Le bruit de la porte d'entrée qui s'ouvrait et se refermait fut immédiatement suivi des pas de Stacey dans le hall et d'un murmure de conversation à voix basse.

Freddie arriva sur le seuil, l'air fatigué.

— Qu'est-ce qu'il y a de si urgent pour que ça ne puisse pas attendre demain ? demanda-t-il avec brusquerie, plus pour Stacey que pour moi, songeai-je.

— J'avais besoin de la réponse à une question, dis-je. Je ne serai pas au bureau de bonne heure demain et je me suis dit que ça ne vous ennuierait pas que je vienne chez vous vous la poser.

Il referma la porte et s'appuya contre elle.

— Vous n'avez jamais entendu parler du téléphone ? demanda-t-il d'un ton exaspéré.

— C'est beaucoup plus dur pour savoir si les gens mentent, répondis-je gentiment. Déceler la vérité est déjà assez difficile comme ça.

Freddie croisa les bras et me lança un regard noir.

— Puisque vous êtes là, je vais répondre à votre question. Mais à l'avenir, si vous voulez me parler, venez me voir au boulot ou appelez. je ne veux pas que Stacey pâtisse de tout ça, OK ?

— C'est très chevaleresque de votre part, dis-je. Il n'y a pas beaucoup d'hommes qui se soucieraient assez du bien-être de leur future femme, au point de ne même pas lui dire que sa future belle-mère vient de se faire assassiner.

— Ce qui se passe entre Stacey et moi ne vous regarde pas. Vous vouliez me poser une question ?

— Vous m'avez dit que ce n'était pas vous qui divulguiez les scénarios à la presse et je vous crois, dis-je. Mais quelqu'un l'a fait. Et je me demandais si Dorothea vous avait jamais laissé entendre qu'elle savait de qui il s'agissait.

Il me considéra d'un long regard pensif en passant son pouce sur sa mâchoire, dans ce geste inconscient qui m'était déjà familier.

— Elle m'a dit un jour que ce n'était pas difficile à deviner en regardant les horoscopes. Elle disait que peu de gens liés à *Northerners* présentaient la bonne configuration astrologique. Et si on excluait ceux qui n'avaient pas un accès direct aux scénarios, cela réduisait encore plus le choix.

— Est-ce qu'elle vous a mentionné un nom ?

— Pas sur le moment. Elle m'a dit qu'elle n'avait pas beaucoup le choix avec moi et qu'elle était obligée de me dire les secrets des gens, mais qu'elle n'allait pas ruiner l'existence de quelqu'un si elle n'avait aucune preuve en dehors de son intuition. Mais un jour...

Il laissa sa phrase en suspens.

— Qu'est-ce qui s'est passé, Freddie ? le pressai-je.

— Turpin était au maquillage un jour et quelqu'un s'est mis à parler de l'un des articles en demandant si c'était vrai qu'il allait se débarrasser du traiteur parce que c'était eux les mouchards. Turpin a dit qu'il n'était pas convaincu que ça résoudrait le problème. Je me suis retourné et il me fixait. J'ai pensé qu'il me soupçonnait peut-être. Alors je suis allé chez Dorothea et je lui en ai parlé. Elle m'a dit qu'elle serait heureuse si Turpin découvrait le pot-aux-roses, parce que du coup, elle serait libérée et elle ne serait plus obligée de me confier les secrets de ses clients.

— Mais ce n'était pas le cas, n'est-ce pas ? demandai-je doucement.

Il secoua la tête et s'éclaircit la gorge.

— Non. Elle a déclaré qu'elle ne laisserait pas Turpin briser ma carrière. Elle m'a dit qu'elle était très certaine que c'était lui qui divulguait les scénarios et qu'elle allait le mettre au pied du mur.

— Elle voulait le dénoncer ? demandai-je, incapable de croire que Freddie ne me révélait cela que maintenant.

— Non, elle n'était pas comme ça. Je vous l'ai dit, elle essayait de me contenter le plus possible, sans doute pour compenser ce que j'avais subi dans mon enfance. Non, elle m'a dit qu'elle ferait un marché avec Turpin. S'il arrêtait de chercher le mouchard, elle ne dirait rien de ses soupçons sur lui.

— Mais elle n'avait pas la moindre preuve en dehors de son horoscope, protestai-je.

— Elle m'a dit que si elle avait raison, il y avait forcément des preuves. Il suffisait que quelqu'un cherche là où il fallait et Turpin se rendrait compte qu'une fois qu'elle l'aurait désigné, il aurait des ennuis. Du coup, il serait obligé de reculer et de me laisser en paix. Sauf qu'évidemment, elle n'allait pas lui dire que c'était moi, en tout cas, pas avec autant de précision. Elle voulait se contenter de dire qu'elle transmettait un message du mouchard.

— Quand était-ce ? demandai-je en essayant de garder un ton dégagé.

— Il y a deux, trois semaines ? fit Freddie en haussant les épaules. Elle m'a dit ensuite qu'il avait accepté le marché. Qu'il avait compris ce qu'elle voulait dire. Vous ne pensez pas que ça ait le moindre rapport avec son assassinat, tout de même ?

— Pas vous ? demandai-je, incrédule.

— Je vous l'ai dit, c'était il y a des semaines.

Je n'arrivais pas à comprendre une telle naïveté. Puis je me rendis compte que c'était moins de la naïveté que de l'égocentrisme.

Il y a beaucoup en jeu, lui fis-je remarquer. Vous savez vous-même que vous ne retravailleriez plus jamais pour la télé si jamais je disais à NPTV ce que vous avez fait. Et il y a un tas de gens chez *Northerners* qui ont bien plus à perdre que vous. Si quelqu'un considérait Dorothea comme une menace...

— Enfin, elle ne le faisait pas chanter, dit Freddie en fixant le plancher. Elle était trop honnête pour ça.

— Elle vous a bien laissé *la* faire chanter, fis-je remarquer.

— C'était différent. C'était à cause de son sentiment de culpabilité.

— On dirait bien que c'est ce qui l'a tuée, Freddie.

Je me levai et lui posai un main sur le bras. Il se dégagea.

— Ne me touchez pas ! Ça n'a aucune importance pour vous. Vous ne connaissiez pas ma mère !

Il n'y avait plus rien à ajouter. J'avais obtenu ce que j'étais venue chercher et Freddie Littlewood était bien décidé à n'accepter la compassion de personne pour la mort d'une mère qu'il avait à peine connue. Je retournai à ma voiture, heureuse de ne pas être à sa place.

J'avais à peine claqué la portière que mon portable sonna.

— Allô ?

— Salut, Kate. Je suis sorti ! dit Dennis, aux anges.

— Libre et lavé de tout soupçon ?

J'avais du mal à le croire.

— Mise en liberté provisoire en attendant les résultats du labo. Ruth dit que tu as fait un vrai tour de passe-passe ! Tu es où ? Je peux te payer le champ' ?

Si quelqu'un méritait du champagne, c'était cette pauvre Debbie. Mais la solidarité féminine a ses limites et j'avais plus besoin de Dennis qu'elle. J'étais contente de ne pas avoir fait ce qu'avait proposé Ruth et envoyé une facture, car ce soir, j'avais besoin d'un paiement en nature.

— Laisse tomber le champ', dis-je. Il faut que tu me rendes un petit service. Tu es où ?

— Dans le bar du *Ramada*, annonça-t-il. Et j'ai déjà la bouteille devant moi.

— Du calme. Je serai là dans une demi-heure.

Il fallait que je fasse un rapide détour par un annuaire. Je démarrai et quittai le trottoir en dérapant. La chaussée avait gelé pendant que j'étais chez Freddie. La nuit promettait d'être traître. Et j'avais bien l'intention de contribuer à l'hécatombe.

Quand on sort de la Prison de Strangeways et qu'on remonte en ville, le *Ramada Hotel* est probablement le premier endroit civilisé sur lequel on tombe. C'est en tout cas le premier où on peut acheter une bouteille de champagne convenable. Après l'attentat de l'IRA, sa façade me rappelait les cartes de bingo qu'on trouve dans les clubs des villes de bord de mer et dont on masque les numéros lumineux une fois qu'ils ont été annoncés. Il y avait tellement de fenêtres condamnées au *Ramada* que la façade avait des allures de carte gagnante du gros lot. Je trouvai Dennis sur un tabouret de bar, une bouteille de Dom Pérignon devant lui. Je me demandai combien de clients à « moins d'une livre » il avait fallu pour payer ça.

Il sauta du tabouret en me voyant, me serra contre lui d'une main et me tendit une flûte pleine de l'autre.

— Ma femme préférée ! brailla-t-il d'une voix de fausset, en levant le verre qu'il avait pris à son tour.

— Quel dommage qu'on soit déjà mariés, toi et moi, dis-je en trinquant avec lui.

— Merci d'avoir tout réglé, dit-il, plus sérieusement.

— Je savais que ce n'était pas toi.

— Merci. Pour ton petit service... il faut qu'on s'isole ?

Je désignai une table libre dans un coin.

— Là-bas, ça ira.

Dennis m'emboîta le pas, un bras musclé

enserrant le seau à glace où attendait le reste du champagne. Une fois installés, je lui décrivis mon plan dans les grandes lignes.

— On sait où il habite ? demanda Dennis.

— Il n'y en a qu'un dans l'annuaire. De l'autre côté de Bolton. Lostock.

— Ça a l'air d'un quartier dans son style.

— Pourquoi ? C'est quel style ?

— C'est là que les gens de Bolton emménagent quand ils réussissent. Plus le genre bourré de fric que d'imagination.

— Assez logique. J'ai regardé sur un plan. Il n'y a que des maisons isolées d'un seul côté de la route. En face, c'est un golf.

— Tu penses qu'ils sera chez lui ?

— Il y a qu'une seule façon de le savoir, dis-je en finissant mon champagne et en désignant son portable.

— Il est trop tôt, dit Dennis, balayant ma suggestion avant de m'exposer son plan.

Une heure plus tard, j'étais à plat ventre dans une congère. Je n'aurais jamais cru que les pieds gelés à ce point puissent continuer à fonctionner. La seule chose qui m'indiquait que mon nez coulait, c'étaient les gouttes qui tombaient dans la neige devant moi. Bien que vêtue de tout ce que j'avais pu trouver de chaud et d'imperméable, j'étais assez gelée pour faire sombrer le Titanic. Nous en étions à notre deuxième tentative d'affût. Le devant de la maison s'était révélé inadapté au plan de Dennis et à présent, nous guettions derrière la clôture qui entourait une maison de retraite et nous observions le jardin de notre cible.

— Quand est-ce qu'on y va ? geignis-je comme une malheureuse.

Dennis était sur le rebord de la congère, une paire de jumelles légères en caoutchouc noir collées sur les yeux.

— On dirait qu'on a de la chance, dit-il.

— Explique-moi à quel point de vue.

— Il a pas pris la peine de tirer les rideaux de sa cuisine. J'ai une vue plongeante sur le clavier du code de l'alarme. S'il la met en sortant, je pourrai voir quels chiffres il tape.

— Est-ce que ça veut dire qu'on va pouvoir y aller maintenant ? demandai-je d'un ton plaintif.

— Tu fais le tour par-devant. Je te donne cinq minutes avant d'appeler. À peine il sort, tu fonces dans l'allée et tu t'occupes de la serrure de la porte d'entrée. Je te rejoins le plus vite possible. (Il se retourna et me fit signe de partir.) En selle. Et oublie pas qu'on est habillés pour la nuit, pas pour la neige. Reste dans l'ombre.

C'est le problème, quand on vit dans un climat où il n'y a de la neige que dix jours par an. Aucun malfrat, même sérieux, ne se donne la peine d'investir dans une tenue de camouflage blanche. Ni la garde-robe de Dennis ni la mienne ne nous avaient offert grand-chose d'adapté aux ruelles sombres. Je m'éclipsai entre les buissons et je descendis l'allée de la maison de retraite. Après quoi, je traversai discrètement la rue et gagnai le golf, où je pataugeai dans la neige jusqu'aux genoux, avant d'arriver à la maison qui nous intéressait. Une lampe était allumée au-dessus de l'entrée et la lumière du couloir projetait des rayons obliques sur le plafond des pièces à l'étage. Les pièces situées de chaque côté de l'entrée étaient pourvues d'épais rideaux.

Je consultai ma montre. Quelques minutes plus tard, Dennis aurait appelé et expliqué qu'il y avait eu une effraction chez NPTV et que la police avait besoin que Mr Turpin vienne sur-le-champ évaluer les dégâts. Un rapide coup de fil à Gloria nous avait permis de savoir qu'il était divorcé et que, d'après ce qu'elle savait, il n'y avait personne dans sa vie.

Au même moment, la porte s'ouvrit et il apparut sur le seuil, enfilant une veste en cuir par-dessus son pantalon de costume et un gros pull-over. Dans le silence nocturne, j'entendis le bip prolongé d'une alarme qui se mettait en route. Il referma la porte et marcha d'un pas vif jusqu'à sa voiture. Une lumière de sécurité s'alluma, projetant sur l'allée un mélange d'ombres et de lumière crue.

Moteur en route, phares éclairant la porte du garage, feux arrière, puis la grosse Lexus descendit l'allée verglacée et s'engouffra dans la rue. Je la regardai disparaître au carrefour, puis j'escaladai le talus, traversai la rue et remontai l'allée de chez Turpin en évitant les lumières. Le porche était plus éclairé que ma cuisine. Je n'avais encore jamais enfreint la loi en m'exposant à ce point. Je fouillai sous ma veste et ma pelisse, mes doigts gelés dans les gants en latex cherchant dans ma ceinture mon trousseau de crochets. Au moins, avec cet éclairage, je verrais ce que je faisais.

Assez bizarrement, ça n'accéléra pas les choses. Réussir à crocheter une serrure tient essentiellement au toucher, pas à la vue, et mes doigts étaient encore engourdis par le froid. Dennis était déjà arrivé et s'impatientait à côté de moi que je n'avais pas encore trouvé la bonne combinaison de crochets.

— Dépêche, Kate, souffla-t-il dans un nuage de buée blanche.

La porte s'ouvrit et il me dépassa pour foncer jusqu'au clavier et taper le code qui arrêterait le petit bip d'avertissement précédant le vacarme assourdissant de la sirène d'alarme qui, dans un quartier comme celui-là, ferait accourir la police en moins de dix minutes. Je le laissai faire et j'inspectai les pièces du bas.

Un salon d'un côté du couloir, une salle à manger de l'autre. Cuisine à l'arrière. Je courus à l'étage. Quatre portes, trois entrouvertes. La première était celle de la chambre de Turpin, avec une salle de bains privée. La seconde, fermée, était la salle de bains des invités. La troisième une chambre d'amis sans caractère. La dernière, bien entendu, était celle qui m'intéressait. Au moment où j'entrais, l'alarme se tut et le silence devint une présence palpable.

Par bonheur, le bureau de Turpin donnait à l'arrière sur le jardin. Du coup, je m'offris le luxe d'allumer la lampe de bureau. Je jetai un rapide coup d'œil autour de moi. Il y avait un mur entier de livres, la plupart traitant d'histoire militaire ou de management. Sur le mur opposé, des étagères abritaient des boîtes d'archives, des piles de rapports et des collections reliées de magazines financiers. Un PC trônait sur le bureau. Je l'allumai. Pendant qu'il se mettait en route, je m'attaquai aux tiroirs. Aucun n'était fermé à clé. Soit Turpin se considérait comme invincible, soit nous nous trompions de cible.

Brusquement, Dennis apparut à côté de moi.

— Tu veux que je fasse les tiroirs pendant que tu fouilles l'ordinateur ? demanda-t-il.

— Je préfère que tu gardes un œil sur le devant, dis-je. Je sais que ça devrait lui prendre une heure pour aller à NPTV et en revenir, mais je préfère être prudente plutôt que me faire pincer.

— Tu as sûrement raison, dit Dennis.

Il ressortit aussi silencieusement qu'il était entré. Au moins, je n'avais plus à craindre de me faire prendre la main dans le sac. J'examinai l'ordinateur. Apparemment, Turpin utilisait Word pour tous ses documents, ce qui me convenait parfaitement. Je sortis un CD-ROM de ma ceinture et le mis à la place de l'encyclopédie qui occupait le lecteur. Il avait fallu que j'use de toute ma persuasion pour convaincre Gizmo de me prêter ce disque et j'espérais qu'il en valait la peine. C'était un petit logiciel malin qui fouillait tous les documents Word pour trouver telle ou telle combinaison de termes. Je tapai « Doreen Satterthwaite » et lançai le programme.

Pendant ce temps, je fouillai le bureau. Sans grande surprise : Turpin était quelqu'un de très ordonné. Je feuilletai des dossiers de notes d'électricité, de gaz, relevés d'impôts locaux, jusqu'à ce que je tombe sur les factures de téléphone. Le filaire et le mobile étaient sur la même. Un rapide coup d'œil me révéla que je n'aurais à les voler. Turpin possédait l'une de ces imprimantes bourdonnantes et crépitantes qui font à la fois office de scanner et de photocopieuse. Je sortis les notes des six derniers mois et les fis glisser dans la photocopieuse.

Quand le téléphone sonna, je sursautai. Au bout de trois sonneries, le répondeur se déclencha. La voix d'une femme flotta, surnaturelle, dans le couloir.

— Salut, Johnny, c'est Deirdre. Finalement, je suis libre. Si jamais tu as mon message à une heure raisonnable, passe à la maison prendre un verre. Et si je ne suffis pas à te tenter, il y a des saucisses de Clitheroe pour le petit déjeuner. Appelle-moi.

Bip. Je jetai un coup d'œil à l'écran et je vis qu'il y avait deux fichiers contenant « Doreen Satterthwaite ». Je m'apprêtais à les ouvrir, lorsque le cri de Dennis me fit bondir sur place.

— Merde ! cria-t-il. On est grillés, Brannigan !

22

MARS EN LION DANS LA MAISON IV

La native est combative et réalise ses projets avec succès. Elle est honorable et prend la responsabilité de ses actes. Elle a du caractère, elle agit avec audace et est souvent mêlée à des incidents violents. Elle a un sens aigu du théâtre qui frôle le goût du mélodrame. Généreuse, elle déteste la mesquinerie.

D'après : *Écrit dans les Étoiles,*
Dorothea Dawson

La brusque décharge d'adrénaline me fit l'effet d'un coup de jus. Dennis hurlait presque.

— Éteins. Chambre d'amis. Tout de suite !

Je n'eus pas le temps de quitter correctement Windows : j'enfonçai mon index sur l'interrupteur de l'ordinateur. Puis j'empoignai les photocopies et fourrai les originaux dans le dossier que je balançai dans le tiroir sans vérifier si c'était le bon, avant de bondir et d'éteindre la lampe.

J'avais fait trois pas dans la pièce quand j'entendis le *bip* se déclencher alors que Dennis rebranchait l'alarme. Je plongeai dans le couloir et de là dans une petite pièce qu'éclairait la lampe de sécurité placée à l'extérieur. Je me glissai derrière la porte pour me plaquer contre le mur. Quelques secondes plus tard, j'entendis Dennis qui montait l'escalier quatre à quatre. Il se retrouva à côté de moi, haletant silencieusement.

— Il y a un capteur dans le coin, dit-il. Sous le lit. Vite !

Je m'aplatis au sol et roulai, Dennis à ma suite. Alors que je cognais la table de chevet à l'autre bout du lit, le bip insistant s'éteignit et le silence retomba. J'entendis claquer une portière. Puis la porte d'entrée s'ouvrit et il se déclencha à nouveau. J'avais déjà les nerfs à fleur de peau et je me doutais que Dennis ne valait pas mieux. Pendant les prochains mois, j'étais sûre de me réveiller en pleine nuit en entendant ce fichu bip strident dans mes cauchemars.

— Comment on fait pour foutre le camp ? sifflai-je.

— Au pire, on attend qu'il aille se coucher. Détends-toi. Mais pas trop. J'ai pas envie que tu te mettes à ronfler, murmura Dennis en me pressant la main pour me rassurer.

Nous supportâmes encore quelques secondes d'enfer acoustique, puis le silence revint, seulement troublé par le battement de deux cœurs sous le lit de la chambre d'amis de John Turpin. S'il n'y avait pas eu de la moquette, nous n'aurions pas eu une chance. Puis il y eut un déclic, un bip, et la tentative de séduction sensuelle de Deirdre repassa, heureusement étouffée. J'entendis le bruit d'un téléphone qu'on décrochait, puis les bips d'un numéro qu'on composait. C'est incroyable comme certains sons se diffusent facilement et d'autres non. Tout d'abord, je n'entendis de la voix de Turpin qu'un murmure sourd, puis, à mesure qu'il montait les escaliers et s'approchait de sa chambre, la conversation devint parfaitement claire.

—... à mi-chemin sur l'autoroute quand je m'en suis rendu compte. Quand j'ai demandé à ce soi-disant vigile s'il avait appelé Peter Beckman, il a répondu que Peter était déjà en route. Mais Peter a pris quelques jours de congé cette semaine pour aller à cette idiotie de marché de Noël en Allemagne avec sa femme. Du coup, je l'appelle sur son portable, et voilà que j'apprends qu'il dînait dans un restaurant flottant sur le Rhin. (J'entendis le bruit de chaussures qui tombaient.) Oui, je sais, continua-t-il après un bref silence. Alors j'ai appelé la sécurité du studio et ils m'ont dit qu'il n'y avait eu aucune effraction et que personne ne m'avait appelé... Non, je ne crois pas. C'est un de ces cons de techniciens qui fait une virée et qui s'est dit, tiens, on va faire une bonne blague à Turpin, on va lui gâcher sa soirée... (Un autre silence.) Oh, d'accord, je vais voir, mais l'alarme était en route... Oui, je vais me changer et j'arrive tout de suite. Tu sais à quel point j'aime les saucisses de Clitheroe au petit déjeuner, ajouta-t-il d'un ton lourd de sous-entendus.

J'étais certaine d'avoir du mal à digérer les saucisses pour un bon bout de temps, à présent.

Je tendis l'oreille et je perçus le glissement de portes coulissantes qui s'ouvraient et se fermaient, puis les légers froissements de quelqu'un qui se change. J'entendis la porte de la salle de bains s'ouvrir, le déclic d'un interrupteur allumé puis éteint, et la porte qui se refermait. Une autre porte frotta sur la moquette, deux autres déclics d'interrupteur. Le bureau. Il vérifiait, exactement comme il avait promis de le faire à cette bonne vieille Deirdre. Ma gorge se noua et je me raidis. Le CD-ROM de Gizmo était encore dans le lecteur. Où est-ce que j'avais fourré le CD que j'avais sorti ? La main de Dennis se serra encore plus fort sur la mienne. Les alentours du lit s'illuminèrent, mais seulement un bref instant. Puis l'obscurité retomba.

Je sentis la tension se dissiper lentement en moi. Nous nous en étions sortis. Turpin allait partir. L'ironie du sort, c'était que si nous avions attendu un quart d'heure de plus pour que Dennis passe son faux coup de fil, Deirdre nous aurait évité de nous donner tant de mal et je n'aurais pas perdu cinq ans d'espérance de vie. Dennis me lâcha la main. Je lui tapotai le bras pour le remercier.

Finalement, Turpin rebrancha l'alarme et le ronronnement grave de sa voiture s'éloigna dans le lointain.

— On fait quoi, maintenant ? demandai-je.

— Il est parti pour la nuit. Tu as des heures devant toi, dit Dennis d'un ton jovial.

— L'alarme est branchée. Dès qu'on sort de sous le lit, on va tout déclencher. Et peut-être que les saucisses de Clitheroe sont à deux cents mètres d'ici.

— Le problème avec toi, Kate, gloussa Dennis, c'est que tu te fais trop de mouron. Moi, en revanche, j'ai l'avantage d'avoir servi dans les commandos. Je reste cool même dans les pires moments.

Je lui enfonçai un index entre les côtes, ravie de l'entendre pousser un petit cri.

— On trouve plus de gens capables, de nos jours, dis-je suavement. Eh bien je vais rester là et méditer pendant que tu règles le problème. C'est ce qu'on appelle se la couler douce.

Dans la faible clarté du palier, je vis Dennis ramper à plat ventre en s'accrochant du bout des doigts. La position ne le faisait pas avancer bien vite, mais c'était efficace. La petite diode rouge allumée sur le détecteur infrarouge fixé dans le coin du plafond resta éteinte. Il disparut au coin de la porte et je commençai à me détendre. J'avais horriblement envie d'aller aux toilettes.

Ça n'en finissait pas. Je me demandai si Dennis descendait l'escalier la tête la première ou les pieds devant. Je me demandai si le clavier lui-même était couvert par un détecteur. Je me demandai s'il était possible d'installer des détecteurs invisibles. Je me demandai même si

Turpin était assez paranoïaque pour avoir installé l'une de ces alarmes silencieuses qui ne se déclenchent que dans un centre éloigné, bourré de vigiles assoiffés de sang. Je m'interrogeai tellement sur les alarmes, cette nuit-là, que j'aurais pu commencer à envisager une nouvelle source de revenus pour Brannigan & Co.

Brusquement, la sirène principale se déclencha l'espace d'une seconde. Surprise, je me cognai la tête sur le sommier en essayant de m'extirper de sous le lit.

— Ça va ! cria Dennis. C'est éteint.

Il me trouva assise sur le palier en train de palper une énorme bosse sur mon front.

— Recommence jamais ça, grognai-je. Mince, Dennis, si j'étais un chat, j'aurais épuisé au moins deux vies, ce soir.

— Arrête de gémir, finissons-en et filons d'ici, dit-il. J'ai envie de passer la soirée avec ma femme.

— Je savais pas que tu étais resté enfermé aussi longtemps que ça, dis-je d'un ton acerbe en me relevant et en me dirigeant vers le bureau de Turpin après un détour par les toilettes.

J'étais stupéfaite que nous nous en soyons tirés : pile bien visible depuis le seuil, le CD brillait comme un fanal sur le bureau de Turpin.

Il me fallut moins de temps que je ne pensais pour fouiller ses petits secrets. Moins de temps, en tout cas, que je n'en méritais, étant donné le peu de chance que j'avais ce soir. Nous quittâmes la maison juste après minuit. Je déposai Dennis devant chez lui une demi-heure plus tard et je rentrai chez moi par des rues fraîchement salées. Pour une fois, Richard était seul à la maison, bien réveillé — et ardent. Malheureusement, je me sentais vieille comme le monde et à peu près aussi sexy qu'une poupée Barbie. Du coup, il me fit une tasse de chocolat et ne broncha pas quand j'allai me coucher toute seule de mon côté. Ça doit être ça, l'amour.

Enfin, je crois.

J'étais en train d'échafauder de quoi me protéger de toute preuve contre moi lorsque Gizmo pointa la tête dans mon bureau le lendemain matin.

— Qu'est-ce qui se passe ? demanda-t-il.

— J'essaie de donner l'impression que ces machins seront arrivés par le courrier, dis-je en désignant de la main le tas de papiers que j'avais rapportés du bureau de Turpin. Tout est classé, sauf les fichiers informatiques. Tout ce que je peux faire, c'est y ajouter une disquette avec un mot imprimé disant où trouver les originaux sur le disque dur de Turpin. Mais ce n'est pas concluant.

Gizmo se glissa dans la pièce, l'air particulièrement élégant dans l'un des costumes que je lui avais choisis. Il s'était même fait couper les cheveux. Je me demandai si c'était aujourd'hui qu'il avait son rendez-vous. Mais je le saurais bien assez tôt. Il déposa une mince liasse de papiers sur le bureau devant moi et dit :

— Je crois que ça, ça va l'être.

La première feuille révélait la hauteur des intérêts actuels de John Turpin dans NPTV ainsi que les options qui s'offriraient à lui par la suite. J'émis un petit sifflement. Même un écart de quelques pence dans le prix d'une action pouvait faire une énorme différence sur le compte en banque de Turpin. La suite donnait les détails manifestement confidentiels des négociations en cours entre NPTV et une compagnie du câble. Je ne voulais même pas savoir d'où venaient ces trucs. Ce qui était clair, d'après les termes du marché, c'était que si certains chiffres d'audience étaient atteints dans les douze mois précédant ou suivant la signature, les hauts responsables de NPTV — John Turpin y compris — allaient être beaucoup plus riches qu'ils ne l'étaient déjà.

La dernière feuille, c'était le pompon. Je ne sais pas comment, mais Gizmo avait réussi à mettre la main sur les détails d'une transaction conduite par le courtier de John Turpin. L'ordre d'achat d'une portion des actions de NPTV avait été passé le jour même du meurtre de Dorothea Dawson. D'après le code informatique de l'ordre, Turpin avait donné l'instruction à son courtier dans le bref laps de temps entre le moment où Gloria et moi avions quitté le camping-car et celui où la police était arrivée à la suite de mon coup de fil.

Je levai les yeux vers Gizmo.

— Je suppose qu'il pensait être trop occupé ensuite pour pouvoir passer son ordre. Et qu'ensuite, il perdrait l'avantage que lui donnait le meurtre de Dorothea.

— Tu veux dire qu'il l'a tuée juste pour faire monter l'audience du feuilleton et s'enrichir ? demanda Gizmo, manifestement choqué.

— Je crois que c'était juste un bonus. En fait, il l'a tuée parce qu'elle avait deviné que c'était lui le mouchard qui divulguait les scénarios à l'avance à la presse. Ironiquement, elle avait de très bonnes raisons de ne pas dévoiler sa culpabilité, mais il ne l'a pas crue. Il a pensé qu'elle allait le faire chanter ou le dénoncer et il ne voulait pas prendre ce risque. Il a juste attendu le moment où il aurait l'occasion de la tuer.

— Ça m'étonnera toujours, ce que les gens font pour du blé, dit Gizmo. On dit toujours que ça permet d'acheter la tranquillité ou de vivre comme ça vous plaît, mais moi j'y crois pas. J'ai toute la tranquillité que je veux et je suis presque tout le temps fauché. Mais je vis comme je veux. Je crois que la plupart des gens qui courent après le fric le font seulement parce qu'ils savent pas ce qu'ils veulent réellement.

De la philosophie dès le petit déjeuner, à présent. Mieux valait ça que des saucisses de Clitheroe, songeai-je avec un sourire amer. J'espérai que Turpin en profitait bien. Il s'écoulerait bon nombre d'années avant qu'il mange autre chose que la bouffe des prisons.

Avec un soupir, je décrochai le téléphone et je parvins à convaincre le standard de me passer Linda Shaw.

— Salut, sergent, dis-je. C'est Kate Brannigan.

— Ah. Oui, dit-elle, sur la défensive.

— J'ai au bureau quelque chose qui devrait vous intéresser, dis-je.

— Ah bon ? Et de quoi s'agit-il ?

Elle avait gardé un ton neutre. Jackson devait être dans les parages.

— Il faut que vous le voyiez pour que ça produise bien son effet. Je vous promets que ça va faire avancer vos statistiques.

— J'ai entendu dire que vous y aviez déjà contribué cette semaine, dit-elle d'un ton acerbe. Je ne peux pas dire que j'aie très envie d'y goûter à mon tour.

— Là, c'est différent, dis-je fermement. Je vous en prie, Linda, j'essaie de nous rendre service à toutes les deux, là. Vous savez comme moi que si j'approche Jackson, il n'aura qu'une envie, c'est de balancer à la poubelle ce que je lui apporte. Et ça peut signifier qu'il laissera un meurtrier en liberté. Vous ne voulez pas plus que moi que ça arrive. Alors, vous venez ?

— Donnez-moi une heure, dit-elle avec un remarquable manque d'enthousiasme.

Rien n'aurait pu mieux me convenir. Une heure, c'était parfait pour ce que j'avais à faire.

Étant donné le drame auquel j'avais déjà eu droit à propos du Fils Parfait, je m'attendais à ce que Shelley décapite Gloria et lui renvoie sa tête chez elle dans un sac en papier. Eh bien non : Gloria avait eu droit au traitement de faveur des stars. Apparemment, pour Shelley, son fils ne pouvait pas s'attirer avec Gloria, le genre d'ennuis que je m'ingéniais à lui créer quotidiennement. Mais Gloria, qui savait ce que c'était qu'être une mère, comprenait les inquiétudes de Shelley. Gloria lui tapota la main, compatit et lui dit que son Fils Parfait pouvait être fier d'elle. Donovan se dandinait d'un pied sur l'autre, légèrement gêné, mais soulagé de ne pas avoir eu droit à un sermon maternel. Moi, j'avais envie de leur dire : « Excusez-moi, mais dans tout ça, qui est-ce qui se paye les engelures, une défaillance cardiaque, une tonne de sommeil à la bourre et une bosse sur le front de la taille d'un œuf ? »

Je finis par réussir à pousser Gloria dans mon bureau. Elle vit, interloquée, Freddie assis, très mal à l'aise, sur le rebord du canapé. Je lui avais promis qu'il n'y avait aucune raison de dévoiler à quiconque qu'il était le fils de Dorothea ni qu'il avait été le principal mouchard, mais son comportement laissait à penser qu'il n'était pas totalement convaincu. Quand Gloria entra, Freddie prit une expression paniquée.

— Gloria, bafouilla-t-il en sautant sur ses pieds et en reculant involontairement.

— Salut, ma poule, dit-elle d'un ton enjoué en se laissant tomber sur le canapé. Toi aussi, tu es un des mystérieux témoins de Kate, alors ?

— Euh... Oui... Elle ne m'avait pas dit que vous veniez...

Il me jeta un regard qui signifiait qu'il ne ferait plus jamais confiance à un privé. Ça m'aurait été égal si je lui avais menti, mais ce n'était pas le cas. Enfin, pas tout à fait.

Nous n'eûmes pas à attendre Linda longtemps. Elle arriva avec plus d'arrogance qu'un groupe de rap tout entier.

— Ça a intérêt à valoir la peine, dit-elle avant même de franchir le seuil.

Je lui désignai un siège et je m'accoudai à mon bureau.

— Comme vous êtes tous ravis d'être ici, je vais essayer d'être la plus brève possible. Il y avait chez NPTV un mouchard qui a ramassé une petite fortune en vendant à la presse à scandales des confidences et les scénarios. Dorothea Dawson pensait avoir deviné son identité en étudiant ses horoscopes puis en éliminant tous les gens qui n'avaient pas un accès direct aux scénarios ou qui n'étaient pas en mesure de connaître des détails scabreux du passé des acteurs. (Je désignai Freddie du menton.) Vous vous souvenez sans doute de Freddie. Il travaille au service maquillage de *Northerners*. Freddie a été le témoin d'une entrevue entre Dorothea et un haut responsable de NPTV. Freddie, vous pouvez répéter au sergent Shaw ce que vous m'avez dit l'autre soir ?

Il était tellement soulagé que je n'aie pas révélé ses deux petits secrets qu'il raconta l'histoire dont nous étions convenus, avec empressement et franchise, si bien que Linda ne se posa aucune question.

— Dorothea était venue au studio de maquillage pour chercher un acteur dont elle voulait modifier le rendez-vous, mais elle l'avait manqué. Quoi qu'il en soit, Turpin est arrivé juste au moment où elle repartait. Elle lui a demandé s'il continuait à perdre son temps dans sa chasse au mouchard. Puis elle a ajouté qu'elle avait une idée très claire de son identité et qu'elle le lui dirait s'il payait le prix.

— Qu'a répondu Turpin ? demandai-je.

— Il est devenu tout rouge. Il lui a dit que s'il voulait gâcher l'argent de la chaîne, il y avait des tas d'associations de charité faites pour ça. Puis il est reparti sans faire ce pour quoi il était venu.

— Turpin aurait très bien pu prendre la déclaration de Dorothea pour une menace de chantage voilée, fis-je remarquer.

Linda avait écouté, tête penchée, soupesant chacune des paroles de Freddie. Puis elle hocha légèrement la tête. Je m'apprêtais à continuer, mais elle leva l'index et griffonna quelques notes sur son calepin.

— Intéressant, fit-elle.

— Ce n'est pas tout.

— Je n'en doute pas, dit-elle.

— Vous avez déjà pris la déposition de Gloria concernant les événements du soir où Dorothea a été tuée. Je ne sais pas si vous vous en souvenez, mais elle était bien plus en mesure que moi de repérer les gens qui se trouvaient sur le parking à ce moment-là. Entre autres personnes, elle a vu le même haut responsable de NPTV, John Turpin. Peut-être voudrez-vous nous le confirmer, Gloria ?

Ma cliente hocha la tête avec empressement.

— Tout à fait, ma poule, dit-elle.

Elle savourait chaque seconde, comme je m'y attendais. Je n'avais pas vraiment besoin d'elle, mais elle payait les honoraires et je m'étais dit qu'un peu de mise en scène me vaudrait peut-être un petit cadeau de Noël.

— J'ai vu John Turpin sur le seuil du bâtiment administratif. Il avait l'air de se demander si ça valait la peine d'abîmer son beau costume par un temps pareil.

— Merci de nous l'avoir confirmé, Ms Kendal. Mais nous le savions déjà, Kate, fit remarquer Linda sans se donner la peine de noter quoi que ce soit, cette fois.

— Je plante le décor, Linda, m'excusai-je. Je me suis retrouvée impliquée dans cette affaire parce que Gloria recevait des menaces de mort. Elle m'a engagée pour la protéger.

— Ce que vous et vos employés avez admirablement fait, ne put s'empêcher de placer Gloria.

— Merci, Gloria. Je risque d'avoir besoin de votre attestation plus tôt que vous ne pensez. Ce matin, quand je suis arrivée la première au bureau, j'ai trouvé une enveloppe renforcée dans la boîte aux lettres, dis-je en m'emparant de l'objet sur le bureau derrière moi. À l'intérieur se trouvaient une série de documents et une disquette. La disquette contient ce qui d'après moi constitue les originaux des lettres envoyées à ma cliente. Un mot joint précise que les originaux se trouvent sur le disque dur de l'ordinateur de John Turpin à son domicile. Je me suis dit que cela pourrait vous fournir une bonne raison de demander un mandat de perquisition, non ?

Linda eut un grognement énigmatique et considéra la disquette et le mot en fronçant les sourcils.

— Pourquoi s'en prenait-il particulièrement à vous, Gloria ? demanda-t-elle.

— J'en ai pas la moindre idée, ma poule, dit-elle. La seule chose qui me vient à l'esprit, c'est que je suis l'une des seules stars de la série qui vive seule, et qu'il a peut-être pensé que je serais plus facile à effrayer. Notez, il m'a jamais complètement pardonné que ma petite Sandra l'ait envoyé balader dans le temps.

— Quoi ? demandâmes-nous en chœur.

— Il est sorti avec ma petite Sandra pendant quelques semaines il y a des années. Avant qu'elle rencontre Keith. Enfin bref, elle a jugé qu'il était pas fait pour elle et elle l'a plaqué. Et ça lui a pas du tout plu. Depuis, il a cessé de me faire des amabilités.

Je ne pus rien faire d'autre que la fixer en secouant la tête. J'adore les clients qui se donnent un mal de chien pour vous faciliter le travail. Seulement, je n'en ai pas des masses comme ça. Je poussai un profond soupir pendant que Linda prenait des notes.

— Il y a également dans l'enveloppe, continuai-je en lui présentant d'autres papiers, une photocopie des factures de téléphone de Turpin, sur son filaire et son mobile. Une photocopie de ce qui semble être une page d'agenda, portant le numéro de Tina Marshall. C'est la journaliste indépendante qui a écrit la plupart des articles à scandales sur *Northerners*. Vérifiez le nombre d'appels passés à son numéro. Je pense que vous constaterez que la plupart ont été faits quelques jours avant un grand article.

Linda s'était redressée et se concentrait sur les documents placés devant elle. Elle les feuilleta méthodiquement, puis elle me regarda droit dans les yeux.

— Et ça vous est tombé tout cuit au courrier de ce matin, dit-elle froidement.

— Absolument. Il m'a paru de mon devoir de citoyenne de vous les communiquer, sergent. (Je fouillai dans l'enveloppe.) Il y a autre chose. (Je lui tendis ce que Gizmo avait déniché auprès de ses sources électroniques et j'en exposai le contenu, plus pour Freddie et Gloria que pour Linda.) Et au moment où il a passé son ordre d'achat de parts de NPTV, conclus-je, seul l'assassin pouvait savoir que les chiffres d'audience allaient atteindre des sommets grâce au meurtre de Dorothea.

— Bordel, Kate, vous avait fait des miracles, dit ma cliente reconnaissante. Maintenant, je vais pouvoir dormir sur mes deux oreilles.

— J'en suis ravie, dis-je. (Et d'autant plus que j'allais pouvoir remettre Donovan aux tâches qu'il était censé faire. Je me tournai vers Linda.) Une fois tout ça mis ensemble, la conclusion s'impose d'elle-même.

— Ce serait plus facile à avaler pour mon chef si les informations venaient de quelqu'un d'autre, dit-elle d'un ton résigné.

— Et si c'était le cas ? demandai-je. Il suffit de cinq minutes à Gizmo pour descendre à Bootle Street et poser une enveloppe à la réception avec votre nom dessus. Vous pouvez dire à Jackson que vous étiez sortie prendre la déposition de Freddie sur la conversation de Dorothea et Turpin et qu'en revenant, hop ! ça y était. Vous n'êtes pas du tout obligée de me mentionner.

— Vraiment ? fit-elle.

Je voyais clairement qu'elle se demandait dans quelle mesure elle m'en serait redevable à l'avenir.

— Je n'ai pas besoin de faire une fois de plus la une du *Chronicle*. D'ailleurs, il y a un petit service que vous pourriez me rendre.

Son visage se ferma comme une porte qu'on claque.

— J'aurais dû me douter que c'était trop beau pour être vrai.

— Ce n'est pas grand-chose, la rassurai-je en levant les mains. Juste un mot à dire à vos collègues en tenue. Donovan doit aller déposer des documents légaux pour moi durant les dix-huit prochains mois. Je vous serais vraiment très reconnaissante de leur faire savoir que le grand mec noir en bicyclette n'est pas un gangster.

— Je crois que je pourrai me débrouiller, sourit Linda. (Elle se leva et prit dans son sac quelques feuilles de papier.) Et il se trouve que moi aussi j'ai quelque chose pour vous. Ne me raccompagnez pas, je connais le chemin.

Curieuse, je dépliai les papiers. Un Post-it était collé sur le haut de la première feuille avec un message de la main de Linda. « Sortie imprimante du disque dur de Dorothea Dawson. Ça nous a tous fait rire. » J'arrachai le Post-it et commençai à lire :

Horoscope *de Kate Brannigan, détective privé*
Extrait de « Écrit dans les Étoiles »
Née à Oxford, GB, 4 septembre 1966, 02 h 10
* Soleil en Vierge dans la Maison V
* Lune en Taureau dans la Maison XII
* Mercure en Vierge dans la Maison V
* Vénus en Lion dans la Maison IV
* Mars en Lion dans la Maison IV
* Jupiter en Cancer dans la Maison III
* Saturne rétrograde en Poissons dans la Maison XI
* Uranus en Vierge dans la maison V
* Neptune en Scorpion dans la Maison VI
* Pluton en Vierge dans la Maison V
* Charon en Poissons dans la Maison XI
* Ascendant : Gémeaux

Soleil en Vierge dans la Maison V : Sous un aspect positif, la native peut être ingénieuse, persuasive, diplomate, ordonnée, méthodique, perceptive et pleine d'égards. Les aspects négatifs seront un esprit maniaque, porté sur la critique, une attention obsessionnelle aux détails et un manque de confiance en soi qui peut passer pour de l'arrogance. Dans la Cinquième Maison, indique une joueuse...

— Qu'est-ce que c'est, ma poule ? On dirait que vous avez vu le diable, fit Gloria avec inquiétude.

Je secouai la tête et repliai les feuilles.

— Rien du tout, Gloria. Juste l'idée qu'un pauvre flic tordu se fait d'une bonne blague.

ÉPILOGUE

TRIANGLE SATURNE-NEPTUNE

La native se débarrasse de ses appréhensions grâce à son intérêt profond et pénétrant pour les autres. Elle sait avec une grande certitude comment sa vie doit être gérée et remet souvent de l'ordre dans le chaos. Elle suit ses instincts et elle sait lire entre les lignes d'une conversation ou d'un comportement. Elle sait mettre l'irrationnel à son service pour prendre des décisions.

D'après : *Écrit dans les Étoiles,*
Dorothea Dawson

Si je n'avais pas su comment Dorothea Dawson élaborait les thèmes de ses clients, j'aurais probablement été impressionnée par l'analyse astrologique de mon caractère. J'étais prête à parier qu'à l'instant même où Gloria avait dit à Dorothea qu'elle m'avait engagée, l'astrologue s'était mise à fouiner. Je n'étais pas vraiment le genre timide violette. Pour commencer, je figurais dans plus d'articles du *Chronicle* écrits par Alexis que je ne le souhaitais. Donc, cela n'aurait pas été trop difficile pour Dorothea de trouver quelques coupures me concernant et de les relier entre elles pour établir un portrait.

Ce qu'elle avait complètement manqué, c'était mon sens de l'humour. Si je n'avais pas un sens de l'humour exceptionnel, pourquoi est-ce que je serais assise dans le *Costa Coffee* de la gare de Piccadilly, à boire un moccachino tout en lisant mon horoscope, alors que j'aurais pu être chez moi, bien au chaud comme un micro-espion dans un téléphone, à essayer de résoudre mon dernier jeu vidéo tout en buvant une Stoly au pamplemousse rose ?

La raison pour laquelle je traînais parmi les pauvres âmes condamnées à prendre le train se dandinait à quelques mètres de là, comme un malheureux gamin qui a envie d'aller aux toilettes mais qui se retient, pour ne pas manquer une miette de son feuilleton télé préféré. Gizmo avait manifestement eu beaucoup de mal à décider entre l'élégance et le confort et il avait fini par porter l'un des costumes que je lui avais choisis. Le problème, c'est que le seul vêtement de dessus qui allait avec était un imperméable, ce qui n'était pas très utile dans les plus basses températures hivernales jamais relevées. Ni d'ailleurs les fines chaussures italiennes. Parfois, je me demande ce que portent les Italiens l'hiver.

Non seulement Gizmo sautait d'un pied sur l'autre, mais il se cramponnait à un exemplaire du roman de science-fiction culte de Iain M. Banks, *Feersum Endjin*, objet qui était censé le faire reconnaître. Il était convenu de retrouver Jan à la descente du train de Londres à 8 heures et demie et il dansait sa petite gigue depuis un quart d'heure. Comme si un train pouvait arriver en avance. Moi, j'étais restée pas très confortablement assise à siroter mon café, tout en lisant le résumé de ma personnalité rédigé par Dorothea.

Une annonce incompréhensible retentit dans les haut-parleurs et Gizmo cessa ses cabrioles. Il se pencha légèrement en avant, le nez vers les quais comme un setter qui flaire la brise. Je suivis son regard et je vis les wagons lie-de-vin du train de Londres glisser sur le quai numéro six avec un grondement sourd, suivi d'un soupir. Je ne pus m'empêcher de croiser les doigts. Si jamais les choses tournaient mal, je ne pourrais plus rien tirer de lui pendant des semaines.

Les portes des wagons s'ouvraient tout le long du train et les voyageurs envahissaient le quai. D'abord arrivèrent les fumeurs, apportant avec eux un miasme de cendrier froid après deux heures et demie de voyage dans un nuage de fumée. Puis le mélange habituel du vendredi soir composé de gens qui étaient allés faire des courses pour la journée, d'étudiants qui montaient s'éclater en boîte à Manchester, de retraités épuisés d'une semaine passée avec leurs petits-enfants, de représentants de commerce en complets froissés et enfin, des voyageurs de première en tenue d'hommes et de femmes d'affaires avec le kit inévitable et unisexe : attaché-case et ordinateur portable.

Gizmo sautait sur place comme un ballon dans la marée humaine qui déferlait sur lui, jetant des regards de part et d'autre. La foule devint plus dense, puis le flot se stabilisa avant de décroître jusqu'aux derniers retardataires. Sa tête sembla rentrer dans ses épaules comme celle d'une tortue et je le vis pousser un soupir.

Le dernier à descendre du train fut un géant blond. Ses larges épaules faisaient presque craquer le blouson en cuir noir qui enserrait ses hanches étroites moulées dans un jean qui ne laissait pas beaucoup de place à l'imagination, surtout avec sa démarche chaloupée. Alors qu'il arrivait au bout du quai, il tourna la tête à droite, puis à gauche, dans un mouvement qui fit sautiller sa crinière blonde. On aurait dit un Viking à la proue d'un bateau, qui se demande dans quelle direction est l'Amérique.

Il opta pour la gauche et se dirigea vers nous.

Alors qu'il approchait, je vis le livre serré dans la main énorme qui ne portait pas le fourre-tout en cuir noir. Je fermai momentanément les yeux. Même Dennis aurait peut-être eu du mal à intimider celui-là. Gizmo n'avait aucune chance.

Quand je les rouvrits, Jan se penchait vers Gizmo.

— C'est toi, Gizmo, beugla-t-il avec un accent que je ne parvins pas à identifier.

Gizmo se retourna vers le café, paniqué.

— J'ai jamais... Elle a jamais parlé d'un autre, bafouilla-t-il lamentablement.

Le coup classique, me dis-je. Doué pour le silicium, mais nul pour les formes de vie à base de carbone. Pas les mêmes réactions.

— Qu'est-ce que tu veux dire ? demanda Jan en fronçant les sourcils.

Je déduisis qu'il se demandait si Gizmo n'avait rien compris du tout ou si c'était un problème de langue.

Gizmo recula vivement d'un pas.

— Écoutez, je voulais pas faire d'histoires, j'étais pas au courant de votre existence. Quoi qu'elle ait dit, il y a rien entre nous, c'est la première fois qu'on devait se voir, bredouilla-t-il.

Jan eut l'air encore plus perplexe. Il agita le livre sous le nez de Gizmo.

— J'ai apporté le livre. Pour que nous puissions nous reconnaître, dit-il de cette façon pédante qu'ont les Allemands et les Scandinaves d'expliquer, lorsqu'ils ne sont pas certains que l'on ait bien compris leur impeccable anglais.

Gizmo se tourna vers moi.

— Dites-lui, Kate. Dites-lui que c'est une erreur. Elle m'a jamais dit qu'elle avait un mec, je croyais qu'elle était célibataire.

Avec un soupir, je me levai.

— Vous êtes Jan, n'est-ce pas ? demandai-je en prononçant le *j* à l'allemande, comme un *y*.

Gizmo resta bouche bée et le livre de Iain M. Banks tomba sur le quai. Puis brusquement, il fit volte-face et courut sur l'escalator jusqu'au tram au niveau en dessous. Jan s'apprêtait à me contourner pour se lancer à sa poursuite, mais je m'interposai.

— Laissez tomber, dis-je. C'est pas le bon, Jan.

— Qui êtes-vous ? demanda-t-il en fronçant les sourcils. Qu'est-ce qui se passe ?

Il scruta la foule derrière moi en direction des escalators, comme s'il espérait que Gizmo revienne. Tu parles.

— Je m'appelle Kate. Gizmo et moi, nous travaillons ensemble.

— Pourquoi il est parti en courant ? On avait rendez-vous, dit Jan, l'air interloqué. On s'écrit par e-mail depuis des mois. On faisait connaissance et on a pensé qu'il était temps de se rencontrer. « Il est temps de passer à des choses sérieuses », c'est ce qu'a dit Gizmo, expliqua-t-il en mimant des guillemets devant moi.

— Vous ne pensez pas qu'il aurait été sensé de préciser que vous étiez un mec ? dis-je, incapable de contenir le sarcasme dans ma voix. Il a cru que vous étiez une femme. Jan, pas l'équivalent allemand de Ian.

Sa peau pâle s'empourpra.

— En quoi c'est important ? Je suis toujours la même personne. Parce que je suis un homme, alors, tout d'un coup, c'est différent ?

— Évidemment que c'est différent, protestai-je, exaspérée par sa mauvaise foi. Pour commencer, il n'est pas pédé. Je n'arrive pas à croire que vous n'ayez jamais précisé que vous étiez un homme. Ce n'est pas la première fois que les gens doivent se méprendre sur votre prénom, tout de même.

— Pourquoi j'aurais dû ? demanda-t-il avec un regard furibard. Je ne suis pas responsable de ce que les gens pensent. Vous autres Anglais, vous avez une telle peur de la différence, parce que ça met en péril vos lamentables petites conventions.

Entre-temps, tout le café s'était intéressé au débat et attendait ma réponse.

— Mon cul, répondis-je d'un ton méprisant. Allez dire ça à Julian Clary. N'essayez pas de me faire croire que tromper Gizmo sur la marchandise était une sorte de tentative héroïque de libération sexuelle. C'était de la lâcheté, voilà ce que c'était. Vous aviez la trouille d'avouer que vous étiez un homme parce que vous pensiez que Gizmo aurait mis un terme à votre cyber-relation.

— Et j'ai eu raison ! brailla-t-il.

— Non, vous avez eu tort, répondis-je tranquillement. Il vous aurait peut-être rejeté comme amant, mais vous l'auriez toujours comme ami. Et je suis bien placée pour savoir ce que ça signifie.

Trois femmes assises à une table voisine se mirent à m'applaudir.

— Dans le cyber-espace, il n'avait pas besoin d'une femme pour le défendre, ricana Jan.

Sur ce, il tourna les talons et se dirigea vers les taxis.

Je fis une révérence ironique aux femmes et je sortis sous la pluie battante. Sous l'auvent de l'entrée, une fanfare de l'Armée du Salut jouait un chant de Noël. Un clochard avec un chien au bout d'une corde vendait un journal de SDF aux gens qui couraient prendre leur train. Une contractuelle était en train de mettre une contravention sur le pare-brise d'un pauvre type.

Je ne voyais pas Gizmo revenir le lundi matin au bureau comme si rien ne s'était passé. Il y avait des chances que Brannigan & Co ait perdu son expert informatique. Et quand je remontai en voiture, mon pneu arrière était dégonflé. Un peu comme moi.

Si c'était écrit dans les étoiles, il y avait un scénariste quelque part qui avait intérêt à surveiller ses arrières.

REMERCIEMENTS

Il y a des années, le journal pour lequel je travaillais était obsédé par le monde des séries. Résultat, j'en ai appris — et oublié — plus qu'aucune personne respectable n'aurait jamais voulu en savoir au sujet de certaines vedettes.

Néanmoins, le feuilleton Northerners et ses acteurs ne sont que de purs produits de mon imagination, et toute ressemblance avec des personnages réels ou de fiction ne serait qu'une pure coïncidence... ou un accident. De toute façon, je n'ai pas les moyens de payer des dommages et intérêts.

Merci à Brigid Baillie, Jai Penna et Paula Tyler pour leurs conseils juridiques ; toute erreur ou omission ne pourrait venir que d'un effet volontaire d'auteur... ou d'une imbécillité totale.

Merci aussi à Jennifer Paul pour ses informations essentielles, en échange desquelles j'ai promis de ne jamais raconter l'histoire du golden retriever.

Merci à mes agents, Jane Gregory et Lisanne Radice, à mes éditeurs Julia Wisdom et Karen Godfrey qui, à cause des fantastiques e-mail, peuvent désormais me traquer... et me trouver aux quatre coins des trois continents.

Composition réalisée par NORD COMPO

IMPRIMÉ EN FRANCE PAR BRODARD ET TAUPIN
Usine de La Flèche (Sarthe).
Imp. : 2479D-5 – Edit. : 9328-06/1998
ISBN : 2 - 7024 - 2879 - 7
ISSN : 0297 - 7168

H 52/1050/5